舊 스러진 달

1974년 8월 15일

1974년 8월 15일

초판 1쇄 발행 2024년 2월 13일

지은이 황천우
펴낸이 장현수
펴낸곳 메이킹북스
출판등록 제 2019-000010호

디자인 최미영
편집 최미영
교정 안지은
마케팅 김소형

주소 서울특별시 구로구 경인로 661, 핀포인트타워 912-914호
전화 02-2135-5086
팩스 02-2135-5087
이메일 making_books@naver.com
홈페이지 www.makingbooks.co.kr

ISBN 979-11-6791-497-2(03810)
값 17,500원

ⓒ 황천우 2024 Printed in Korea

잘못된 책은 구입하신 곳에서 바꾸어 드립니다.
이 책의 전부 또는 일부 내용을 재사용하려면 사전에 저작권자와 펴낸곳의 동의를 받아야 합니다.

홈페이지 바로가기

메이킹북스는 저자님의 소중한 투고 원고를 기다립니다.
출간에 대한 관심이 있으신 분은 making_books@naver.com으로 보내 주세요.

舊 스러진 달

1974년 8월 15일

황천우 지음

메이킹북스

글을 열며

  지금까지 주로 역사소설을 집필했다. 역사의 중요성, 과거를 알아야 현재를 판단하고 또 미래를 올바르게 설계할 수 있다는 생각에서였다. 아울러 그 과정에서 팩션이란 장르를 만들어낸 바, 팩트 즉 사실과 픽션 즉 소설을 혼합하여 교육과 흥미의 일거양득을 노리기 위함이었다.
  교육과 흥미를 목표로 하였지만 그 기저에는 우리 역사를 바로잡아야 한다는 측면이 강하게 작용했다. 그를 위해 조선 사회를 필두로 고려, 삼국시대 등의 역사를 소재로 글을 풀어왔다.
  그 과정에서 새로운 발상을 하기에 이른다. 우리의 오래전 역사도 중요하지만 그에 앞서 현대에 있었던 일 역시 소홀히 해서는 안 된다는 생각이었다. 힘의 논리에 휩싸여 역사가 왜곡되는 현상을 바라보며 다시는 그런 우를 범하지 않기 위해 기왕에 현대에 발생했던 일에 대해 한번 냉정하게 짚어보아야 한다는 생각이었다.
  그런 맥락에서 현대에 발생했던 사건들을 점검해보았다. 그리고 오래전부터 의심의 끈을 놓지 않았던 사건을 들추

1974년 8월 15일

어냈다. 필자는 그 사건을 현대사 최고의 미스터리로 손꼽는 데 조금도 주저하지 않는데 바로 1974년 광복절 기념행사 중에 발생했던 육영수 여사 피격 사건이다.

동 사건에 대해 파고들자 1974년 8월 15일 자 동아일보에서 주일 특파원이 송고한 의미심장한 기사를 발견했다.

> 『박정희 대통령 저격 사건의 범인은 일본에 귀화한 문세광(23). 일명 문세웅으로 알려졌다. 문의 일본 이름은 요시이이며 요시이 유키오라는 이름도 있다고 하는데 그의 주소는 오사카 대판부 이즈미 오쓰시로 되어 있고 직업은 산쿄 직물회사 사원인 것으로 알려졌다.
> 문은 지난 7월 30일 오사카 총영사관에서 비자를 받고 지난 6일 한국에 입국했다고 한다.
> 주일 한국대사관은 문의 신원을 조사 중이다.』

당시 동아일보가 석간인 점을 살피면 기사 송고 시점은 사건이 발생하기 이전일 수도 있다. 정작 피격당한 사람은 박 전 대통령이 아니라 육 여사이기 때문인데 여하튼 여러 정황을 살피면 사건 발생 이전 문세광에 대해 알만한 사람은 다 알고 있었음을, 또한 동 사건에 우리 측 조력이 존재했음을 살필 수 있다.

 이를 근거로 이야기를 전개하기 시작했다. 범인 문세광의 실체와 그의 행적을 살피며 조심스럽게 결론에 도달하게 된다. 동 사건은 그 전해에 발생했던 김대중 전 대통령 납치 사건의 후폭풍을 잠재우기 위한 고육책이었다고. 그러나 그 고육책으로 전혀 예기치 못한 사건 즉 육영수 여사가 피격당하게 되었다고.

 아울러 덧붙인다. 동 작품의 원작은 정확하게 10년 전, 육영수 여사 피격 사건 발생 40주년을 맞이해 발표한 '스러진 달'로 육 여사 피격 50주년을 맞이해 동 작품을 보완하여 다시 선보인다.

1974년 8월 15일

차 례

10 · 김대중 납치
20 · 김대중 구출 대책회의
27 · 남북조절위 파행
35 · 조총련 오사카 지부
42 · 연막
50 · 김대중 구출 위원회
58 · 미끼
67 · 연인
75 · 문석원
83 · 박정희를 타깃으로
91 · 타결
99 · 문석원의 제명
105 · 보고
112 · 탈출구
120 · 신혼여행
128 · 갈등
136 · 재칼
143 · 대응 팀

150 · 신년 전야
157 · 접선
165 · 입원
172 · 육 여사의 꾸중
180 · 화려한 퇴원
188 · 역할 분담
197 · 자각
205 · 채찍
215 · 남조선 여행
223 · 권총 탈취
231 · 실전 훈련
241 · 비자
249 · 이별
258 · 손님맞이
266 · 송별식
275 · 입국
283 · 접선
291 · 현장 점검
299 · 청평 나들이
307 · 탈주 시도
321 · 하늘, 붉게 물들다

김대중 납치

1973년 8월 9일, 아침 이른 시간에 박정희 대통령이 집무실에 도착하여 책상에 앉아 막 서류를 뒤적이고 있었다. 순간 노크 소리와 동시에 문이 열리며 안중규 비서실장이 김종필 국무총리와 장경호 외무부 장관과 함께 들어섰다.

"각하!"

"임자들이 이른 시간에 어쩐 일이오?"

박 대통령이 김 총리의 가늘게 떨리는 목소리 아울러 사전에 기별도 없이 들어선 모습에 의혹의 시선을 보냈다.

"상당히 곤란한 일이 발생하였습니다."

"갑자기 그 무슨 소리야!"

"장관께서 말씀드리지요."

김종필 총리가 잠시 심호흡하고 장경호 장관에게 시선을 주었다. 장 장관이 가볍게 머리를 조아렸다.

"어제 저녁 늦은 시간에 주일대사로부터 전화를 받았는데…. 그게…."

장 장관이 머뭇거리며 김 총리를 주시했다.

"자, 서서 그러지들 말고 앉아서 이야기 나눕시다."

박 대통령이 뭔가 심상치 않은 느낌을 받았는지 의자에서 일어나 소파를 가리키며 모두에게 자리를 권했다. 박 대통령이 소파에 자리하자 일행이 잠시 서로의 얼굴을 주시하다 자리 잡았다.

"그러니까…. 김대중이 도쿄의 한 호텔에서 어제 오후 정체불명의 괴한들에게 납치되었답니다."

"김대중이 납치되다니 그 무슨 말씀입니까?"

장 장관이 비록 직급은 장관이지만 박 대통령보다 네 살이나 연상인 관계로 항상 존대를 해왔던 터였다.

"현재 그 일로 일본 경찰이 수사를 시작했다는 사실 외에는 자세한 내막을 알지 못합니다."

"일본 경찰이?"

"현재 보고된 바로는 그 일에 우리 쪽 사람들이 개입되었을 수도 있다는 데 혐의를 두고 있다 합니다."

"우리 쪽이라니요!"

"아무래도 일본에서는 우리 쪽을 의심하지 않겠습니까."

김 총리가 가볍게 한숨을 내쉬며 말을 받았다.

"우리 쪽이라면 중앙정보부에서 일을 벌였단 말인가?"

"정보부가 아니면 그런 일을 성사시킬 수도 없지 않겠습니까."

"그렇다면…."

"각하, 뭔가 짚이는 일이라도 있습니까?"

중간에 슬그머니 끼어 든 안 실장이 김 총리의 얼굴을 주시했다.

"며칠 전 이병선 부장이 다녀가지 않았나."
"그랬었습니다만."
"그러면 이병선 부장이."
 김 총리가 믿기지 않는다는 듯 눈을 동그랗게 떴다. 박 대통령이 김 총리의 반응을 살피다 안 실장에게 시선을 주었다.
"임자, 이 부장 들어오라 해."
 안 실장이 자리를 뜨기 위해 몸을 일으켜 세우자 박 대통령이 담배를 꺼내물었다.

 이병선 중앙정보부장이 사전 연락도 없이 긴하게 보고할 일이 있다며 청와대를 방문했다.
"이게 뭔가?"
 이 부장이 집무실에 들어서자마자 노란 봉투에서 서류를 꺼내 탁자 위에 올려놓았다.
"김대중의 동향입니다."
"김대중이 왜?"
"지금 김대중이 미국과 일본을 오가면서 유신 반대 운동을 전개하고 급기야 한민통(한국민주회복통일촉진국민회의)을 결성하여 북한이 주장하는 고려연방제를 옹호하며 김일성과 회합하려 한답니다."
"그런다고 김일성이 응하겠나?"
"응하고 말고를 떠나 상당한 혼선을 주게 될 겁니다."

"무슨 사유로 그리 판단하는가?"

"김대중이 김일성과 대화하기 위해서 반드시 망명정부를 구성할 것입니다. 그런 경우 김일성은 누구를 상대로 대화를 나누어야 할지 혼돈스럽지 않겠습니까."

"그래서."

박 대통령이 심드렁하니 답하자 이 부장이 의자를 앞으로 당겼다.

"제지해야 하지 않겠습니까?"

"망명한 사람을 어떻게 제지하겠다는 말인가?"

"그래서 말씀인데."

이 부장이 말하다 말고 마치 습관처럼 주위를 둘러보았다.

"이 사람, 그 습관은 여전하구먼."

핀잔 아닌 핀잔에 이 부장이 슬그머니 미소를 흘리다 이내 정색했다.

"이참에 아예…."

"아예, 뭔가!"

박 대통령이 순간적으로 목소리를 높이자 이 부장이 가볍게 밭은기침 했다.

"쥐도 새도 모르게 없애버릴까 합니다만."

"제거하겠다는 말인가?"

"네, 각하!"

이 부장이 확고하게 대답하자 박 대통령이 잠시 턱을 괴었다.

"그 방법밖에 없나?"
"그 교활한 인간에게 공갈 협박이 먹히겠습니까?"
"하기야."
박 대통령이 가볍게 혀를 찼다.
"그러면 제거하는 방향으로 일 처리 하겠습니다."
박 대통령이 가타부타 대답하지 않고 담배를 꺼내 물었다. 이 부장이 곧바로 주머니에서 라이터를 꺼내 불을 붙였다.
"임자."
박 대통령이 담배를 힘차게 빨고 연기를 뿜으며 나직하게 이 부장을 불렀다.
"말씀 주십시오, 각하."
"허락할 수 없네."
의외의 답인지 이 부장이 눈을 깜빡였다.
"그 이유를 여쭈어보아도 되겠습니까."
"명분이 약해. 그리고 일본과의 관계도 생각하지 않을 수 없고."
"각하, 김일성과 애써 이룩한 일을 김대중으로 인해 망칠 수는 없습니다. 그건 각하께서도 잘 아시지 않습니까."
"물론 잘 알지. 임자의 목숨까지 저당 잡혔었으니."
지난 해 남북 간에 이루어졌던 7.4 공동성명의 성사를 위해 이 부장이 평양을 방문하여 김일성을 만났었다. 당시 만일을 대비하여 여차하면 자결하겠다며 청산가리까지 휴대했었다.
"그런 일을 절대로 망칠 수 없습니다. 특히 김대중 때문에…."

이 부장이 말하다 말고 슬그머니 이를 갈았다.

"임자의 마음은 알겠지만 일이 그리 간단하지 않아. 일본도 그렇지만 미국도 눈 시퍼렇게 뜨고 있는데 수수방관하겠나?"

"어차피 남북관계 변화의 시발은 미국의 움직임 때문이지 않았습니까."

"사람하고는."

박 대통령이 가볍게 혀를 찼다. 그 이유를 알려달라는 듯 이 부장이 뚫어지게 바라보았다.

"비록 미국의 변화가 그 원인이 되었지만 그 사람들이 우리도 변화되기를 바라겠나."

이 부장이 박 대통령의 완고한 말의 의미를 헤아리는지 눈동자를 이리 저리 굴렸다.

"여하튼 경거망동하지 말고 재고하게."

"각하, 찾으셨습니까?"

이 부장이 황급히 문을 열고 들어서자 집무실이 담배 연기로 가득 들어차 있었다. 이 부장이 흐릿하게 보이는 네 사람의 굳은 표정을 살피고는 심상치 않은 감을 느꼈는지 멀뚱하게 서서 김 총리와 장 장관을 번갈아 주시했다.

"왔으면 앉지 않고 뭐하나."

이 부장이 다시 두 사람의 눈치를 살피며 슬그머니 자리에 앉았다.

"자초지종을 이야기해 봐."

"무엇을 말씀이신지…."

"뭐긴 뭐야. 김대중 일이지!"

이 부장의 표정이 급격하게 굳어갔다.

"실은…."

이 부장이 말하다 말고 장경호 장관을 바라보았다. 장 장관이 슬그머니 고개 돌려 시선을 외면했다.

"제가 단독으로 일을 벌였습니다."

"그건 알고 있고. 지금 상황을 이야기해보란 말이야!"

박 대통령의 목소리가 올라갔다.

"도쿄에서 납치해 오사카로 이동해서, 그곳에서 배로 공해상으로 진입하였습니다."

"공해상으로."

"그곳에서 처리하려 합니다."

"처리라면."

"여차하면 수장시키려 합니다."

이 부장이 작심했다는 듯 담담하게 말을 이었다. 그 모습을 바라보며 박 대통령이 가볍게 혀를 찼다.

"지금까지 완벽하게 진행되고 있습니다. 일본 측에서도 누구의 소행인지 알지 못할 정도로 완벽합니다."

"지금 당장 취소하라 연락해!"

"예!"

마치 의외의 답을 들었다는 듯 이 부장의 표정이 급격히 당혹스럽게 변해갔다.
"임자!"
"네, 각하."
"자네는 완벽이 존재할 수 있다 보는가. 일본 아이들은 병신들이냐 이 말이야. 단지 시간 문제지 일본에서 우리가 개입되어 있음을 반드시 밝힐 거네. 그리고 미국 CIA…. 그 사람들은 벌써 이 일에 대해 샅샅이 꿰고 있을 거네."
"바로 그게 문제입니다, 각하."
잠자코 듣고 있던 김 총리가 낮은 목소리로 개입했다.
"이 부장, 왜 우리가 북한과 평화협정을 맺었는지 모르겠나?"
"그야 자주국방 즉 핵무기를 만들기 위해서입니다."
이 부장이 핵이란 단어에 힘을 주어 대답하자 모두의 얼굴에 묘한 기운이 스쳐지나갔다.
"그걸 아는 사람이 일을 이리 처리하나?"
이 부장이 차마 대답하지 못하고 우물거렸다.
"임자가 남북관계에 들인 공이 아쉬워 그런 모양인데 지금 우리 입장에서 통일할 수 있겠나. 미국이나 소련, 중국 등이 우리의 통일을 정말 원하고 있다 생각하나?"
"그건 아닙니다만."
"내 누누이 이야기하지 않았나. 자주국방이 우선이라고. 하여 남북관계를 잠시 그런 차원에서 활용하자고."

이 부장이 무겁게 고개를 끄덕였다.

"임자의 의욕은 인정하네. 그러나 이런 식의 일 처리는 용납할 수 없네."

"그러면 어떻게 처리할까요. 다시 일본에 데려다줄 수는 없는 노릇이고."

"그걸 말이라고 하나. 당연히 대한민국으로 데려와야지. 지금 다행스럽게도 일본 영해를 빠져 공해상으로 향하고 있다 하니 이리 데려오게."

"그 후에는 어찌 처리할까요."

"집에 데려다주게. 그리고 일본 측에서 지금 우리를 의심하는 모양인데 절대로 사실이 드러나지 않도록 만전을 기하게. 자칫하면 심각한 외교 문제로 비화될 수 있어."

이 부장이 난감한 표정을 지으며 자리에서 일어났다.

"왜 그러나?"

"제가 생각이 짧았습니다. 김대중을 수장시키기 전에 빨리 조처 취하겠습니다."

이 부장이 나서는 모습을 보며 박 대통령이 다시 담배를 물었다.

"참, 저 사람 무슨 일 처리를 저리 하는 겐가."

"각하, 외람된 말씀이지만…."

"김 총리, 마저 이야기하게."

"이 부장이 윤필용 사건에 대해 상당히 곤혹스러워 하는 모양입니다. 아울러 이 일도 그를 만회하기 위해 과잉 충성을 보인 게 아닐는지요."

지난 4월 수도 경비사령관이었던 윤필용이 사석에서 이병선에게 '박정희 대통령은 노쇠했으니 형님이 후계자가 되어야 한다.' 발언했던 내용이 알려지면서 여러 사람이 줄줄이 옷을 벗은 일을 의미했다.

"그 일은 이미 다 털고 가자하지 않았는가."

"그야 그렇지만."

"여하튼 이거 또 저 사람 뒤치다꺼리해야겠구먼."

박 대통령이 담배를 깊게 빨고 천장을 향해 연기를 뿜어냈다.

김대중 구출 대책회의

"의장님 계십니까?"

"그렇지 않아도 기다리고 계십니다. 어서 들어가시지요."

조총련 오사카 지부장인 문상대가 중앙의장인 신덕수의 호출을 받고 도쿄에 위치한 본부를 찾았다. 비서인 오영수가 서둘러 안내했다. 집무실에 들어서자 신덕수를 포함하여 부의장인 이재노, 박계필, 홍재필, 김진규, 장봉수가 함께 모여 숙의 중이었다.

"어서 자리하게."

문상대가 공손하게 고개 숙여 인사하고 자리 잡으며 참석자들의 면면을 살펴보았다. 모두의 표정이 어두워 보였다.

"무슨 일로 그러하십니까?"

문상대가 자신의 호출에 대한 영문을 묻는다는 듯 신덕수 의장을 주시했다.

"아참, 문 지부장은 아직 모를 수도 있겠구려."

"무슨 내용인지…."

"김대중 선생이 사라졌네."

"네!"

"어제 저녁 무렵으로 추정되는데, 오늘 아침 숙소에 전화를 걸었는데 받지 않아 사람을 보냈었다네."

"그런데요."

"깨끗하게 증발해버렸어."

"증발이라니요!"

문상대가 목소리를 높이자 신덕수가 가볍게 한숨을 내쉬었다.

"괴한들에게 납치되었다는 이야기가 있네."

"납치라니요. 누가, 무엇 때문에!"

홍재필의 보충 설명에 문상대가 다시 목소리를 높였다.

"아직 확실하지는 않지만 납치당했다면 당연히 남조선 측이겠지."

"그러면 남조선 측에서 김 선생의 숙소를 알고 있었다는 말입니까?"

"그게 아니라 어제 점심에 남조선에서 온 양일영 통일당 대표 일행을 만나기 위해 룸을 나섰다가 사라졌다 하네."

"그러면 그 작자도 개입되었다는 말씀입니까?"

"그건 아직 알 수 없네. 다만 그를 만난 이후 행방불명된 것으로 판단할 뿐이네."

"말씀 들어보니 그 작자가 반드시 개입되어 있다는 생각이 일어납니다."

"자자, 지금 너무 사건을 비약하지는 말고 차일 사무국장이 경시청을 방문했으니 조만간 소식을 가지고 돌아올 거네. 그러니 잠시 기다려 보세나."

대화를 지켜보던 신덕수 의장이 좌석을 정리했다.

"그러면 어제 김대중 선생을 보호하지 않았다는 말이 되지 않습니까!"

신덕수의 제지에도 불구하고 문상대가 마땅치 않다는 듯 소리를 높였다.

"아 이 사람아, 다른 장소도 아니고 호텔에 머물러 있는 데 누가 그런 일이 발생할 것이라 생각했겠는가."

침묵을 지키던 장봉수 부의장이 역시 마땅치 않은 표정으로 끼어들었다.

"그래도 저녁에 체크는 해봐야 했을 것 아닌지요."

문상대의 목소리가 조금은 누그러들었다.

"그저 오후에 쉬는가 생각했지. 그런 일이 있으리라고는 꿈에도 생각 못했네."

"말씀을 듣고 보니 남조선 측의 중앙정보부가 개입된 듯합니다. 그렇게 감쪽같이 일 처리 할 수 있는 곳은 그곳 외에는 없으니…."

잠시 생각에 잠겨 있던 문상대가 가볍게 한숨을 내쉬며 입을 열었다. 그 순간 문이 열리며 조총련 사무국장인 차일이 상기된 표정으로 들어섰다.

"그래, 뭐라던가?"

신덕수가 급했는지 차일이 미처 자리도 잡기 전에 다그쳤다.

"경시청도 납치로 결론 내렸습니다."

"누가?"

"그 부분은 아직까지 파악하지 못하고 있답니다. 그러나 범행 수법으로 보아 고도의 훈련을 받은 인물들의 소행으로 추정하고 있습니다."

"경위에 대해서는 말이 없던가?"

"어제 남조선에서 방문한 양일영 의원 일행과 점심 겸해서 대화를 나누고 자신의 방으로 돌아가던 중 납치되었답니다. 이어 납치범들이 호텔에 얻어놓은 방에 잠시 머물러 있다 곧바로 오사카 항으로 이동되었답니다."

"아무런 저항도 하지 않았답니까?"

"그 부분 때문에 전문가들 소행으로 추정하고 있습니다. 전혀 반항한 흔적이 나타나지 않고 있다 합니다."

두 사람의 대화에 개입했던 문상대가 자리에서 일어났다.

"왜 그러나?"

"지금 오사카 항으로 움직였다 하지 않았습니까. 그러니 빨리 비상을 걸고 흔적을 추적해보아야지요."

"허허, 이 사람아. 그 사람들이 아직 오사카에 있다 생각하는가?"

"하면."

"지금쯤 아마도 공해상 저 멀리 나갔을 것이네."

말을 마친 신덕수가 차일을 바라보며 가볍게 한숨을 토해냈다.

"경시청에서 납치범들이 굳이 요코하마 항을 두고 오사카 항을 선택한 데에는 고도의 책략이 숨어 있을 거라는 이야기였습니다."

"잠깐, 그를 살피면 남조선 애들 짓이 아닐 수도 있다는 이야기 아닌가?"

신덕수가 말을 이었다.

"그런 연유로 경시청에서도 확단하지 못하고 있습니다. 아울러 경시청에서는 다섯 가지 가능성을 가지고 조사에 임하겠다 했습니다."

"다섯 가지라니?"

"첫째는 한국정보기관에서 납치했을 가능성입니다. 현재 대한민국 정부에 반대해 망명 생활을 하고 있으니 달가운 존재가 아니라는 이야기입니다."

"두 번째는?"

"재일민단 조직에서 했을 수 있다 했습니다."

"민단에서?"

"한국정부를 돕기 위한 애국심이 동기로 작용할 수 있습니다."

"그럴듯하군. 세 번째는?"

"북조선의 소행일 수도 있다 합니다."

"그게 무슨 소린가. 북조선에서 했다면 우리가 모를 턱이 없지 않은가."

"북조선의 조직과 활동 등 존재감을 과시하기 위해 취한 행동일지 모른다 했습니다."

"결국 북조선이 남조선을 궁지에 몰기 위해 취했다 이 이야기로고."

"그렇습니다. 그리고 네 번째는 저희 조총련이 했을 수도 있다 하였습니다."

"우리가, 무엇 때문에?"

"조국인 북조선을 위한다는 사유입니다."

"그건 제쳐두고, 다음은?"

"김대중의 자작극일 가능성도 염두에 두고 있습니다."

"뭐라, 자작극!"

"김대중이 남조선의 현 정권을 궁지로 몰아넣고 국민의 동정과 인기를 사기 위해 꾸민 연기일지도 모른다는 가능성을 제시했습니다."

차일의 발언이 끝나자 모두의 입에서 가느다랗게 한숨이 흘러나왔다.

"그렇다면 둘 중 하나일 수밖에 없는 상황인데…."

신덕수가 말을 흐렸다.

"무슨 말씀이신지요?"

"남조선 아니면 김대중의 자작극일 가능성이 크다 이 말이네. 어차피 민단이나 우리는 이런 일에 개입할 여지가 없으니까."

"의장님, 어떻게 할까요?"

"지금 우리가 취할 수 있는 방법은 없다 보네. 그러니 차 국장은 북조선에 이 사실을 보고하게."

차 국장이 그러마고 자리를 물리자 무거운 침묵이 방안을 채웠다.

"그런데, 의장님."

"말해보게, 문 지부장."

"저를 호출한 사유를 말씀해주시지 않았습니다."

"바로 이 사건과 관련해서라네."

"하면?"

"어차피 우리 조총련의 주력은 오사카 아닌가. 그러니 이 사건의 추이를 살펴가며 만반의 준비를 하라 불렀네."

"그야 당연하지요."

힘주어 답하는 문상대의 얼굴이 경직되고 있었다.

남북조절위 파행

"각하, 송구합니다."

이병선 중앙정보부장이 청와대를 방문하여 안중규 실장이 배석한 가운데 박정희 대통령을 면담하고 있었다.

"북측의 요구가 정확하게 무엇인가."

"중앙정보부가 김대중을 납치하였고 아울러 남북조절위 우리 측 위원장인 저와는 대화를 지속할 수 없다 합니다."

"대화를 중단하겠다고!"

"그뿐만 아닙니다. 적십자회담도 중단하겠다고 합니다."

"할 테면 하라지."

잠시 심각한 표정을 유지하던 박 대통령이 심드렁하니 대답하자 두 사람이 마치 서로에게 답을 구하듯 서로를 주시했다.

"각하, 그렇게 힘들여 이룬 일을 허무하게 멈출 수는 없습니다."

"북에서 하지 않겠다는데 별 수 없지 않나."

"저쪽에서는 위원장만 교체하면 지속하겠다는 의지를 표명하고 있습니다."

"그래서 임자가 자리에서 물러나려고?"

"그도 한 방법이 될 수 있습니다."

"이 사람아, 그러면 김대중을 우리 정부가 납치한 꼴이 되는데 정말 물러나겠다는 말인가. 그게 말이 되는 소린가!"

이병선의 표정이 곤혹스럽게 변해갔다. 그를 살피던 박 대통령이 탁자에 놓여 있던 담배를 입에 물자 이 부장이 급하게 라이터를 켜서 불을 붙여주었다.

"그나저나 김대중 사건은 어떻게 진행되고 있나?"

"일본 경시청에서 특별수사본부까지 설치하고 상당히 깊숙하게 진행시키고 있습니다."

"발각될 소지는 없나?"

"전혀 문제될 바 없습니다."

"어떻게 그리 확신하나?"

"현지 외교관이 개입되었다면 모를까 작전에 참여했던 모두는 정보부에서 비밀리에 파견된 요원들이었습니다."

"그들을 위해 현지에서 도움을 준 사람이 있을 거 아니오?"

잠자코 듣고 있던 안 실장이 근심 어린 표정을 지으며 나서자 이 부장이 마뜩치 않다는 듯이 안 실장을 주시했다.

"현지에서 도움을 준 사람이라. 맞아, 중정에서 파견된 사람들만으로는 그 일이 이루어질 수 없지. 그 문제는 어떤가?"

"물론 있습니다만. 저희 쪽 사람으로 현재 오사카 영사관에 적을 두고 있습니다. 아울러 전혀 발각될 소지는 없습니다."

이 부장이 비록 힘을 주어 대답했지만 얼굴 한 켠에 근심이 드리워지기 시작했다. 마침 그 순간 노크 소리가 들리고 이어 문이 열리며 장경호 외무부 장관이 들어섰다.

"장관께서 어인 일이십니까?"

"내가 불렀네. 오늘 임자가 김대중 사건과 관련하여 보고가 있을 것이라며 동석하도록 하였네."

장 장관이 가볍게 밭은기침하며 이 부장 옆에 자리 잡았다.

"외교 라인은 지금 어떻게 가동 중에 있소?"

"지금 주일대사관과 일본의 외무성 그리고 우리 외무부와 주한 일본대사관이 다각도로 접촉하고 있습니다."

"일본 외무성의 요구는 무엇입니까?"

이병선이 슬그머니 목소리를 높였다.

"그쪽에서는 사건 당사자인 김대중 그리고 당일 그를 접촉했었던 양일영 총재와 김수인 의원을 조사할 수 있도록 일본으로 보내줄 것을 요구하고 있습니다."

"그래서 어떻게 대응하고 있습니까?"

"그렇다고 보내줄 수는 없는 일 아닙니까?"

이병선의 반문에 장 장관이 말꼬리를 높였다.

"그야 당연합니다만."

이병선이 채 말을 마무리 짓지 못하고 박 대통령을 주시했다.

"그래서 그 사람들은 우리의 수사 대상이므로 보내줄 수 없다 하였습니다."

"잘 대처하셨소. 그런데 장관 생각으로는 어떻게 일이 전개될 것 같소."

"외람되지만 일본 측 입장이 너무나 강경합니다. 일본의 주권이 강탈당한 사건으로 규정하고 있고 어떻게든 이 사건을 철저하게 조사하여 그 실상을 공개하려는 입장입니다."

"당연히 그러하겠지요."

장 장관과 대화를 지속하던 박 대통령이 마땅치 않은 표정을 지으며 이 부장을 주시했다. 이 부장이 슬그머니 고개를 떨구었다.

"그런데 일본 정부도 그렇지만 일본 의회의 압력이 더욱 거셉니다."

"의회라면?"

"김대중과 긴밀한 관계를 유지하고 있는 인물들입니다."

"누구입니까?"

"중의원인 자민당의 우쓰노미야와 사회당 덴 히데오 의원이 앞장서고 있습니다."

"우쓰노미야라면 북의 김일성과 돈독한 관계를 유지하고 있는 인물 아니오."

"그뿐 아니라 일본 내에서 김대중의 후견인 역할을 하는 인물입니다. 하여 정보부에서는 그를 매개로 김대중이 김일성과 접촉을 시도하리라 전망하고 있습니다."

이어지는 박 대통령과 장 장관의 대화에 이병선이 슬그머니 고개 들며 대신 말을 받았다. 박 대통령이 이병선의 얼굴을 힐끗 바라보고 시선을 다시 장 장관에게 주었다.

"그들의 주장은 무엇입니까?"

"의회 내에서 결의안을 채택할 것을 강력히 주장하고 있습니다."

"결의문이라면?"

이 부장이 가볍게 헛기침하며 말을 이었다.

"물론 의회에서 사건 진상규명 관련 결의안을 채택하자는 이야기입니다. 김대중이 부당하게 구금되어 한국에 귀환된 일은 일본의 주권에 대한 침해라 강변하고 있습니다."

"요구사항은 무엇입니까?"

"물론 철저한 사건 규명입니다. 그런 차원에서 의회에서도 김대중의 일본행은 반드시 이루어져야 하고 또 우리 정부에서 범인을 체포할 경우 반드시 일본에 인도하도록 요구해야 한다는 내용입니다."

장 장관의 발언이 끝나자 모두 약속이라도 한 듯 가볍게 한숨을 내쉬었다.

"절대 넘겨줄 수는 없는 일 아닌가, 이 부장."

"그야 당연합니다."

"아울러…."

이 부장이 당당하게 말을 받자 다시 장 장관이 나섰다.

"말하세요."

"일 외무성의 아세아국 나까에 차장이 주일 대사관에 사견을 전제로 몇 가지 사항을 요구하였습니다."

"사견이라면."

"물론 사견이라는 토를 달았지만 일본 정부의 공식 입장이라 보아도 무방할 듯합니다. 일본 측에서는 이 사건으로 여하한 경우라도 한국과의 관계가 악화되는 일은 방지해야 한다는 입장입니다. 하여 두 가지 안을 제시하였습니다."

"두 가지 안이오?"

"첫째, 현재까지 수사 결과 한국 정부가 관여되지 않았다는 것을 확인했음을 일본 정부에 다시 명백히 통고하고 일본 정부가 김대중의 일본 방문을 요청하고 있음에 비춰 수사상 필요한 일정 기간 후에는 한국 정부가 김 씨의 일본 방문을 고려할 수 있다는 정도로라도 성의 표시를 함으로써 일본 정부의 언론 및 의회대책에 협조해 달라는 내용입니다."

"두 번째 안은?"

"한국 정부가 이 사건 수사 결과를 일본 정부에 통고하고 앞으로 이 사건 수사 전망과 수사 소요 기간을 대충 정해 이 기간에는 한일 각료 회의를 열지 말자고 한국 측이 제안함으로써 일본 정부의 일방적 조치를 미리 막고 한일 양국이 합의에 의해 새 일정을 정할 수 있을 것임을 요구하였습니다. 아울러 지금 이야기한 두 개의 안 중 우리 측이 하나라도 받아들여 주어야 할 것이라 하였습니다."

박 대통령이 이 부장을 주시하며 잠시 침묵을 지켰다.

"장관의 의견은 어떠하오. 먼저 의견을 들어봅시다."

"각하, 외람되오나…."

"주저 말고 말씀하세요."

"두 개의 안을 모두 들어주겠다고 통보하심이 어떠하겠습니까?"

"모두 말이오!"

박 대통령이 의아한 표정을 지으며 이 부장과 안 실장을 번갈아 주시했다. 순간 안 실장의 눈동자가 반짝였다.

"안 실장의 생각은 어떤가?"

"각하, 방금 장 장관의 제안이 매우 적절하다 생각합니다."

"무슨 근거로?"

"이야기를 들어보니 첫 번째 안은 형식에 불과한 듯 보입니다. 아울러 일본 측 주장은 명분을 달라는 듯 보이는데 결론은 한일 각료 회의를 잠정 중단하자는 내용으로 비쳐집니다. 그러니 둘 다 수용하여도 무방하리라 생각합니다."

"각하, 그리고 이후는 정치적으로 해결하시면 될 듯합니다."

이 부장의 표정이 살아나고 있었다.

"장관, 각료 회의를 잠정 중단해도 무리 없겠습니까?"

"무리 여부를 떠나서 지금 가장 중요한 일은 일본인들의 악화된 여론을 누그러트리는 부분이라 생각합니다."

"좋소, 그리 검토해보도록 하시고."

박 대통령이 말을 잠시 멈추고 이 부장을 주시했다.

"임자, 북 쪽에는 어떻게 대응하려는가?"

"강하게 밀고 나가렵니다."

느닷없이 불거진 대화에 장 장관이 어리둥절한 표정을 지었다. 그 의미를 파악한 안 실장이 장 장관이 오기 전에 오갔던 대화 내용을 되풀이했다. 이야기가 끝을 맺자 장 장관이 고개를 끄덕였다.

"그러면 남북관계가 새롭게 변화될 수도 있다는 말씀입니다."
"그럴 수도 있지요. 그러나 이 시점 북한과의 관계는 그다지 중요하지 않소. 그러니 일본과의 관계에 치중하여 주시오."
"물론입니다, 각하."
"그리고 이 부장은 더 이상 문제가 불거지지 않도록 만전을 기하게."

장 장관이 마뜩치 않은 표정을 지으며 이 부장을 바라보았다.

조총련 오사카 지부

 조총련 오사카 지부에 일단의 사람들이 모여들었다. 문상대 지부장의 지시에 따라 오사카 이쿠노구 지부장인 성동일 그리고 이즈미오쓰 지부장인 김동규와 선전부장인 차영석이 참석했다.
 "가셨던 일은 어떻게 되었습니까?"
 문이 열리며 문상대 지부장이 들어서 자리 잡자 성동일이 입을 열었다.
 "이호룡 정치부장의 모습은 보이지 않는데, 무슨 일 있나?"
 "급한 일이 발생하여 늦겠다고 통보해왔습니다."
 "급한 일이라니?"
 "내용은 말하지 않았습니다만."
 "그래, 그건 그렇고. 도쿄의 본부에 들러서 현재 일의 진행 상황 그리고 향후 조처에 대한 의견을 나누었네."
 성동일의 난처한 표정을 살피던 문상대가 대화를 바꾸어 나갔다.
 "의견이라니요?"
 성동일이 이해되지 않는다는 듯 고개를 갸웃거렸다.
 "아직도 결말나지 않아 그러네. 경시청이 쉽사리 결단 내리지 못하고 있네."

"지부장님, 그게 시원하게 결말 날 수 있는 사안이 아니지 않습니까? 남조선 애들이 고분고분하게 우리가 한 일이오 하고 자백하겠습니까. 듣기로는 그야말로 프로급 인물들의 작품이었다 하던데요."

"차 부장 말이 맞네. 지금 일본 정부도 상당히 고민하는 모양이야. 워낙 완벽하게 일 처리 해서 수사에 상당한 어려움이 있다 하네."

"그런데, 지부장님."

"말해보게."

"여하튼 김대중 선생은 곱게 남조선 자택에 도착하였으니 사건은 일단락 난 것 아닙니까. 괜히 우리가 나설 특별한 이유라도 있습니까?"

잠자코 지켜보던 김동규가 나섰다.

"두 가지 이유에서라네."

"두 가지요?"

"첫째, 북조선 입장이라네."

"자세히 설명해주시겠습니까?"

"비록 북조선에서 남조선과 평화통일 협정을 맺었으나 북조선은 내심 김대중 선생이 지지하는 연방제 통일방안을 선호하고 있네."

"그야 모두 알고 있는 사실이지만, 그렇다고 덜컥 김대중 선생과 손잡을 수는 없는 노릇 아닙니까?"

"물론 그렇지. 그러나 선택의 폭을 넓히고 남조선을 압박하여

유리한 고지를 선점할 수 있지는 않겠는가."

문상대가 잠시 말을 멈추고 모두의 얼굴을 주시했다.

"다음은 우리들의 입지 강화를 위해서라네."

이어지는 문의 이야기에 모두 고개를 끄덕였다. 일본과 남한의 관계가 긴밀해지면서 남한이 일본 정부를 상대로 조총련에 대해 거세게 압박하고 있었고 그에 일본은 조총련에 대해 전과는 다른 태도를 보였던 터였다.

"그러면 이번 사건을 어떻게 활용해야 합니까?"

물론 김동규의 지적이었다.

"그래서 비록 사건은 결말나지 않았지만 자네들과 그 문제를 상의하고자 불렀네."

"우리야 그냥 본부의 지시만 받고 그대로 행동하면 되는 게 아닙니까?"

차 부장의 질문에 문상대가 가볍게 한숨을 내쉬었다.

"왜요, 문제 있습니까?"

"문제라기보다도, 이런 문제를 본부에서 드러내놓고 접근할 수는 없는 일 아닌가. 혹여 만에 하나라도 일이 잘못되어 본부가 연루된 사실이 밝혀진다면 가뜩이나 열악한 상황이 더욱 꼬여들 걸세."

"그래서 오사카 지부 자체로 준비하라는 말씀입니다."

"반드시 그런 건 아니네. 다만 본부는 전면에 나설 수 없으니 그를 감안하고 일 처리 하라는 이야기라네."

"구체적으로 말씀해 주시지요."

"일단 단기적으로는 양동 작전을 감행하려 하네."

"양동 작전이라면."

"본부는 김대중 선생과 가까운 사이를 유지하고 있는 의원들에게 접근하여 사건의 진실을 반드시 밝혀 달라 청원하려 하네. 아울러 김대중 선생을 원상복귀 즉 일본으로 다시 돌아올 수 있도록 요구하려 하네."

"우리는 어떻게 대응하면 되는지요."

"우리는 드러내놓고 규탄대회 등 소모임을 통해서 그리고 우리 명의로 각종 기관지에 이 사건의 부당성을 홍보해야 할 걸세."

"그거야 별 문제없고요. 그러면 장기적으로는 어떻게 대응할 겁니까?"

"결국 수사가 마무리되어야 하겠지만, 이도 좀 전에 말한 대로 불투명한데. 여하튼 김대중 선생에 대해 어떻게 해야 할지 우리 선에서 대책을 마련해보아야 할 일이야."

김동규와 문상대의 이어지는 발언에 마치 그 대책을 찾아보겠다는 듯이 모두 침묵을 지켰다. 순간 문이 열리며 이쿠노구 정치부장인 이호룡이 들어섰다. 이어 이호룡이 참석자들의 면면을 살피며 곧바로 자리 잡았다.

"무슨 일 있었는가?"

"니가타 항에 다녀오는 길입니다."

문상대의 질문에 이호룡이 무의식적으로 주위를 둘러보았다.

"니가타 항이라면 혹시…."

"지금 만경봉호가 니가타 항에 정박해 있습니다. 얼마 전 만수대 예술단을 태우고 입항했습니다."

"공연 때문에 입항한 게 아니었는가?"

"그렇습니다만 그들과 함께 온 사람을 만나고 오는 길입니다."

"누군가?"

"북조선 노동당 정치국원입니다."

이호룡의 은근한 대답에 모두가 서로의 얼굴을 번갈아 주시했다.

"무슨 연유로 만났는가?"

"물론 김대중 선생에 관한 일이었습니다."

"자세히 이야기해보게."

"남조선에 잠입해 있는 간첩으로부터 동 사건에 관한 정보를 입수하였답니다. 남조선의 중앙정보부가 현지 공작원이 아닌 본부 요원들을 파견하여 김대중 선생을 납치하였답니다. 그 과정에 남조선 국회의원인 양일영과 김수인을 이용하였고요."

"뭐라, 그러면 그 두 사람이 김대중 선생을 유인했다는 말인가?"

"그런 모양입니다. 하여 일본 측에서는 김대중 선생은 물론이고 양일영과 김수인에 대해서도 증인 차원에서 방일을 요구하고 있답니다."

"그래서 자네에게 요구한 일은 무엇인가."

"어떤 수를 써서라도 김대중 선생이 조속한 시일 내에 일본으로 올 수 있도록 해야 한다 하였습니다."

"그야 누구나 알고 있는 사실 아닌가. 그런데 그 방법이 문제 아니겠는가."

"그런 연유로 북조선에서는 역으로 생각해보았답니다."

"역으로라니?"

"남조선이 김대중 선생을 납치한 그 방식 말입니다."

"김대중 선생을 납치하여 일본으로 모셔오겠다는 말인가?"

"그런 이야기입니다."

"그런데 그게 가능할까?"

"물론 어렵지요. 그러나 그만큼 북조선의 각오가 확고하다는 이야기입니다. 그리고….."

"말하게."

"북조선이 이번 사건으로 남조선과의 관계를 새롭게 할 것이라 했습니다."

"실상을 따지면 겉만 화친의 입장을 취하고 있는 것 아니었던가?"

"그 부분까지도 즉 겉으로 보이는 그 부분까지 새롭게 하겠다는 의미입니다. 그런 연유로 지금까지 진행되었던 남조선과 북조선 간의 조절위원회 활동 또한 적십자 활동 모두 접을 거라는 이야기였습니다."

"북조선에서 강하게 압박하겠다는 의미로 들립니다."

가만히 대화를 듣고 있던 성동일이 나섰다.

"맞습니다, 아울러."

이호룡이 다시 주위를 살폈다.

"이 사람 완전히 병이구먼, 병."

이호룡의 행동이 마땅치 않은지 문상대가 가볍게 혀를 찼다.
"제게도 김대중 선생을 일본으로 모시고 올 수 있는 방안을 강구하라 하였습니다."
"자네가 무슨 수로."
"하여 이곳에 오면서 곰곰이 생각해보았는데, 이곳에서도 김대중 선생을 모셔올 수 있을 것 같은 생각이 들었습니다."
"어떻게 말인가?"
"가령 예를 들어서, 일본에 있는 남조선 대사관을 점령하는 일이지요."
"뭐라, 남조선 대사관을 점령한다고!"
문상대가 기가 찬지 목소리를 높이고는 좌중을 훑어보았다.
"이 부장, 정신 나갔는가!"
성동일 역시 목소리를 높였다.
"꼭 부정적으로 바라볼 일만은 아닙니다. 남조선 대사관을 점령하고 그 사람들을 인질로 하여 김대중 선생과 교환하자 요구하면 될 듯합니다."
"인질, 교환."
그 순간까지 잠자코 있던 김동규가 그 말을 되뇌며 참석자들의 얼굴을 일일이 살펴보았다.
"여하튼 그 일은 제게 맡겨주십시오."
모두가 납득되지 않는지 서로가 서로의 얼굴을 주시했다.

연막

 저녁 늦은 시간 도쿄의 한 음식점 구석진 방에서 주일 대사 김효와 참사관 조성호가 초조하게 누군가를 기다리고 있었다.

"올 시간이 한참 지났는데…."

김 대사의 중얼거림에 조 참사관의 얼굴에 당혹감이 역력하게 흘러나왔다.

"대사님, 반드시 오겠다 하셨습니다. 그러니 조금 더 기다리시지요."

김 대사가 조 참사관의 말을 건성으로 듣고는 자신의 손목시계를 바라보았다. 벌써 약속 시간이 30분이나 훌쩍 지나고 있었다. 이어 목이 타는지 상위에 놓여있는 물컵을 들어 기울이는 중에 노크 소리가 들려왔다. 반사적으로 몸을 일으킨 조 참사관이 급히 문을 열자 애타게 기다리던 일본의 중의원인 이하라가 모습을 드러냈다. 그의 존재를 확인한 김 대사 역시 자리에서 일어나 공손하게 맞이했다.

"많이 기다리셨겠습니다. 다른 사람들의 눈을 피하느라 빙빙 돌아오다 보니 이렇게 늦었습니다. 용서 바랍니다."

"용서라니요, 당치 않습니다. 어서 자리하시지요."

1974년 8월 15일

모두 자리를 정돈하자 음식이 들어오기 시작했고 잠시 일상사로 대화를 나누었다.
"한잔 받으시지요."
 자리가 정돈되고 종업원들이 물러서자 김효가 술병을 들었다. 이어 술잔이 채워지자 가볍게 잔을 부딪쳤다.
"김종필 총리께 전화상으로 사건에 대한 개략적인 내용을 들었습니다만."
 이하라가 담담한 표정을 지으며 말문을 열자 김 대사가 가볍게 한숨을 내쉬며 방금 내려놓은 빈 잔을 만지작거렸다.
"총리께서 의원께 상세한 전말을 전하고 협조를 당부 드리라고 각별한 지시를 받았습니다."
 잠시 사이를 둔 김 대사가 다시 모두의 잔을 채웠다.
"지금 박정희 대통령 각하의 분노도 이만저만 아닙니다. 기껏 공들여 북한과 평화관계를 복원하려는 찰나에 이런 일이 발생하여서."
 김효가 의도적으로 뜸을 들이는지 다시 한숨을 내쉬었다.
"너무 심려 마시고 시원스레 말씀하세요. 어차피 김종필 총리의 말씀이라면 저 역시 적극적으로 협력하렵니다."
"총리께서 말씀하셨겠지만 김대중 납치 사건은 대한민국 중앙정보부가 독단으로 저지른 사건입니다."
"그는 잘 알지요. 그런데 대한민국의 중앙정보부가 그리 대단합니까? 귀신도 그리 일 처리 하기는 힘들 터인데."

"내막을 살피니 이병선 부장이 오래전부터 단단히 벼르고 있었습디다. 그래서 완벽에 가까울 정도로 치밀하게 진행하였습니다."

"하기야 그 사람 입장에서 볼 때는 김대중이 그야말로 눈엣가시였겠지요."

"물론 그 사람의 입장에서 살피면…. 그야말로 자신의 생명까지 걸고 북한을 오가며 달성한 일인데, 차마 김대중으로 인해 평생 숙원이 물거품 되는 모습을 보기 힘들었을 것입니다."

"그런데 대통령이나 총리께도 보고하지 않고 일 처리를 그리 할 수 있습니까?"

"본래 그 사람 스타일이 그렇습니다. 매번 일을 일으키고 남들을 옴짝달싹 못하게 만들어 끌어들이는 행태 말입니다."

김효의 말이 끝나자 이하라가 가볍게 혀를 찼다.

"그 사람 오래 가지 못하겠습니다."

"하지만 지금 상황에서는 도리 없습니다. 지금 문책한다면 김대중 사건에 우리가 개입되었음을 인정하는 꼴이 될 테니까요."

"그런데 정작 문제는 이 사건을 바라보는 일본의 입장입니다. 혹여 일이 잘못 진행되기라도 한다면…."

이하라가 중도에 말을 끊자 김 대사와 조 참사관이 서로의 눈치를 살폈다.

"상세히 말씀주시겠습니까."

"지금 일본에서는 가급적이면 북조선과 사이를 두려하고 있는데 이 건이 대한민국 정부에서 일으킨 사건으로 판명된다면 정부는 물론 의회 쪽에서도 강성 발언들이 탄력 받으리라 생각합니다."

"강성 발언이라면 구체적으로 무엇을 의미합니까?"

"당연히 외교 문제가 될 것입니다. 기존 대한민국과의 일방적인 관계가 북한 쪽으로 변경될 수도 있습니다."

"그런 연유로 총리께서 신신당부하신 거 아니겠습니까. 여하튼 의회 쪽 사정은 어떻습니까?"

"대사께서도 잘 아시다시피 우쓰노미야 도꾸마 의원이 김대중의 후견인처럼 무섭게 몰아세우고 있습니다."

"그 사람은 북한의 김일성 주석과도 가까운 사이 아닙니까."

"그리고 덴 히데오 의원 역시 북조선을 강하게 옹호하고 나서는 인물입니다."

"그 사람은 참의원 아닙니까?"

"물론이지요. 하여 두 사람이 앞장서서 의회를 움직이고 언론을 통해 분위기를 확산시키고 있습니다."

두 사람의 표정이 급격히 어둡게 변해갔다.

"그들이 궁극적으로 노리는 바는 무엇입니까?"

"세 가지로 압축될 수 있습니다."

"세 가지라면."

"첫째, 일본이 대한민국과 국교를 중지하고 북조선과 수교하는 방법입니다."

"네!"

두 사람이 동시에 경악스럽다는 반응을 보였다.

"두 번째는 지금 시행되고 있는 대한민국에 대한 경제 원조를 중단하고 또 대한민국의 유엔 가입 문제를 방관하겠다 합니다."

"그게 가능하겠습니까?"

"가능 여부는 물론 여론이 영향을 미치리라 생각합니다. 아무래도 선거를 의식해야 하는 의원들로서 여론을 마냥 무시할 수는 없지 않겠습니까."

"그렇다면 세 번째는?"

"미국 측에 압력을 가해 주한미군을 철수시키려 하고 있습니다."

"주한미군까지 말입니까?"

"그런 연유로 이번 사건 처리에 온 힘을 기울여야 할 것입니다."

김효의 입에서 절로 한숨이 흘러나왔다.

"그러니 신중을 기해야 합니다."

"그 일에서 의원님의 도움이 절실하고요."

"그래서 이야기인데."

이하라가 잠시 말을 멈추고는 잔을 비워냈다. 순간 조 참사관이 술병을 들어 조심스럽게 빈 잔을 채웠다.

"이 자리에 오면서 문득 일어난 생각인데…."

"말씀 주시지요."

김효의 목으로 마른 침이 넘어가고 있었다.

"일종의 연막작전을 펴는 겁니다."

"연막이요!"

"지금 모두가 대한민국의 중앙정보부와 주일대사관 직원이 이 사건에 연루되어 있다 믿고 있지 않습니까?"

"외람되게도 저희 대사관 직원이 중앙정보부의 일을 도왔다는 이야기가 있습니다만."

"그런데 지금 대사관 직원 중에는 이 사건과 연루된 사람이 없지 않습니까."

이미 김종필 총리로부터 사건에 대한 상세한 내막까지 들어 모두 알고 있는 모양으로 말에 힘이 들어 있었다.

"당연합니다. 사건에 참여한 인원은 일본 현지 직원이 아닌 대한민국에서 파견된 정보부 요원들이었습니다. 그러니 출입국 관리소에서도 밝혀낼 수 없지요. 아울러 대사관 직원 중에는 관련자가 없습니다."

"그래서 그를 역으로 이용해보자는 이야기요."

"알기 쉽게 말씀주시겠습니까."

"그러니까. 현 대사관에 근무하는 고위급 인사를 김대중 납치 사건에 연루된 것으로 일을 꾸미자 이 말이오."

의미를 알지 못하겠다는 듯 두 사람이 서로의 표정을 살폈다.

"그래서 연막이라는 거요."

"하면."

"대사관에서 가장 의심 살 만할 사람을 내게 지목해주세요. 그러면 내가 경시청에 비밀 루트를 통해 그 사람을 범인 중 한 사람이라 지적할 테니."

두 사람이 의미를 헤아리며 서로의 얼굴을 다시 주시했다.

"그렇게 되면 의원님은 어떻게 됩니까?"

"물론 은밀하게 처리하겠지만 후일 밝혀질 수 있겠지요. 그런 경우라도 문제없습니다."

조 참사관이 고개를 갸웃거렸다.

"의원이 좋은 게 뭐겠습니까. 그러니 단지 의혹 제기만 하고 빠지는 게지요."

"사건 해결에 혼선을 일으키겠다는…."

"바로 그렇소."

"그러면서 한국 대사관을 포함하여 한국 정부와는 전혀 관계없음을 입증하시겠다는 말씀이십니다."

이하라가 대답하지 않고 가볍게 미소 지으며 잔을 비워냈다. 그 모습을 바라보던 두 사람 역시 잔을 비워냈다.

"이 은혜 결코 잊지 않겠습니다."

"감사합니다, 의원님."

두 사람의 연이은 치사에 이하라가 가볍게 손을 저었다.

"실은 내 경우 김대중과 북조선을 인정하지 못하는 입장입니다. 아울러 장기적으로 바라볼 때 북조선과 일체의 교류도 중지하고, 특히 일본에서 조총련의 합법적인 지위도 박탈해야 한다 생각하고 있습니다. 그러니 대한민국의 이익과 내 생각이 맞아떨어지는 게지요."

"여하튼 대한민국을 대표해서 진정 감사의 말씀 전합니다."
 말을 마친 김효 대사가 공손하게 이하라의 잔을 채웠다.
 "대사께서는 당장 내일이라도 사건 연루 추정자의 사진과 인적사항을 내게 알려주기 바랍니다."
 김 대사와 조 참사관이 이하라의 기지에 조용히 찬사를 보내며 잔을 비워냈다.

김대중 구출 위원회

"어서 오세요."

오사카 이쿠노구 중심가 한 다방에 이호룡이 들어서자 20대 초반의 젊은 남자와 여인이 살갑게 맞이했다.

"문석원은?"

"그 친구도 불렀습니까?"

순간적으로 고타로가 목소리를 높이며 자신의 아내 기미코를 바라보았다.

"왜 그래!"

기미코가 즉각 반응하자 고타로가 머쓱한지 슬그머니 뒤통수를 긁적였다.

"이 사람 이거, 지금 질투하는 건가?"

"질투라니요. 제가 그렇게 한심한 사람으로 보입니까?"

"당연히 아니지. 자네 같은 남자 중에 상남자가 질투라니."

이호룡이 슬쩍 추임새를 넣어주자 고타로가 슬그머니 어깨를 으쓱했다.

"내게는 오로지 당신밖에 없으니 행여나 다른 남자 문제로 이상한 생각 하지 마."

"그야 당연하지."

기미코가 얼굴에 잔뜩 힘을 주고 말하자 고타로의 목소리에 힘이 들어갔다. 그 모습을 바라보며 이호룡이 슬그머니 미소를 보냈다.

"요즘에는 무엇들 하며 지내는가?"

"이 사람은 다니던 섬유회사에 지속해서 다니고 있고 저는 보육원에 보모로 취직하여 일하고 있어요."

"둘 다 일한다니 보기 좋네. 그런데 집회에는 자주 참석하고 있겠지?"

"그야 당연하지요. 어차피 이이와 저는 북조선 편인걸요. 그렇지, 자기."

"당연하지. 그래서 이번 김대중 선생 납치 사건과 관련하여 집 벽에 박정희 정권의 만행을 규탄하는 표어까지 붙여놓고 있습니다."

"그것 참 고마운 일이네. 오히려 조선 사람보다 더 관심을 가져주어 항상 고마운 마음 가지고 있네."

"힘들더라도 노동자가 주인이 되는 세상을 열어야지요."

힘주어 말한 고타로가 잠시 생각에 잠겨들었다 다시 말문을 열었다.

"그런데 부장님."

"말해보게."

"저희 부부를 부른 사유가 있을 터인데…."

고타로가 중간에 말을 멈추고 기미코의 눈치를 살폈다.

"자네들에게 그리고 문석원에게 부탁할 일이 있어 불렀다네."

"혹여 김대중 선생 납치 사건과 관련해서입니까?"

"당연하네. 어차피 우리가 염원하는 노동자의 세상을 이루기 위해서는 북조선을 지지해야 하고 또 북조선을 위해서는 김대중 선생을 어떻게든 남조선 지도자로, 그게 안 되면 망명정부의 지도자로 모셔야 하네."

"당연히 그리 해야지요. 그런데 저희가 해야 할 일이 뭔가요?"

"그 일은 잠시 후 문석원이 오면 함께 의논해보세."

두 사람이 고개를 끄덕이자 셋은 잠시 소소한 일상사로 대화를 나누기 시작했다. 그러나 금방 올 듯했던 문석원의 출현이 늦어지고 있었다.

"이 사람 뭐하기에 아직도 오지 않나."

이호룡이 약간 짜증나는 투로 말하자 기미코가 고타로에게 눈짓을 주었다. 눈짓에 따라 고타로가 카운터에 있는 전화기로 향하는 중에 다방 문이 열리면서 문석원이 상기된 표정으로 들어서고 있었다.

"그렇지 않아도 너한테 막 전화하려던 참이었네."

"그래."

고타로가 퉁명스럽게 말을 건네자 문석원이 건성으로 말을 받고는 저만치에서 자신을 주시하고 있는 이호룡과 기미코에게 급히 다가갔다. 고타로가 그 뒤를 느릿느릿 따랐다.

"왜 이리 늦었나?"

문석원이 자리도 잡기 전에 이호룡의 질책이 이어졌다.

"한청(한국청년동맹) 친구들과 긴급히 상의할 일이 있어서 늦었습니다."

"한청 사람들과?"

"김대중 선생 문제 때문에 저희들끼리 의견을 나누어보았습니다."

이호룡이 가볍게 한숨을 내쉬고 자리를 정돈하고는 헛기침했다.

"실은 그 일 때문에 자네들을 보자 했네."

"저 역시 그 일로 만나자고 하였음을 짐작했습니다만, 저희는 어찌 처신해야 하겠습니까?"

문석원의 말투가 단호했다.

"일단 집회에 주력하도록 하게. 김대중 선생 납치는 남조선 중앙정보부에서 이루어졌고 이는 일본의 주권을 처참하게 짓밟은 후안무치한 행위였다고 말일세."

"너무 약하지 않습니까?"

"그러면. 자네는 달리 생각하는 게 있는가?"

"일전에 부장께서 잠깐 언급했던 일을 실행했으면 합니다. 그 일 때문에 심도 있게 대화를 나누고 왔습니다."

"그게 무슨 일인데?"

잠자코 듣고 있던 기미코가 조심스럽게 개입했다.

"일전에 부장께서 한국 대사관을 점령하여 직원들을 인질로 잡아 김대중 선생과 교환하는 일을 말씀하셨어."

"그래서 진짜 대사관에 쳐들어가려고!"

고타로가 목소리를 높이며 이호룡을 주시했다.

김대중 구출 위원회

"대사관은 규모가 커서 다소 어려움이 있지. 그래서 대사관이 아니라 여기 오사카에 있는 영사관을 점령하려고."

"영사관을!"

"네, 부장님. 한청 동무들과 이미 협의를 거쳤습니다."

"자세히 이야기해 보게나."

"저와 네 명의 동료가 다이너마이트로 무장하고 영사관을 장악하여 직원들을 볼모로 잡기로 하였습니다."

"다이너마이트라니. 그걸 어디서 구한다고."

"일전에 제가 교류했던 사람들로부터 충분히 구할 수 있습니다."

이호룡이 한동안 좌익 과격파 세력들과 어울렸던 문석원의 전력을 생각하는지 잠시 눈을 반짝였다.

"언제 하기로 하였는가?"

"가급적 빠른 시일에 처리하려 합니다만."

이호룡이 기미코와 고타로를 바라보며 가볍게 한숨을 내쉬었다.

"일단 그 건은 보류하도록 하세."

"무슨 말씀이십니까!"

문석원의 목소리가 절로 올라갔다.

"자칫하면 역효과가 발생할 수 있네."

"역효과라니요?"

"나도 일시적으로 대사관 점거를 생각한 적 있지만 일단 이 사건은 순리로 풀어가야 할 일이라 판단하네. 행여나 영사관 점거 과정에 불상사라도 발생한다면, 아니 반드시 불상사가 발생할 터인데 그런 경우라면 오히려 하지 않으니만 못하네."

"그럴 일 없습니다!"

문석원의 얼굴이 급격하게 굳어갔다.

"자네가 어떻게 장담하는가, 특히…."

"특히 무엇을 말입니까?"

"그 사람들이 고분고분 당할 리도 없고. 또 영사관 직원들 중에서도 남조선 정보기관 사람들이 반드시 있을 터이네. 그리고 자네 성격을 한번 생각해보게."

"제 성격이 어때서요?"

"그걸 몰라서 물어보나?"

"하기야."

잠자코 대화를 듣고 있던 기미코가 가볍게 혀를 찼다.

"너는 또 왜 그래!"

"뭐라고!"

문석원의 신경질적인 반응에 고타로의 눈썹이 절로 치켜 올라갔다.

"자자, 그 문제는 조금 시간을 가지고 생각해보고 당장 우리가 할 수 있는 부분에 대해 이야기하도록 하세."

분위기가 험악해지자 이호룡이 서둘러 정리했다.

"그래서 그런데 김대중 선생을 구출하기 위해 정식으로 단체를 만들려 하네."

이호룡의 재차에 걸친 이야기에 모두의 시선이 이호룡을 향했다.

"정식 단체요?"

"그래야 향후 우리 일에 탄력을 받지 않겠는가. 아니 반드시 그래야 하고."

"당연합니다. 그러면 단체의 이름을 뭐로 하렵니까?"

문석원이 방금 전의 일은 마치 남의 일이 되어버린 듯 열광하며 말을 이어갔다.

"김대중 선생 구출위원회로 명명하고자 하는데 어떤가?"

모두가 약속이라도 한 듯 그 말을 되뇌었다.

"좋습니다."

문석원이 말을 잇자 기미코와 고타로 역시 고개를 끄덕였다.

"그리고 위원장은 자네가 맡아주었으면 하는데."

시선을 받은 문석원이 고개를 갸웃거렸다.

"왜 그러나?"

"부장님이 계신데 어찌 제가 위원장이 될 수 있습니까?"

"내 경우는 전면에 나설 수 없네."

"무슨 특별한 사유라도 있습니까?"

"순수성이 왜곡될까 그러네. 내게는 조총련 정치부장이라는 직함이 있지 않은가. 따라서 이 운동은 순수하다는 이미지를 주어야 하네."

모두 그 말의 의미를 헤아렸다는 듯 고개를 끄덕였다.

"듣고 보니 부장님 말씀이 옳은 듯해요."

기미코가 맞장구치고 문석원을 주시했다.

"그래, 네가 이번 일에는 적임일 듯하네. 김대중 선생에 대한 네 열정은 모두가 알고 있으니 말이야."

고타로 역시 문석원에게 힘을 실어주자 석원의 어깨가 가볍게 움직였다.

"그런데 부장님."

순간 문석원이 고개를 갸웃거렸다.

"왜 그러나?"

"김대중 선생 구출을 위해 위원회를 구성한다 하지만 그를 전면에 내세울 수는 없는 일 아닌지요."

갑작스런 제안에 이호룡이 잠시 생각에 잠겨들었다.

"듣고 보니 자네 말이 타당성 있네. 그래, 자네 생각은 어떠한가."

"이곳에도 한청 사무실을 여는 겁니다."

"한청 사무실?"

"지금 이곳에는 한청 지부가 정식으로 설립되어 있지 않으니 정식으로 지부를 설립하고 그를 기치로 김대중 선생 구출활동을 전개했으면 합니다."

잠시 생각에 잠겼던 이호룡이 문석원의 손을 잡았다.

"자네 말이 옳네. 그렇게 하도록 하고 자네가 의견을 내었으니 한번 자네가 움직여보게. 위원장은 자네가 하고."

"아닙니다. 위원장으로는 제 형을 앉히려 합니다."

"문동원을!"

이호룡의 반응에 고타로와 기미코도 고개를 끄덕였다.

미끼

"대사님."

김효 대사가 출근하자마자 조성호 참사관이 상기된 표정으로 집무실로 들어섰다.

"왜 그러나?"

"이하라 의원이 기어코 일을 벌였습니다."

"그러면 지금 이성원 일등 서기관에게 모든 시선이 쏠리고 있다는 이야기인데. 그 내용은 무엇인가."

"세 가지 이유로 이성원 서기관을 주목하고 있다 합니다. 첫째, 이성원 서기관으로 생각되는 인물이 일본의 한 흥신소에 김대중 씨의 소재 조사를 의뢰 했다고 합니다. 둘째, 호텔 내 엘리베이터에서 그를 보았다는 목격자가 나왔답니다. 그리고 정말 중요한 세 번째는 현장에서 발견한 지문과 이성원 서기관의 지문이 일치하였답니다."

"허허, 이거 이하라 의원에게 절이라도 해야겠네."

"당연히 그리해야 할 일입니다."

"그 정도로는 안 되지. 그 이상으로…."

이야기하다 말고 김효가 슬그머니 가슴을 쓸어내렸다.

"이보게, 이 서기관."

영문도 모른 채 대사 앞에 호출된 이성원의 표정에 호기심이 역력했다.

"자네가 큰일 좀 해주어야겠네."

어색하게 서 있는 이 서기관의 손을 굳세게 잡고 자리에 앉혔다.

"무슨 말씀이신지 모르겠지만 나라를 위한 일이라면 조금도 주저하지 않겠습니다."

"고마우이."

김효가 이 서기관을 바라보며 가볍게 탄식했다.

"그런데 무슨 일이신지요?"

"금번 발생한 김대중 납치 사건은 잘 알고 있지?"

"그야 이를 말입니까."

"지금 일본 측에서 한국의 중앙정보부와 우리 대사관을 의심하고 있는 일 역시 알고 있겠지."

"물론입니다."

"그래서 그런데. 우리 조사에 의하면 자네가 사건이 발생했던 그랜드 팔래스 호텔에 자주 드나들었다고 하던데."

"그야 업무상 사람들 만나기 위해 그랬었습니다만."

"그리고 사건 전날 저녁에도 그곳을 방문했었다 하던데."

"그곳에서 언론사 기자들과 함께 저녁 식사했습니다."

이야기가 자꾸 김대중 납치 사건으로 초점이 맞추어지자 이 서기관의 얼굴에 근심의 기색이 드러나기 시작했다.

"아아, 걱정하지 말고. 다만 우리가 그를 한번 이용하자 이 말이네."

이 서기관이 더욱 이해되지 않는지 그저 김 대사의 얼굴을 멀뚱히 주시했다. 그를 간파한 김 대사가 그의 손을 놓고 지난번 이하라 의원과 나누었던 이야기에 대해 상세하게 설명을 곁들였다. 이야기를 듣는 이 서기관의 표정이 시시각각 변하고 있었다. 이야기를 모두 마치자 가벼운 한숨까지 흘러나왔다.

"그래서 저를 희생양, 아니 미끼로 주자는 말씀이신지요."

"그렇지 미끼, 바로 미끼네."

순간 이 서기관의 얼굴에서 미세한 미소가 흐르기 시작했다.

"그런 일이라면 기꺼이 참여하도록 하겠습니다."

"고맙네. 그리고 말일세."

"말씀하시지요."

"여하튼 사건 당사자로 지목받으면 결과와는 상관없이 자네는 이곳 근무가 용이치 않을 걸세."

"당연합니다."

"하여 사건이 일단락되면 자네를 본국으로 보내도록 하겠네."

"기꺼이 따르도록 하겠습니다."

이 서기관이 가볍게 고개 숙이자 김효 대사가 다시 이 서기관의 손을 잡았다.

"대사님, 이제 슬슬 역공을 준비해야 하지 않겠습니까?"

"역공이라니."

"이 서기관을 지목한 일에 대해 우리가 적극적으로 나서서 그들의 행태를 비난해야지요."

"이 사람아, 그게 어디 가당한 일인가?"

"네!"

"어차피 그 사건은 우리가 개입한 일 아니던가."

"그래도."

"강한 역공은 역풍을 맞을 수 있네. 그러니 우리는 저들의 공세에 수세적으로 대처하면서 저들의 기세가 수그러들기를 기다려야 하네."

조 참사관이 잠시 생각에 잠겨들 즈음 노크 소리가 들리며 비서가 일본 외무성의 고이즈미 차관이 방문했음을 알려왔다. 김 대사와 조 참사관이 급히 정색하고 고이즈미를 들였다.

"차관께서 이른 시간에 연락도 없이 어쩐 일입니까?"

자리를 잡자마자 김 대사가 단도직입적으로 질문하자 고이즈미가 즉답을 피하고 난처한 기색을 보였다.

"무슨 일인지 기탄없이 말해보세요. 우리 사이에 이거저거 따질 필요 없잖소."

김 대사의 은근한 말투에 고이즈미가 가볍게 헛기침하고 의자를 앞으로 당겼다.

"지금 일본 경시청에서 김대중 납치 사건과 관련하여 대사관에 근무하는 이성원 일등 서기관을 소환해야 한다는 강력한 요청이 있어서 왔습니다."

"그게 무슨 소리요?"

"경시청이 모처에서 극비 정보를 입수했는데 이성원 서기관이 사건에 깊숙이 개입되어 있고 또 그래서 반드시 수사해야 한다 요구하고 있습니다."

"그게 가능한 일입니까."

김 대사가 짤막하고 단호하게 말을 맺고는 굳은 표정으로 고이즈미를 주시했다.

"차관님, 어떻게 일국의 외교관을 심증만으로 소환 수사하겠다는 겁니까?"

"조 참사관, 단순히 심증만이 아닙니다. 경시청에서 구체적인 물증을 가지고 요구하고 있어요."

"구체적 물증이라니요?"

"잠깐만이오!"

김효의 반문에 고이즈미가 막 입을 열려는 순간 조 참사관이 개입했다.

"왜 그러나?"

"대사님, 이 서기관을 경시청에 보내는 대신 이 자리에 불러 차관님과 대면시켜 함께 사건을 풀어감이 어떠할는지요."

조 참사관의 긴급제안에 김효가 눈을 깜박이며 고이즈미를 주시했다.

"그렇게라도 해주신다면 저로서는 고맙지요."

고이즈미의 답이 이어지자 조 참사관이 곧바로 전화기를 들어 이 서기관을 대사 집무실로 호출했다.

"이보세요, 차관님."

"말씀하세요, 대사님."

"만약에 말이오. 이 서기관이 그 사건에 연루되었다고 한다면 지금까지 대사관에 근무하도록 배려했을까요?"

"저도 그런 의문이 들지 않은 것은 아닙니다. 그러나 경시청이 워낙 확고하게 주장해서."

"그런데 그 극비로 입수했다는 정보의 출처는 알고 있습니까?"

"우리에게까지 함구하고 있습니다."

김효가 속으로 쾌재를 부르며 근심스런 표정을 지었다.

"이보게, 조 참사관."

"네, 대사님."

"김대중 납치 사건이 일어났던 그 시각에 이 서기관이 어디 출타한 적 있는가?"

"한창 근무 시간인데 그럴 리 없습니다. 저도 아침 일찍 이 서기관이 연루되었다는 소식을 접하고 이 서기관과 동료 직원들에게 확인해 본 결과 동 사건이 발생했던 시간 대사관에 있었던 사실을 확인했습니다."

확신에 찬 조 참사관의 변이 이어지자 고이즈미의 표정이 어둡게 변해갔다. 순간 문이 열리며 이 서기관이 모습을 드러냈다.

"이 서기관, 오해 말고 이야기 잘 들어보게."

이 서기관이 자리하자 조 참사관이 설명을 곁들였다.

"저도 대충 이야기는 들었습니다만 어찌 제가."

이 서기관이 목소리를 높이며 고이즈미를 주시했다.

"저는 그 시간 사무실에서 근무하고 있었습니다만."

이 서기관이 이해되지 않는다는 듯 다시 목소리를 높였다.

"그것 참. 여하튼 경시청이 강력하게 의문을 제기하는 사항에 대해 질문할 터이니 답변해줄 수 있겠습니까."

"말씀해보시지요."

"먼저 이 서기관이 흥신소에 김대중 씨의 소재를 의뢰했다는 정보가 있소만."

"전혀 납득되지 않는 이야기입니다. 도대체 제가 무슨 사유로 김대중 씨를 찾았다는 말씀인지. 그리고 흥신소라니요. 정말 이해불가입니다."

"이 부분은 정확하게 이 서기관을 지목한 건 아니오. 다만 이 서기관과 비슷하게 생긴 사람이 김대중 씨의 소재를 의뢰했다는 이야기요. 그건 그렇고 당일 호텔 내 엘리베이터에서 이 서기관을 보았다는 목격자가 나왔답니다."

"당일 그 시간에 말인가요?"

"그렇소만."

"저는 그날 오후 사무실에서 한 발자국도 밖으로 나간 사실이 없는데요."

"혹시 다른 날 본 건 아닙니까? 이야기를 들어보니 이 서기관이 손님을 만날 때 주로 그 호텔을 이용한다 하던데."

김효 대사가 슬그머니 끼어들었다.

"그날은 아니고 그 전날 저녁에는 방문했었습니다만."

"전날 저녁에요?"

"일본 주재 기자들과 저녁을 함께 했었습니다."

"그래서 곳곳에 이 서기관의 지문이 남아 있다는 이야긴가."

고이즈미가 마치 자학하듯 한마디 했다.

"그건 무슨 말씀입니까!"

순간 조 참사관이 목소리를 높였다.

"아닙니다. 호텔 곳곳에 이 서기관의 지문이…."

"그런 엉터리 주장이 어디 있습니까. 어떻게 그 지문들이 이 서기관의 지문이라 주장할 수 있습니까. 그러면 일본 경시청에서 우리 직원들의 지문까지 확보하고 있다는 이야기입니다만. 그렇다면 이는 김대중 사건이 아닌 더 큰 문제를 불러일으키리라 봅니다."

"아니요. 확실한 것은 아니고 다만."

고이즈미가 말을 해놓고는 저도 이상한지 고개를 절절하게 흔들었다.

"차관님, 무슨 말씀이신지 분명하게 말씀해주십시오. 지문이 일치하다니요. 물론 이 서기관이 자주 그곳을 방문하니 지문이 곳곳에 남아 있을 수 있지요. 하지만 그게 이 서기관의 지문이라 단정함은 우리 직원들의 신상에 대해 철저하게 조사를 마쳤다는 이야기가 됩니다만. 이는 치외법권을 지니고 있는 한국 대사관으로서는 도저히 상상할 수조차 없는 일입니다. 이에 대한 엄중한 조사를 하여야 한다 봅니다."

강하게 주문한 조 참사관이 고이즈미를 주시했다.

"아니오, 내 이야기 잘못 꺼냈소. 그러니 그 이야기는 접읍시다."

조 참사관의 강공에 고이즈미가 기어코 안경을 만지작거렸다.

연인

"석원 씨."

오사카 이즈미오쓰에서 집회를 마치고 이쿠노구로 돌아가는 길이었다. 집회에 참석했던 기미코가 은근하게 문석원에게 다가섰다.

"고타로는 무슨 일로 참석하지 않았는데?"

"오늘 회사에 중요한 일이 있어 도저히 짬을 내지 못하겠다 하더라고."

"그래, 잘 되었네."

"왜?"

"그걸 몰라서 물어?"

문석원의 힐책 아닌 힐책에 기미코가 슬그머니 눈을 흘기며 팔짱을 꼈다.

"다른 사람들이 보면 어쩌려고."

"우리 사이 알 만한 사람들은 다 아는 거 아닌가."

"정작 고타로만 빼고 말이지."

문석원이 고개를 옆으로 돌려 슬그머니 기미코의 머리카락에 코를 댔다가는 떼었다.

"석원 씨, 우리 옛날 생각하며 바닷가로 가는 게 어때?"
 문석원이 대답 대신 코를 벌름거리며 방향을 잡아갔다.
"고타로와는 아직도 잘 맞지 않는 거냐?"
"맞고 안 맞고를 떠나서 내게는 오로지 자기뿐이야. 그런데 자기는 어때?"
"그거야 이를 말인가. 나 역시 오로지 자기뿐이지."
"그런데 아직도 후회되지 않아?"
"뭐가?"
"나의 구애를 그리도 완강하게 거절한 일 말이야."
 문석원이 대답 대신 길게 한숨을 내쉬었다. 어린 시절 조선인이라는 사유로 주위에서 받은 냉대로 인해 일본인들에 대한 혐오감이 싹텄고 그로 인해 일본인이었던 기미코의 집요한 청혼을 완강하게 거절했던 터였다.
"가끔 후회되고는 하지. 그런데 기미코."
"말해."
 기미코가 팔에 힘을 주며 바짝 밀착했다.
"우리가 결혼해서 함께 살았어도 지금처럼 사랑이 식지 않고 이어지고 있을까?"
"무슨 의미야?"
"결혼은 사랑도 중요하겠지만 현실이라는 생각이 들어서 그래. 지금 나와 내 아내의 관계를 살펴봐. 부부 사이에 오로지 돈밖에 없는 거 아닌가 할 정도야. 그래서 돈도 제대로 벌지 못한다고 냉대를 받고 말이지."

"그런데 우리는?"

"우리는 현실과 동떨어져서 사랑만 갈구하고 있잖아. 그러니 오랜 시간이 흘러도 항상 자기가 새롭게 느껴지고 아니, 사랑이 더욱 깊어지고."

문석원이 그 말을 입증이라도 하듯 기미코의 품에 안긴 팔을 슬그머니 뒤로 밀었다. 마치 그에 대한 반항인 듯 기미코가 더욱 밀착했고 이어 팔로 기미코의 가슴의 뭉클함이 함께 전해지고 있었다.

"이 느낌, 어떤지 알아?"

"어떤 느낌?"

"자기 몸이 내 몸과 밀착할 때 일어나는 느낌 말이야."

"글쎄, 뭐라 말할 수는 없지만 자기와 함께하면 포만감이 가득해. 자기는?"

"자기의 존재로 나를 느낀다고 해야 할까. 여하튼 너무나 좋아."

마치 그 말의 의미를 진정으로 느끼려는 듯 잠시 침묵을 지키며 걸었다. 저만치 앞에 있는 바다에서 비릿한 냄새가 풍겨오고 있었다. 석원이 그를 즐기려는지 코를 연신 벌름거렸다.

"무슨 냄새 나?"

"기미코 냄새."

"내 냄새라니?"

"비릿비릿하면서도 고향의 품 같은 냄새 있잖아."

기미코가 슬그머니 석원의 팔을 꼬집었다.

"짓궂기는."

"뭐가."

"자기 그거 이야기하는 거잖아."

"그게 뭔데?"

석원이 슬그머니 시침을 떼며 기미코의 배꼽 아래를 바라보았다. 그 시선을 따라갔던 기미코가 다시 문의 팔을 살짝 꼬집었다.

"그렇게 살짝살짝 꼬집어 주는…."

석원이 말을 멈추고 미소 지으며 기미코의 얼굴을 바라보았다. 그 얼굴에도 가느다란 미소가 흐르고 있었다.

"모처럼 바닷가 나왔으니…. 뭐를 먹을까?"

"나는 그저 자기만 곁에 있으면 좋아."

"정말?"

"그렇다니까."

석원이 잠시 기미코를 주시하다 이내 근처에 있는 상점으로 다가갔다. 그곳에서 술과 간단한 안주를 준비해서 다시 걸음을 옮기기 시작했다. 침묵을 지키며 걸어가기를 잠시 후 바닷가 한적한 장소에 도착했다.

"그러면 우리 그 시절로 잠시 돌아가 볼까."

석원이 자리 잡기 무섭게 뒤에서 기미코를 껴안았다. 기미코가 꼼지락거리며 자세를 바로잡고 이내 바다 저 멀리에 시선을 주었다.

"기미코, 정말 사랑해. 그러나…."

"그러나 뭐야."
"자기와 내게는 건너지 못하는 선이 그어져 있어."
"그게 국적 때문이라고!"
 문석원이 대답하지 않고 소주를 병째 들이키고는 길게 여운을 남기며 바다를 바라보았다. 밀려오는 바람 때문인지 어두움 속에서 파도가 잔잔하게 일어나고 있었다.
"그게 문제라면 내가 국적을 바꾸면 되잖아."
"그런다고 그게 근본적으로 해결될 수는 없어."
 석원의 단호한 말에 기미코가 석원의 손에 들려있는 소주를 빼앗다시피 잡아채고는 역시 병째 들이켰다.
"나 좀 안아줘."
 병을 옆으로 내려놓은 기미코가 바위를 등 뒤에 한 석원의 앞에 자리 잡았다. 흡사 한 마리 새가 둥지를 틀 듯 석원의 품에 안겼다.
"자기야, 지난 시절 그렇게 잊기 힘들어?"
"기미코는 몰라. 단지 조센징이라는 사실 때문에 어린 시절 당한 거 생각하면 지금도 자다가도 벌떡 벌떡 깨어나거든."
"그래서 절대로 나와는 결혼할 수 없다는 이야기야?"
 석원이 대답 대신 기미코를 돌려 자신을 바로 바라볼 수 있게 했다.
"그러면 나 놔줄 수 있어? 나 훨훨 날아가게 놔줄 수 있느냐고!"
 서서히 기미코의 눈에서 눈물이 흘러내리기 시작했다.

"그건 자신 없어. 그리고 안 돼."
"그러면 어떻게 하자는 거야!"
기미코가 절규하듯 포효했다. 마치 그게 신호라도 된 듯 누가 먼저랄 것도 없이 서로를 덮치기 시작했다. 그런 그들의 모습을 밤하늘에 떠 있는 달이 은근히 살피고 있었고 둘의 몸은 파도가 밀려오고 또 밀려나가듯 요동쳤다.

"그런데 조금 그러네."
자리를 털고 일어나면서 석원이 기미코의 얼굴을 쓰다듬었다.
"뭐가?"
"우리가 처음 사랑을 나누었을 때는 초여름이었잖아."
"그런데?"
"지금은 초가을이라 그런지 조금 서늘하다는 생각이 들었어."
"그래서 추웠어?"
"조금."
순간 기미코가 석원의 손에서 벗어났다.
"왜 그래?"
"그만큼 사랑이 식었다는 이야기잖아. 어떻게 사랑을 나누는 순간에 춥다는 생각이 들 수 있어."
"그건 말도 안 돼. 자기가 더 잘 알잖아. 자기 없으면 살지 못한다는 거."
석원이 목소리를 높이자 기미코가 진위를 파악하겠다는 듯 가만히 주시했다. 그 상태에서 잠시 눈을 깜박이더니 이내 부드럽게 석원의 팔을 잡았다.

"하나 물어볼 게 있어."

"말해 봐."

석원이 걸음을 놓아가자 기미코가 은근한 소리로 입을 열었다.

"아까 집회에 참석했던 사람들로부터 들었던 이야기인데."

"뭔데."

"자기가 오사카 소재 한국 영사관에 전화 걸어 온갖 협박했다고 하데."

"그게 왜 협박인가. 김대중 선생 일본에 올 수 있게 하지 않으면 영사관을 폭파해버리겠다고 한 건데."

"그 사람들에게는 협박으로 들릴 수 있지. 그런데 정말 그런 거야?"

"그랬지. 그런데 그게 뭐 잘못되었나?"

"잘못된 게 아니라 자기가 영사관 요주의 인물이라 하더라고. 그래서 혹여나."

"왜, 혹시 무슨 일이라도 발생할까 보아 염려되어 그래."

"당연하잖아. 행여나 자기한테 무슨 일이라도 생기면 나는 어쩌라고."

석원이 슬그머니 팔을 빼어 기미코를 가슴으로 껴안았다. 기다리고 있었다는 듯 기미코가 석원의 가슴을 파고들었다.

"자기도 전에 김대중 선생 연설 들어본 적 있잖아."

"물론 그랬었지. 자기와 함께."

"그때 그분께 상당히 감명 받았고 앞으로 우리 조선 사회는 그분이 의도하는 방향대로 나아가야 한다 생각해."

"물론 나도 그렇게 생각하고 있어. 하지만 여하한 경우라도 자기가 우선이니 그것만은 반드시 알아두어야 해."

문석원

오사카 영사 유창열이 도쿄에 있는 한국대사관을 방문하여 김 대사와 조 참사관과 자리를 함께하는 중이었다.

"그곳은 조용한가요?"

"이곳보다야 덜 하겠지요."

김 대사의 질문을 받은 유창열이 가볍게 한숨을 내쉬었다.

"그거 참. 한고비 넘은 듯한데 다시 일이 꼬이는 듯합니다."

"무슨 말씀이신지요?"

유창열의 질문에 김 대사가 조 참사관의 얼굴을 주시했다.

"일본 정부는 이제 그만 접으려 하는데 의회와 언론은 더욱 기승부리고 있습니다. 특히 언론은 마치 조사기관을 방불케 하듯 헬기까지 띄워 대사관을 탐색 중에 있습니다."

"헬기까지요?"

"그뿐만 아닙니다. 직원들이 업무를 보지 못할 정도로 공갈 협박 전화가 끊임없이 걸려오고 있습니다."

"허허 참. 그거 보면 이거 우발적이 아니라 조직적이란 생각이 듭니다."

"조직적이라 하였소?"

잠자코 둘의 대화를 듣고 있던 김효 대사가 나섰다.

"저희 영사관에도 협박 전화가 지속해서 걸려오고 있습니다. 특히 샤쿠겐이라 이름을 밝힌 한 청년은 김대중을 일본에 데려오지 않으면 다이너마이트로 영사관을 폭파하겠다고 수시로 전화하고 있습니다."

"샤쿠겐이라."

"자신의 소속을 한청이라 밝히는 것으로 보아 아무래도 재일 한국인 청년인 듯합니다."

"경찰에 신고하시지 않았습니까?"

"신고한다면 지금 일본 경찰이 신경 쓰고 수사에 임하겠습니까?"

"하기야."

조 참사관이 가볍게 한숨을 내쉬었다.

"그러니 절로 수그러들 때까지 기다리는 수밖에 없습니다. 그런데 대사님."

"말씀하세요."

"일본 정부와는 어떻게 진행되고 있습니까?"

"지금 주한 일본대사관을 통해 우리 정부와 협상 중인 것으로 알고 있습니다만 아무래도 일본 측에서 모양새를 위해 한국 측에서 이번 사건에 대해 적극적인 성의를 보여줄 것을 요청하는 모양입디다."

"당연히 그러하겠지요. 그리고 그 이성원 서기관 건은 어찌 진행되고 있습니까?"

"그렇지 않아도 이 서기관에 대해 조처 취하려 합니다."

"조처라니요. 그러면 이 서기관이 진짜 사건에 개입되었다는 이야기입니까?"

"그렇지는 않지요. 그러기에 조처 취하려 합니다."

유 영사가 이해되지 않는지 조 참사관의 얼굴을 주시했다.

"일종의 압박이지요."

"압박?"

"사건과 전혀 연관도 없는 이 서기관을 범인 중 한 사람으로 지목한 일본 경시청의 처사에 대한 항의입니다."

잠시 생각에 잠겼던 유 영사가 가만히 고개를 끄덕였다.

"하면 서울로 보내시렵니까?"

"당연하지요. 아울러 그 일이 이 사건에 대해 우회적으로 일본에 항의하는 방법이 될 테지요."

"일본 측에서 요구하는 김대중 씨의 방일에 대해서는 어떻게 한답니까?"

"그는 안 될 일이지요."

"무슨 사유라도 있습니까?"

"당연한 거 아닙니까? 일본으로 돌아오면 또 망명정부니 헛소리 하면서 돌아다닐 터인데 그를 방관할 수는 없는 노릇 아닙니까?"

"단지 그 사유 때문인가요?"

"하면?"

"혹여 납치 사건에 대해 우리 측에 불리한 진술을 하지 않을까 하는 염려는 없습니까?"

"그 부분은 조금도 걱정할 필요 없습니다. 워낙 완벽하게 일 처리 해서. 그리고 이 서기관과 관련하여 김대중 씨와 양일영, 김수인 의원 등에게 확인한 결과 그들 모두 일면식도 없었다 진술했답니다. 그러니 참고하세요."
"허허, 그런데 경시청은 어떻게 그런 무모한 짓을 벌였답니까. 소문에 의하면 극비로 정보를 입수한 걸로 알고 있는데."
"그러게 말입니다."
은근하게 답한 김 대사가 조 참사관에게 고개 돌렸다.
"조 참사관은 그 출처를 알고 있나?"
"전혀 아는 바 없습니다."
조 참사관 역시 시치미 떼고 말을 맺었다.
"그런데 이 사람 올 때 되지 않았소?"
김 대사의 이야기에 모두 약속이라도 한 듯 시계를 바라보았다. 그 순간 노크 소리가 들리고 문이 열리며 일본 외무성의 고이즈미가 들어서고 있었다.
"영사께서도 오셨습니다."
들어서자마자 유 영사의 존재를 확인한 고이즈미가 가볍게 고개 숙이며 자리 잡았다.
"차관께서 오신다는 소식을 접하고 여러 일이 궁금하여 발걸음 하였습니다. 이 자리에 참석해도 결례는 아니 되겠지요."
"결례라니요, 함께 해결해야지요."
해결이라는 말에 세 사람이 서로의 눈치를 살폈다.

"어려운 말씀 드리고자 이렇게 만나자고 하였습니다."

고이즈미가 세 사람의 의중을 간파한 듯 나지막하게 입을 열었다.

"말씀 주시지요."

조 참사관이 세 사람을 대표하여 말을 받았다.

"우리 일본 정부는 작금에 발생한 김대중 씨 납치 사건과는 별개로 일본과 대한민국의 관계는 정상화시켜야 한다는 강한 의지를 가지고 있습니다."

"그러면 김대중 납치 사건은 어떻게 처리하기로 하였습니까?"

이번에는 김효 대사가 말을 이었다.

"그 사건은 그대로 지속하여 수사하기로 하였습니다."

납득되지 않는다는 듯 세 사람의 시선이 동시에 고이즈미에게 쏠렸다.

"비록 이 서기관의 알리바이가 입증되었다고 하지만 그리고 김대중 씨 등이 이 서기관을 본적이 없다고 하였지만, 여하튼 이 사건에 한국 측에서 개입되었다는 정황이 뚜렷한 만큼 사건을 주도한 세력에 대해서는 반드시 그 실체를 밝혀내야 한다는 게 조야의 일치된 주장입니다."

결국 의회와 언론 등 여론을 의미했다. 특히 요미우리는 한국 관리의 말을 인용하여 김대중 납치 사건과 관련 한국정보기관이 저질렀다는 등 악의적으로 보도하였고 급기야 한국 문공부는 요미우리 서울 지국까지 폐쇄 조치했던 터였다.

"아울러 일본 정부는 김대중 씨 사건이 대한민국 정부가 개입된 증거는 찾을 수 없었고 또한 이에 대해 한국 정부가 성의 있는 답변을 보내준 데 대해 긍정적으로 평가하고 있습니다. 그러나 동 사건은 여하한 경우라도 대한민국이 관련되어 있다 판단합니다. 하여 이 부분과 관련하여 두 가지를 요구하고자 합니다. 물론 이는 주한 일본 대사관에서도 귀국 외무부에 요청하기로 하였음을 밝힙니다."

"두 가지란?"

"첫째, 박정희 대통령의 사과 내지는 유감 표명을 요구하기로 하였습니다."

"대한민국이라는 나라가 이 사건에서 책임을 회피하기 힘들다는 이야기로 들립니다만."

"그런 연유로 상징적 의미에서 박정희 대통령의 사과를 요구하기로 하였습니다."

"그러면 두 번째는?"

연이은 김효 대사의 질의에 고이즈미가 잠시 말을 멈추고 찻잔을 기울였다.

"박 대통령의 유감 표명과 함께 귀국에서 책임 있는 분이 직접 일본을 방문하여 이번 사건에 대해 사과해주었으면 하고 요구하였습니다."

"그러면 진사 사절을 지칭합니까?"

"그렇습니다."

고이즈미가 짤막하게 말을 받자 김 대사가 가볍게 신음을 내뱉었다.

"누구를 지목하는 겁니까?"

조 참사관의 질문에 고이즈미가 대답하지 않고 다시 찻잔을 만지작거렸다.

"그러면…."

"김종필 국무총리를 진사 사절로 보내주기를 요청하였습니다."

김종필 총리를 지목하자 방안은 일순간 침묵으로 가라앉았다.

"그렇게 해 주셔야만 그나마 양국 간 관계가 정상 궤도를 찾아갈 수 있다 봅니다. 아울러."

모두의 시선이 고이즈미의 입으로 향했다.

"요구 사항은 아니지만 폐쇄시킨 요미우리 서울 지국에 대해서도 아량을 베풀어 주시기 바라는 바입니다."

"김종필 총리의 사과 건은 별개로 하더라도 그는 현재로서는 불가합니다."

"특별한 이유라도 있습니까?"

"한번 역으로 생각해 보십시오?"

조 참사관의 말에 고이즈미가 기어코 찻잔을 입으로 기울였다.

"요미우리는 그야말로 근거도 없이 아니, 일부러 없는 사실을 만들어 대한민국을 악의적으로 보도하였는데 그를 인정하면 우리 입장은 어찌되겠습니까. 아울러 지금도 간혹 요미우리의 헬기가 대사관 상공을 배회하며 감시하고 있음을 알려드립니다."

"우리가 그를 문제 삼지 않는 사유는 작금에 사건을 악화시키지 않으려 부드럽게 끌고 가고자 함임을 밝힙니다."

조 참사관에 이어 김효 대사가 거들고 나서자 찻잔을 내려놓은 고이즈미가 가볍게 한숨을 토해냈다.

"그 일에 대해서는 일본 정부도 송구스럽게 생각하고 조처 취하도록 했습니다."

"그리고…."

그 순간까지 가만히 정황을 살피던 유 영사가 조심스럽게 말문을 열었다.

"영사께서도 하실 말씀이 있는 모양입니다."

"대사관도 물론 그렇겠지만 오사카 영사관은 그야말로 매일매일 이어지는 협박 때문에 업무를 보지 못할 정도입니다."

잠시 운을 뗀 유 영사가 작금에 발생하고 있는 협박에 대한 이야기를 곁들였다.

"샤쿠겐이라 하였습니까?"

"분명히 언급하더이다. 한청 소속이라고."

"한청이라면 재일 한국인일 터인데…."

고이즈미가 말하다 말고 양해를 구하고는 책상으로 다가가 전화기를 들었다. 그리고는 잠시 후 자리로 돌아왔다.

"신원이 확인되었습니까?"

"오사카 경찰과 통화했는데 김대중 씨가 일본에 체류할 때 열렬하게 따라다녔던 한청 이쿠노구 소속의 재일 한국인 문석원이라 합니다."

"재일 한국인, 문석원!"

세 사람의 입에서 동시에 흘러나왔다.

박정희를 타깃으로

"여러분, 모두 자리를 정리하세요!"

낮고도 엄숙한 소리가 밤하늘을 가르고 있었다. 한청 주최 캠핑에 참여하여 풀밭에서 삼삼오오 대화를 나누던 사람들이 목소리가 들리는 곳으로 고개를 돌렸다. 저만치 연단 위에 한청 오사카 위원장인 김성남이 행사를 축하해주기 위해 참석한 중앙위원장 고영진과 함께 서 있는 모습이 시선에 들어왔다.

그 둘의 모습을 확인한 사람들이 일사불란하게 단 앞으로 몰려들었다. 문석원 역시 형인 문동원 그리고 한청 이쿠노구 북지부 사무국장인 박상철과 다소 먼 지점에서 담소를 나누다 자리를 이동했다.

"우리 행사를 축하해주기 위해 고영진 중앙위원장께서 어렵게 이 자리에 참석해주었습니다. 하여 위원장님의 격려의 말씀을 듣는 자리를 마련하려 합니다. 그러니 모두 박수로 위원장님을 환영해주기 바랍니다."

김성남의 소개 인사가 끝나자 우레와 같은 박수와 함성이 일어났다. 그와는 달리 문석원은 박수 치기는커녕 고영진을 노려보았다. 물론 어둠에 덮여 석원의 눈빛은 보이지 않았으나 박수를 치지 않자 바로 곁에 있던 동원이 석원의 옆구리를 슬그머니 찔렀다.

"박수 안 치고 뭐하나?"

석원이 대답도 하지 않고 그저 단상을 뚫어져라 주시했다.

"석원아, 왜 그래!"

"아니 형, 저것도 위원장이라고 박수까지 쳐 주어야 해!"

순간적으로 목소리가 올라가자 주위 사람들의 시선이 일시에 석원에게 향했다. 동원이 느낌이 이상했는지 자신들을 바라보는 시선을 살피다 급하게 석원의 손을 잡아끌어 저만치 어둠 속으로 데리고 들어갔다. 다행히 단상에서는 둘의 움직임 그리고 내막을 전혀 모르는 듯했다.

"갑자기 왜 그러냐!"

동원이 씩씩거리는 석원의 어깨를 잡고 풀밭에 앉혔다.

"저 새끼 생각만 하면 그냥 화가 솟구치는데 무슨 박수를 쳐!"

석원이 금방이라도 일어나 단상으로 뛰어나갈 기세를 보이자 동원이 급하게 팔을 잡았다.

"무슨 일인지 내게 이야기해주지 않을래."

순간 슬그머니 다가온 박상철이 석원 옆에 자리 잡았다.

"석원아, 갑자기 왜 그래?"

"지금 우리가 생고생하는 게 바로 저 새끼 때문인데. 저 새끼 때문에 김대중 선생께서 납치당하여 남조선으로 끌려간 거 아니냐!"

고영진이 김대중이 일본에 체류할 당시 경호 책임을 맡았었던 일을 의미했다. 그제야 석원의 행동이 이해된다는 듯 동원과 상철이 가볍게 한숨을 내쉬었다.

"단지 그것 때문이냐?"

"단지라니, 형. 그게 작은 일이야? 그리고 지금 정부 쪽 이야기를 들어보면 김대중 선생께서 일본에 올 가능성은 희박하다던데."

"물론 희박하지. 그런데 그걸 전적으로 고 위원장의 책임만으로 몰아세울 수는 없는 노릇 아니냐. 장소도 그렇고 상대도 그런데."

"그게 무슨 상관이야. 목숨이라도 내놓고 막을 각오를 하고 있어야지. 그저 생색만 내려 했으니 이런 결과가 나타난 것 아냐!"

"석원이 말도 일리 있는 거 아닌가요?"

잠자코 있던 박상철이 은근히 석원을 거들고 나섰다.

"박 국장은 또 무슨 소리냐?"

"그렇게 큰일을 실기했으면 자숙하고 있어야지 무슨 낯짝으로 이곳에 와서 또 대우를 받으려 한다는 말입니까?"

"여하튼 지금은 너희들 감정을 그대로 노출시킬 자리가 아니야. 그리고 어차피 이미 끝난 일인데 그를 두고 왈가왈부할 수는 없어."

"석원이 생각 역시 그런 게 아니겠습니까. 다만 인정하기 힘들다는 이야기지요."

그 말에 동원이 차마 답하기 힘들었는지 그저 가볍게 한숨을 내쉬었다.

"형, 걱정하지 마. 더 이상 사건 확대시키지 않을 테니."

석원이 말을 내뱉고는 담배를 꺼내 물었다.

"불빛이…."

동원이 고개를 돌려 저만치 떨어진 단상을 바라보았다.

"왜, 담뱃불 빛을 보고 저쪽에서 우리 존재를 알아챌까 보아 걱정돼서 그래?"

"다들 모여 있는데 우리만 떨어져 있으니 그게 조금 미안하다 그 말이지."

석원이 담배를 만지작거리다가는 이내 케이스에 집어넣었다.

"이따가 피지 뭐. 어차피 조금 있으면 캠프파이어 겸 술 한잔 할 거 아니야."

석원이 차분한 소리로 말을 이어가자 동원이 박 국장의 얼굴을 주시했다 다시 석원을 바라보았다.

"너 혹시 무슨 꿍꿍이속이 있어 그런 거 아니냐?"

석원이 답하지 않고 역시 두 사람의 얼굴을 번갈아 바라보았다. 석원을 바라보는 두 사람의 눈동자가 커져갔다.

"별일은 아니고 이따가 단합시간에 위원장과 이야기 좀 해야겠다 생각 들어서."

"무슨 이야기를!"

"뻔한 거 아니야. 김대중 선생에 관한 이야기지."

"위원장에게 책임 추궁하겠다는 이야기냐?"

"아니."

"그러면?"

석원이 심드렁하니 대답하자 동원의 목소리가 절로 올라갔다.

"형이 방금 이야기하지 않았어. 이미 끝난 일이라고."
"그랬지. 그럼 무슨 이야기를 해보겠다는 거냐?"
"나도 몰라. 좌우지간 이번 사건에 대해 한번 폭넓게 대화를 나누고 방법을 모색해 보았으면 해."
 석원의 차분한 답에 동원이 더 이상 추궁하지 않고 잠시 호흡을 고르고는 모임 장소로 이동했다.

 단합대회가 끝나고 고영진과 김성남이 그날의 일을 마무리하기 위해 김성남의 숙소에서 둘만의 시간을 갖고 있었다. 그 자리에 술에 취한 석원이 예고도 없이 찾아들었다.
"자네가 오사카 영사관을 다이너마이트로 폭파하겠다고 협박한 문석원이라고?"
 석원이 자신의 신분과 이름을 밝히자 고영진이 목소리를 높였다.
"맞습니다, 위원장님."
 석원에 앞서 김성남이 먼저 입을 열었다.
"그 용기는 가상하다만, 무모한 행동이었다 생각하지 않는가?"
"무모했다니요?"
"정말 모른다는 말이냐!"
 고영진의 목소리가 날카롭게 변화되었다. 김성남이 두 사람을 번갈아 바라보며 가볍게 혀를 찼다.
"아직 나이도 있고. 혈기가 앞서니 그럴 수밖에요."
 석원이 순간 성남에게 고개를 돌렸다.

"혈기 때문이라고요!"
"그러면 그게 가능하냐!"
"가능하지 않다는 이야기는 뭡니까!"
석원이 물러서지 않고 답을 이어가자 성남이 곤혹스런 표정을 지으며 고영진을 바라보았다.
"자네가 진정 하고픈 말이 뭔가?"
기어코 고영진이 나섰다.
"김대중 선생을 구출해야지요. 아니, 일본으로 모시고 와야지요."
김대중을 들먹이자 고영진의 입에서 절로 끙 하는 소리가 일어났다.
"결국 자네는 내게 책임을 추궁하겠다 이 이야기로고."
"책임 추궁이라니요?"
석원이 대답하지 않자 성남이 대신 나섰다.
"이 친구가 이리 나대는 걸 보면 그런 모양인데, 내 말이 맞지 않는가?"
"틀리다 할 수는 없습니다."
석원이 단호하게 답했다. 순간 두 사람이 석원의 진의를 서로에게 묻는다는 듯 서로의 얼굴을 주시했다.
"김대중 선생을 보호하지 못한 일에 대해서는 내 잘못이 있었음을 솔직하게 인정하겠네. 그러나 자네가 함부로 한청의 이름을 빙자하여 일본 정부를 상대로 공갈 협박하는 일에 대해서는 묵과할 수 없네."

"그게 왜 일본 정부입니까?"

"뭐라!"

석원의 반문에 고영진이 기가 차다는 표정을 지으며 김성남을 주시했다.

"허어, 이 사람 정말 큰일 낼 사람이로고."

고영진의 시선을 받은 김성남 역시 혀를 찼다. 두 사람의 동일한 반응에 석원의 표정이 급격히 굳어갔다.

"석원 군, 자네 정말 그 사유를 모른다는 말인가?"

"제가 공갈 협박한 곳은 일본 정부가 아니라 남조선 영사관입니다."

"그러면….'

고영진이 말을 잇지 못하고 다시 혀를 찼다.

"이 사람아, 그게 그거 아닌가?"

"어떻게 남조선 영사관이 일본 정부입니까?"

"뭐라, 자네 몇 살인가!"

더 이상 참기 힘들었는지 고영진이 목소리를 높였다.

"그게 나이와 무슨 상관입니까!"

석원 역시 목소리를 높이자 김성남이 자리에서 일어나 석원의 멱살을 잡았다.

"이놈 자식이, 똥오줌도 가리지 못하는 주제에 찢어진 주둥아리라고 말을 막 해!"

말을 멈춤과 동시에 김성남의 주먹이 석원의 얼굴로 향했다.

이어 퍽 하는 둔탁한 소리가 일어나고 석원이 뒤로 넘어지면서 집기들이 바닥에 뒹굴었다. 순간 문이 열리며 동원과 박 국장이 급하게 방으로 들어와 석원의 양팔을 잡았다.

"나를 쳐!"

석원이 악을 쓰며 두 사람에게 잡힌 몸을 풀고 앞으로 나아가려 했으나 두 사람이 힘을 주어 당기자 제 자리서 팔만 휘저었다.

"죄송합니다, 위원장님!"

"형, 뭐가 죄송하다고 그래! 김대중 선생님 보호하지 못한 사람이 누군데!"

"자네 동생인가?"

고영진이 차분하게 입을 열자 동원이 고개 숙였다.

"저 혼자 무슨 일을 하든 좋은데 절대 한청 이름 팔지 못하도록 단단히 주의 주게!"

동원이 다시 고개 숙이고 급히 석원의 팔을 끌었다.

"내가 이대로 물러나나 봐라. 내가 김대중 선생을 구출하지 못하면 남조선 박정희 대통령을 죽일 거야!"

"저놈 잘라버려!"

석원이 악을 쓰며 물러나자 고영진이 단호하게 입을 열었다.

타결

"왜요, 대사께서도 함께 참석하시지 않으시고."

"아닙니다. 어차피 저쪽에서도 오히라 외상과 실무국장만 배석하기로 하였습니다. 그러니 다녀오십시오."

김종필 총리 일행이 막 주일대사관을 떠나 다나까 수상 관저로 향하려던 중이었다. 김효 대사의 답변을 들은 김 총리가 잠시 주변을 둘러보고는 이병희 제1무임소 장관과 송광수 외무부 아주국장만 동행하라 이르고 차에 올랐다.

"오히려 저보다 김 대사께서 수행하는 게 이롭지 않겠습니까?"

차가 대로에 들어서자 이 장관이 근심스런 표정을 지으며 입을 열었다.

"아니오. 어차피 이 회담은 정치적이 될 터인데 실무자의 입장에서 참석하게 되면 오히려 입장이 곤란할 수 있어요. 그래서 내 동의한 겁니다."

김 총리의 답변에 이 장관이 고개를 끄덕였다.

"참으로 안타깝습니다. 이런 일로 총리께서 사죄까지 하러 오셨으니."

"나야 그렇다고 해도. 박 대통령께서 유감 표명까지 하게 하시다니. 그게 더욱 송구하게 되었습니다."
"이병선 그 사람 참으로 문제로군요, 문제."
이병희가 가볍게 혀를 차자 김종필 총리가 시선을 창밖으로 주었다. 시선에 롯폰기의 화려한 모습이 들어왔다. 그 모습을 바라보며 잠시 생각에 빠져들자 어느 사이에 차가 수상 관저 주차장에 도착했다.
김종필 총리 일행이 차에서 내려서자 오히라 외상이 다가왔다.
"아까 말씀하신 내용은 수상께 전해드렸습니다."
김종필 총리가 잠시 전 하네다 공항에 도착하여 영접 나온 오히라 외상과 짧게 따로 시간을 가졌었다.

"총리 님, 이런 일로 번거롭게 해드려 송구합니다."
"허허, 저는 이런 일로 장관님을 다시 뵙게 되어 송구스럽습니다만."
오히라가 그 말의 의미, 한·일 수교 정상화 시 막후에서 활약했고 세간에 김종필과 오히라의 밀약이라는 신조어를 만들었던 두 사람의 여정을 생각하는지 씁쓰레한 미소를 머금었다.
"이번 경우는 그때와 다르지 않습니까?"
"굳이 다르다 할 수는 없습니다."
정색한 김종필이 품에서 메모지 한 장을 건넸다.
"이게 무엇입니까?"
오히라가 반문과 함께 메모지를 살펴보았다.

『포항제철 2차 차관 1억 3천만 달러, 묵호항 정비 자금 3천만 달러, 새마을 사업 제 2차 차관 1억 달러, 전철 계획 8백만 달러, 지하철 건설 8천만 달러』

오히라가 가볍게 신음을 내지르고 메모지를 슬그머니 양복상의 주머니에 넣었다.
"힘들겠습니까?"
"지금 상황으로는 쉽지 않을 듯합니다."
"김대중 납치 사건 여파 때문에 그러합니까?"
"그도 한 이유가 될 수 있지만 수상께서 적극적으로 나서주실지 그 부분이 걱정입니다."
김종필이 잠시 침묵을 지키다 입을 열었다.
"지금 김대중 사건으로 인해 우리가 진행해야 할 일이 발목을 잡혀 곤경에 처해있음을 장관께서는 잘 알고 계시리라 생각합니다만."
"물론입니다. 수상께서도 당연히 알고 계시지요."
"장관님!"
간곡하게 부르는 소리에 오히라가 주변을 살펴보았다.
"단도직입적으로 말씀드리겠습니다."
잠시 말을 멈춘 김종필이 심호흡했다.
"박정희 대통령께서는 김대중 납치 사건에 대해 크게 개의하지 않고 있습니다. 물론 박 대통령 본인이 이 사건과 관련 없다는 부분도 있지만 그분의 마음은 오로지 경제 발전에 국한되어 있습니다."

오히라가 가만히 경청하며 고개를 끄덕였다.

"하여 박 대통령께서는 계속 이 일이 일본과 한국 관계에 발목을 잡는다면 일본 측이 원하는 대로 즉 김대중 씨를 원상복구시키라 하십니다. 물론 그런 차원에서 가택 연금도 해제하였습니다."

"원상복구라면?"

"원래 있던 자리로 데려다주라는 말씀입니다."

"그러면 다시 일본에!"

순간 오히라의 눈동자가 동그랗게 변화되었다.

"그런 경우 일본은 동의할 수 있겠습니까?"

오히라가 가만히 고개를 가로저었다.

"장관께서도 그러시겠지만 수상께서도 결코 그런 일을 원하시지는 않을 것으로 생각합니다만."

"그야 물론입니다."

"아울러."

김종필이 말하다 말고 주위를 살폈다.

"박 대통령께서 두 분의 노고를 결코 소홀히 하지 않을 겁니다."

오히라 외상의 밝은 표정을 확인한 김종필 총리가 가볍게 고개를 끄덕이고 건물 입구에 도착하자 다나까 수상이 직접 나와 기다리고 있었다.

서로 상견의 예를 갖추고 접견실에 들어서자 김효 대사의 말대로 오히라 외상과 다카하시 외무성 아주국장만이 배석했다.

"오시느라 고생하셨습니다."

"허허, 고생은요. 마치 내 집 오는 듯했습니다."

김종필 총리가 내 집이라는 말에 은근히 힘을 실었다.

"그러게 말입니다. 일본과 한국 사이에 이번 일과 같은 어처구니없는 사건이 발생하였다니 지금도 차마 믿기지 않습니다."

다나까 대신 김 총리와 밀접한 친분을 유지하고 있는 오히라 외상이 아쉽다는 듯이 말을 받았다.

"두 분의 인연은 참으로 오래 이어집니다."

다나까가 부럽다는 듯 김종필 총리와 오히라를 번갈아 바라보았다.

"오히라 외상은 겉으로는 일본 외상이지만 실은 우리 대한민국의 주일 대사시지요."

김종필의 농에 참석자 모두가 파안대소했다.

"그런데 이것 참 송구하게 되었습니다."

웃음이 멈추자 김종필 총리가 머쓱한 표정을 지었다.

"뭐가 말입니까?"

"외상께서는 지금도 외상이신데 저는 총리직에 있으니 참으로 민망할 일입니다."

재차에 걸친 김종필의 농에 다시 한 번 파안대소가 이어졌다.

"오래지 않아 이 자리에 올라서시지 않겠소이까?"

마치 다나까가 오히라를 위로한다는 차원에서 말을 꺼내자 오히라가 슬그머니 고개 숙였다. 순간 김종필이 상의 안주머니에서 소중하게 편지 봉투를 꺼내 다나까에게 전했다.

"이번 김대중 사건에 대해 박정희 대통령께서 각별하게 수상께 전하라 당부하신 서신입니다."

다나까가 김종필이 전한 편지를 즉석에서 개봉하여 내용물을 펼쳐 찬찬히 읽어 내려갔다. 순간 순간 다나까의 얼굴에서 미소가 감돌았다. 마침내 읽기를 마쳤는지 소중하게 접어 봉투에 집어넣었다.

"이런 서신을 받고 보니 오히려 송구하기 그지없소이다."

"수상께서 그리 말씀해주시니 참으로 고맙습니다."

다나까의 치사에 김종필이 은근한 투로 화답했다.

"그리고 오히라 상."

"말씀하십시오, 각하."

"박정희 대통령의 사과 친서를 김종필 총리께서 직접 가지고 방문하여 주셨는데 이쯤에서 이 사건에서 손을 떼는 것이 어떠하겠습니까."

"저희야 당연히 그를 원하고 있습니다만."

"결국 본인의 적극성에 따라 일의 성과가 이루어진다 이 말입니다."

"부탁드립니다."

잠시 침묵에 빠진 다나까를 향해 김종필의 간곡한 말투가 이어졌다.

"그러면 이렇게 정리하도록 합시다."

운을 뗀 다나까가 모든 사람들의 얼굴을 찬찬히 살폈다.

"먼저 김대중 납치 사건에 대해 일본 정부는 수사를 멈추도록 하겠습니다."

"야당과 경시청이 쉽게 물러설까요?"

"야당은 지금 김종필 총리께서 가져오신 박 대통령의 서신으로 충분히 설득할 수 있을 것 같습니다. 그리고 경시청에 대해서는 본인이 직접 나서도록 하겠습니다. 그리고."

다나까가 말하다 말고 김종필의 얼굴을 주시했다.

"김 총리, 이 부분은 분명하게 말씀드리겠습니다. 우리 일본 정부도 김대중 씨가 일본에서 활약하는 일이 달갑지 않습니다. 그는 마치 또 하나의 조총련 세력이 일본에서 활동하는 바와 진배없는 일입니다."

김종필이 오히라에게 말한 협박이 전해진 모양이었다.

"충분히 이해할 만합니다."

"아울러 더 이상 김대중 건으로 일본과 한국 간의 관계가 어그러지는 모습을 보여서는 안 된다 생각합니다."

"박 대통령께서도 바로 그 점을 중시 여기고 계십니다."

"그런 차원에서 이 사건과 한국의 경제 협력 부분은 철저하게 별개로 진행하면서 잠시 멈추었던 한일각료회담은 바로 다음 달 실시하도록 합시다."

"역시 수상 각하께서는 비범한 인물이십니다."

김종필 총리가 가만히 고개 숙였다. 아마도 그 순간 김종필은 다나까의 입지전적인 과거를 생각하는지도 몰랐다. 초등학교

졸업의 학력이 전부인 다나까의 인생역전의 한편의 드라마를 회상하는 듯했다.

"저희도 수상의 선처에 보답하는 의미에서 이 사건과 연루되었다고 하는 주일대사관에 근무했던 이성원 서기관에 대해 적절한 조처를 취했습니다."

"그 사람으로서는 억울해하지 않을까요?"

"비록 사건에 연루되지는 않았지만 충분히 의심 살만한 행동을 했으니 그에 상응하는 대가를 취해야지요."

"고맙소. 그러면 우리는 이제 이 건에서 손을 떼겠습니다."

"그저 고맙다는 말씀 드립니다."

다나까의 손을 잡은 김종필의 손에 은근히 힘이 들어갔다.

문석원의 제명

"한국 영사관 폭파보다 이 새끼를 먼저 죽여버리고 말 테야!"

이쿠노구의 한 선술집에서 문석원이 잔을 비우고 소리 나도록 탁자에 내려놓았다.

"쓸데없는 소리 그만하고. 그래, 사무실은 어떻게 할래?"

"어떻게 하긴 뭘 어떻게 하냐. 내가 제명된 마당에 내 이름으로 되어 있는 사무실을 굳이 유지할 필요 있겠냐?"

"하긴."

힘없이 말을 받은 박상철이 천천히 잔을 들어 비워냈다.

"너는 어떻게 할래?"

"사무실도 없어질 텐데, 뭘 어떻게 하냐. 이제 그만 손 접고 내 살 도리 해야지."

"김대중 선생은 구출하지 않고?"

"이미 남조선에 가 계신 분을 어떻게 구출하냐?"

마치 그 말의 의미라도 생각한다는 듯이 석원이 침묵을 지키며 자신의 잔과 상철의 잔을 채웠다.

"우리 동양 속담에 이런 말 있지 않냐."

"뭐?"

"호랑이를 잡으려면 호랑이 굴로 들어가야 한다고."

"그래서, 네가 남조선에 가서 김대중 선생을 구출해오겠다는 말이냐?"

"바로 그 이야기다!"

상철이 물끄러미 석원을 바라보며 혀를 찼다.

"왜?"

"말이 되는 소리를 해라. 네가 무슨 수로 구출해오겠다는 말이냐. 아마 모르긴 몰라도 경비가 엄청 삼엄할 텐데."

"그러면 정말 그렇게 할까?"

"그게 무슨 소리냐. 좀 시원하게 이야기해봐라."

석원이 동문서답하자 상철이 목소리를 높였다. 그를 살피며 석원이 다시 잔을 비워냈다.

"내가 일전에 고영진 그 새끼에게 했던 말 기억 안 나냐?"

"남조선의 박정희를 죽이겠다고 한 말 말이냐?"

"그래. 박정희를 죽이는 일이 오히려 더 간단할 듯도 싶다. 아무래도 김대중 선생을 구출해서 일본으로 모셔오는 일보다는 그저 간단하게 박정희를 죽이면 굳이 일본으로 모시고 오지 않아도 되고. 그렇게 되면 남조선에서 김대중 선생이 자연스럽게 대통령이 되니 오히려 그 편이 간단할 것 같은데."

상철이 술잔을 비워내며 여운을 길게 남겼다.

"네 이야기 들어보니 차라리 그 편이 수월하겠다. 그런데 그게 가능하냐. 일본도 아니고 남조선인데."

상철의 반구에 석원이 슬그머니 미소를 보였다.

"왜 그러냐?"

"조금 있으면 이호룡 부장께서 이리로 오실 거야. 그분에게 한번 상의해봐야겠다."

이호룡을 언급하자 박상철이 고개를 갸웃거렸다.

"왜?"

상철이 대답에 앞서 잔을 기울였다.

"석원아, 나는 이쯤에서 물러나야겠다."

"그 무슨 소리야?"

"무슨 소리긴. 방금 이야기했듯 나는 나 살길을 모색해야겠어. 너와는 차원이 다르니…. 그리고 나 먼저 일어날게. 괜히 두 사람 이야기하는 데 개입되고 싶지 않다."

말을 마친 상철이 석원이 미처 말릴 겨를도 없이 자리에서 일어나 밖으로 걸음을 옮겼다. 멍하니 그의 뒤를 바라보며 스스로 잔을 채우고 비우는 중에 저만치서 이호룡이 모습을 드러냈다. 석원이 잔을 비우다 말고 자리에서 일어나 그의 출현을 반겼다.

"오래 기다렸지."

"먼저 마시고 있었습니다."

호룡이 탁자를 살피다 슬그머니 자리 잡았다.

"동행이 있는가?"

"저희 지국 사무국장이었던 박상철이 지금까지 같이 있었습니다."

"그런데?"

"부장님 들어오시기 전에 급한 일이 있어 먼저 일어났습니다."

사실대로 이야기할 수는 없었다.

"그건 그렇고 급히 만나자고 한 사유나 들어볼까?"

호룡이 석원이 정중하게 따른 잔을 들었다. 석원도 급히 자신의 잔을 채워 들었다.

"부장님, 저희 아니 제가 곤란하게 되었습니다."

"무슨 일인데."

잔을 내려놓기 바쁘게 석원이 곤혹스런 표정을 지었다.

"제가 한청에서 축출되었습니다."

"아닌 밤중에 그 무슨 소린가? 자네처럼 열정적으로 일하는 사람이 축출되다니!"

석원이 길게 한숨을 내쉬었다.

"자초지종을 말해보게."

석원이 조심스럽게 지난 캠핑 시 한청 중앙위원장인 고영진과 있었던 일을 상세하게 설명했다. 이야기를 듣고 나자 이호룡이 병을 들어 두 개의 잔을 채웠다.

"참, 그 사람도 그렇다고 제명까지 하다니."

이호룡이 가볍게 혀를 찼다.

"부장님, 그게 가당키나 한 일입니까. 정작 중요한 실수는 본인이 해놓고."

"그러게 말이다. 조금만 주의를 기울였어도 김대중 선생 납치를 막을 수 있었는데. 백주에 납치당하다니."

호룡이 말하다 말고 다시 혀를 찼다.

"그런데 자네가 한청 이름으로 영사관에 공갈 협박한 일은 잘못되었어."

"왜요?"

"지금 일본 정부에서 한청을 바라보는 시선이 곱지 않아. 일본 정부는 좌익 과격파 세력들에 대해 모종의 트집 잡을 구실을 마련하고 있거든. 그런데 한청 이름을 사용했으니 마음이 좋을 리 없지."

석원이 그 뜻을 헤아린다는 듯이 침묵을 지켰다.

"그래, 그건 이제 지나간 일이고 향후 무슨 계획이라도 있는가?"

"그래서 생각해보았는데."

석원이 말하다 말고 주위를 둘러보았다. 이호룡 역시 호기심이 일었는지 석원의 행동을 따라했다.

"김대중 선생 구출을 실리적인 부분에서 생각해보았습니다."

"실리적이라."

"제가 남조선으로 건너가서 김대중 선생을 구하는 방법이지요."

"그건 또 무슨 소린가?"

"어차피 김대중 선생을 구출한다 해도 일본으로 모셔오기 힘든 만큼 이참에 남조선의 박정희를 암살해야겠다는 생각을 했습니다."

"뭐라!"

이호룡이 하도 기가 찬지 벌려진 입을 다물지 못하고 있었다.

"왜요, 아니 되겠습니까?"

"되고 말고의 문제가 아니라 너무 급작스러운 이야기라 그러네."

흡사 그를 입증이라도 하듯 이호룡이 급하게 술을 들이켰다. 술이 넘어가다 목구멍에 걸렸는지 갑자기 기침이 흘러나왔다. 기침이 쉽사리 멈추어지지 않자 석원이 찬물을 따라 건넸다.

"너무나 허황된 이야기인가요?"

"그런 의미가 아니네."

"하면요?"

"가만히 생각해보니 그도 한 방법이 될 수 있을 수 있다는 생각이 들었네."

석원의 어깨가 절로 들썩였다.

"실은 그 문제로 부장께 상의 드리려 했습니다."

호룡이 속이 편해졌는지 스스로 잔을 채워 천천히 들이켰다.

"정말 각오되어 있는 건가?"

"당연합니다, 부장님. 그 일이 김대중 선생을 위하고 결국 우리 조선을 위하는 길이라면 저는 조금도 망설이지 않고 기꺼이 한 목숨 던지렵니다."

한마디 한마디 힘주어 말하는 석원의 얼굴에 결연한 기운이 스치고 지나갔다.

"자네 생각이 정 그렇다면 긍정적으로 접근해보도록 하세."

보고

"고생했어."

김종필 총리가 일본에서 귀국하자마자 청와대로 박정희 대통령을 방문하여 두 사람만이 자리했다.

"각하의 압박이 주요했습니다."

"김대중이 돌려보내주겠다고 한 말 말이지."

"그 이야기를 꺼내니까 그쪽에서도 난색을 표했습니다."

"그야 당연한 일이지. 여하튼 오히라도 그렇지만 다나까도 참으로 고마운 사람이야."

"특히 오히라 그 사람 정말 고맙지요."

"그런데 그들 생각대로 일이 이루어지겠나?"

"지금은 시원스럽게 저희 측 제안을 받아들였으나 일본 내에서 많은 저항에 직면할 듯 보입니다. 특히 야당과 언론 쪽 시선이 곱지 않습니다."

"당연하겠지. 그러니 그와 관련해서 자네가 적절하게 조처 취하도록 하게."

"단지 그 일을 떠나서 경제협력 차원에서 일 처리하려 합니다."

"그렇게 하도록 하고. 그런데 김대중 사건만 놓고 보면 일본 측의 잘못도 없는 게 아니야."

"무슨 말씀이신지요?"

"비록 김대중을 대수롭지 않게 생각하여 제지하지 않았지만 김대중이 일반 여권으로 일본에 들어간 게 아닌가."

"당연히 그렇습니다만."

"그런 사람이 정치 활동 하는 데 일본에서 제지하여야 했지 않겠나."

"우리 측에서 요구하지 않았는데 일본이 자발적으로 제지하기에는 무리가 있었던 듯합니다. 특히 어디까지 정치 활동으로 보아야 하는지 그도 불투명하고."

박 대통령이 김 총리를 물끄러미 바라보다 자리에서 일어나 창가로 갔다. 그곳에서 담배를 피우며 연기를 뿜어냈다.

"조카!"

"네, 각하."

"둘이 있을 때는 그냥 삼촌이라 부르라니까, 자꾸 각하라 하네."

"워낙에 습관이 되어놔서…."

김종필이 말하다 말고 슬그머니 뒤통수를 긁적였다.

"그건 그렇고 자네는 김대중을 어떻게 생각하나?"

"어떻게 생각하다니요."

"그 사람은 정치를 이상하게 배웠어."

김 총리가 자리에서 일어나 박 대통령 가까이 다가갔다.

"오로지 자신의 입지만 생각하니 그런 게 아니겠습니까. 이 민족과 국가는 고려의 대상이 되지 않으니."

1974년 8월 15일

창밖을 바라보던 박 대통령이 고개를 돌려 김 총리를 주시했다.
"지난 6대 대선 때 유세하면서 내가 했던 말 기억하나?"
"무슨 내용인지요?"
"거 야당에서 영남 쪽 우선 개발한다고 지역감정 조장했었지 않았는가?"
"그야 호남 표를 의식해서 그랬던 거지요."

1963년에 실시된 5대 대선에서의 일이다. 그 선거에서 신민당이 여순 반란 사건을 쟁점화하면서 박정희 후보를 공격하자 호남이 공화당의 박정희 후보에게 몰표를 주어 대통령에 당선되었다. 그로 인해 1967년에 실시된 6대 대선에서 신민당이 호남표를 얻기 위해 지역감정을 조장했다. 그 대목에서 등장한 게 바로 국토 개발의 지역 편중이었다.

"내가 그래서 한 유세장에서 말한 적 있네. 이 나라가 근대화하기 위해서는 정치인들 특히 야당 의원들의 머리 역시 근대화해야 한다고."
"그 부분은 명확하게 기억하고 있습니다."
김 총리가 미소 지으며 답하자 박 대통령이 다시 자리로 돌아갔다.
"훗날 역사는 이 일을 어떻게 기록할까?"
"김대중 사건 말입니까?"
"그러이."

김종필이 답에 앞서 잠시 생각에 잠긴 듯 침묵을 지켰다.

"이병선과 김대중의 해프닝 정도로 기록되어야 마땅하지요."

박 대통령이 해프닝을 되뇌며 미소를 보였다.

"여하튼 다시는 이런 일이 발생되지 않도록 하게."

"당연히 그리할 일입니다. 괜한 일로 마음고생 심하셨습니다."

"그런데 이 일로 일본과의 관계가 변하지는 않겠지?"

박 대통령이 동문서답하듯 입을 열었다.

"지금 당장은 힘들겠지만. 비 온 뒤 땅이 더 굳어진다는 말이 있지 않습니까."

"그래, 자네 말이 맞아. 이 일이 기회가 되도록 만들어 보라고. 그리고 이병선 말이야."

김종필이 순간 긴장했다. 어차피 김대중 사건의 마무리는 이병선 처리 문제였기 때문이었다.

"각하, 아니…. 삼촌의 의중은 어떠하신지요?"

"이제는 그만 나랏일에서 손을 떼도록 해야 할 듯하네. 그 사람은 나랏일과 개인 일을 제대로 구분하지 못하고 있어."

"그래서 결국 이런 사건이 발생했고요."

"그런데."

박 대통령이 담배를 재떨이에 비벼 끄며 은근하게 바라보았다.

"정말 이병선이 나를 제치고 권력을 차지하려 했을까?"

"저는 그렇게 생각하지 않습니다. 이병선 본인이 그럴 만한 위인이 되는지도 모르겠고 말입니다."

"이 사람들이 한 국가를 경영하는 일이 얼마나 고된 일인지 모르는 모양이야."

박 대통령이 흡사 고뇌로부터 흘러나오는 넋두리마냥 말하고는 은근한 시선으로 김 총리를 주시했다.

"김 총리!"

순간 김 총리가 긴장했다.

"내 지금 이 순간까지 자네 외에는 생각해본 적 없네."

"무슨 말씀이신지요?"

김 총리의 입에서 절로 흘러나왔다.

"무슨 말은 무슨 말. 내 차기 문제지."

순간 김 총리의 얼굴에 곤혹감이 들어차기 시작했다.

"너무 걱정 말게. 외부에는 발설하지 않을 테니."

"삼촌!"

"말하게나."

"이번 사건으로 김효 주일 대사와 장경호 외무장관으로부터 요청 받은 일이 있습니다."

김종필이 이야기를 급히 돌려야겠다 생각한 모양이었다. 그를 감지했는지 박 대통령 역시 슬그머니 미소를 보였다.

"무슨 내용인데."

"두 사람 다 이번 사건으로 인해 삼촌께 심려를 끼쳐드렸다고 해서 자리에서 물러나겠다 하였습니다."

"그게 왜 그 사람들 잘못인가. 일은 이병선이 저질렀는데."

"그를 모르는 바는 아니지만 향후 일본과 관련하여 수세적 입장에 처할 수밖에 없으니 다른 사람으로 하여금 그 자리를 대체토록 하여 달라는 청이었습니다."

"김효 대사는 이해되지만 외무장관은 상관없지 않나."

"물론 그렇습니다만."

박 대통령이 김 총리를 물끄러미 바라보았다.

"이 사람아, 본론으로 들어가 본론."

"김효 대사는 이제 그만 나랏일에서 손을 뗐으면 좋겠다고 하였으니 그 의견을 존중하여 잠시 휴식 시간을 주었다가 다른 일을 맡겼으면 좋겠습니다."

"다른 일이라면?"

"노년을 마감할 수 있는 일을 찾아보려 합니다."

"그렇게 하도록 하게. 그동안 너무 고생 많았지. 그리고 장경호 장관은 어떻게 하려는가?"

"허락해 주신다면 통일원으로 이동시키려 합니다. 어차피 이제 일이 마무리되어가는 마당에 남북관계에 좀 더 치중해야 할 것 같고…."

박 대통령이 통일원을 되뇌며 흡족한 표정을 지었다.

"그런데, 조카."

김 총리가 대답하지 않았다.

"이번 개각의 결론은 이병선 아닌가."

"그 부분은 제 소관사항이 아닙니다."

"이 사람이. 내 일이 곧 자네 일이고 자네 일이 내 일 아닌가?"
"하면…."
"말하게."
"방금 전 말씀하셨듯이 나랏일에는 맞지 않다 생각합니다."
"그래서 내 이번 참에 이병선을 은퇴시켜주려 하네."
박 대통령이 시선을 창으로 주었다.
"후임은 생각해보셨습니까?"
"지금 법무부 장관으로 있는 신영수에 대해 어떻게 생각하나?"
"그 사람이라면 무난할 듯합니다."

김 총리가 재고 말고 없이 즉각 대답하자 박 대통령이 너털웃음을 터트렸다.

"그러면 그렇게 하지."
"곧바로 착수하도록 하겠습니다."
"어떻게 하려나?"
"신민당의 손을 빌려야지요."
"굳이 빌릴 필요 있겠나?"
"지금 신민당에서도 김대중 사건에 대한 책임을 묻는 입장이니 그들 기를 살려주는 방향으로 추진하겠습니다."
"조카, 그야말로 이이제이네그려."
"삼촌도 만족하십니까!"
"그래. 그리고 이른 시일에 영옥(김종필의 아내 박영옥으로 박정희의 형인 박상희의 딸임)이와 함께 식사하자고."

탈출구

"김 사장!"

이호룡이 오사카 시내의 한 식당에서 혼자 술잔을 기울이다 무슨 생각이 들었는지 그곳 주인인 김영자를 은근한 투로 불렀다.

"갑자기 살갑게 왜 그러세요."

김영자가 하던 일을 잠시 멈추고 호룡이 앉아 있는 자리로 다가갔다.

"김 사장은 고향이 어디요?"

"당연히 이곳 오사카지요. 물론 부모님은 황해도 안악에서 태어나고 자라셨지만."

"내 고향은 어디인지 아시오?"

"일전에 이야기하지 않았어요. 평안도 중강진이라고."

"아니, 틀렸어. 내 고향도 바로 이곳, 오사카요."

말을 마침과 동시에 호룡이 잔을 비워냈다. 김영자가 호룡의 눈치를 살피며 술병을 들었다.

"한잔 따라 드릴까요?"

"그러면 좋지요."

안주도 먹지 않은 호룡이 선뜻 잔을 들었.

"그런데 오늘 무슨 일이 있기에 이리도 과음하셨어요?"

김영자가 흡사 콧소리를 내듯 잔을 채우자 호룡의 게슴츠레한 눈길이 술잔으로 향했다.

"혹시 문석원이란 아이 기억합니까?"

"일전에 함께 왔었던 그 청년 이야기하는 거 아닌가요?"

"맞아요."

"그런데요."

"이 친구가 일을 벌이려는 모양입니다."

"무슨 일을…."

"남조선의 박정희 대통령을 암살하겠다고 하네요."

"네!"

김영자가 너무나 놀랐는지 외마디 소리와 함께 그저 눈만 동그랗게 떴다.

"김대중 선생을 구출하려는 의도인데. 처음에는 그저 객기려니 생각하고 말았는데. 이 친구가 극구 박정희 대통령을 암살하겠다는 겁니다."

잠시 고개를 좌우로 움직였던 김영자가 냉장고에서 맥주를 꺼내 와 스스로 잔을 채웠다.

"그 사람 정신 나간 거 아닌가요. 그때 보았을 때도 이상하게 느꼈던 것 같은데."

"나도 처음에는 나이가 어려서 그런가 보다 했는데 행동하는 모습을 보면 상당히 과격하더라고. 그래서 고등학교도 졸업하지 못했지만."

"고등학교도 졸업하지 못했으면 무슨 일을 하였답니까."

"좌익 운동 그리고 과격단체들 주변에 기웃거리고는 했죠."

"그런 사람이 어떻게 박정희 대통령을 암살하겠다고 해요?"

"그 친구 혼자서는 절대 불가능하지요. 그러니까 막무가내로 내게 도와달라는 겁니다."

"어떻게요?"

"그야 물론 남조선에 들어갈 수 있도록 해달라는 이야기 아니겠습니까."

"그게 뭐 그리 어려운 일인가요. 그저 여권 만들고 비자 받아서 비행기나 배를 타고 가면 되는 일 아닌가요."

"그게 곤란하니 내게 부탁하는 거 아닙니까."

김영자가 이해되지 않는지 호룡을 빤히 주시했다.

"여권은 만들 수 있지만 비자 만들기 힘들어 그래요."

"그건 또 무슨 소리예요?"

"김대중 씨 사건 터지고 나서 그 친구가 오사카 영사관을 상대로 수차례 폭파하겠다고 협박 전화까지 했었는데 어느 누가 비자를 내주겠습니까."

"그런 일까지 있었나요."

김영자가 고개를 갸우뚱거리자 호룡이 단번에 잔을 비워냈다.

"안주 좀 드세요."

호룡이 안주도 먹지 않고 다시 스스로 빈 잔을 채우자 김영자

1974년 8월 15일

가 근심스런 표정을 지었다.

"위에서도 한번 긍정적으로 생각해보라 하는데 도저히 답이 나오지 않는구려. 그래서 이렇게 혼자 술 마시는 거 아니겠소."

"김 사장이 무슨 일로 전화를 다 주었는가."

밤이 늦은 시간 오사카 영사관에 근무하는 고영철이 김영자가 운영하는 음식점을 찾았다. 영철을 확인한 김영자가 주변을 둘러보며 조심스럽게 가게 구석에 있는 조그마한 룸으로 안내했다.

"무슨 일이야?"

"오라버니 보고 싶어 그랬지."

김영자가 고영철 곁에 바짝 달라붙었다. 그런 그녀를 영철이 가볍게 팔로 어깨를 휘감으면서 볼에 입술을 댔다 떼었다.

"식사는 어떻게 하겠어."

"음, 식사는 되었고."

영철이 말하다 말고 보일 듯 말 듯 살짝 드러난 김영자의 가슴을 슬며시 바라보았다.

"왜, 젖 먹고 싶어서?"

"일단 가볍게 한잔하고 젖을 먹든 영자를 통째로 먹든 하자고."

영철이 시선을 돌려 김영자의 하반신을 바라보자 싫지 않은지 슬그머니 영철의 볼에 키스하고는 자리에서 일어났다.

"간단히 가져와."

말을 하며 밖으로 나서는 김영자의 뒤를 바라보았다. 일찌감치 남편과 사별하고 홀로 가게를 꾸려가며 30대 후반에 이른 김영자의 마음 씀씀이가 아름다워 가끔 들르고는 했고 급기야 어느 한날 저녁 넘지 말아야 할 선을 넘고 말았다.

미색은 그리 뛰어나지 않지만 오밀조밀하여 안기는 맛이 색달라 이후 서울에 있는 집이 생각날 때면 들러 함께 시간을 보내고는 했었다. 또한 그녀의 정보망이 의외로 넓었다. 특히 조총련 쪽 사정은 그녀를 통해 전해 듣는다 해도 과언이 아닐 정도여서 현지 애인으로 또 정보원으로 살갑게 지내던 터였다.

잠시 서울에 두고 온 가족을 회상하는 중에 김영자가 영철의 말대로 간단하게 음식을 차려 들어왔다.

"사람 팔자 참으로 희한하네."

"느닷없이 무슨 팔자 이야기야?"

"영자 같으면 남편에게 무지하게 사랑받고 살 터인데."

영철이 말을 흐리자 상 차리기를 마친 영자의 한쪽 눈썹이 치켜 올라갔다.

"그러면 오라버니가 거두어 주면 되잖아."

"차라리 그럴까."

말을 마침과 동시에 영철 곁에 바짝 붙어 앉은 영자가 술병을 들었다. 영철 역시 잔을 듦과 동시에 몸을 앞으로 숙여 영자의 입술에 자신의 입술을 포갰다가 떼었다.

"오라버니는 내가 그리도 좋아."

"글쎄, 그걸 좋다고 표현해야 할지는 몰라도 이상하게 영자만 만나면 아늑해지고 또 고향 생각이 나고 그러네."

"그래, 그거 참."

"왜?"

"우리 집에 자주 드나드는 사람도 그런 이야기를 하고는 해서."

"혹시."

이번에는 영철의 눈썹이 치켜 올라갔다.

"왜, 그 사람하고도 몸 섞을까 봐."

"아 그게 아니라…. 당신도 한잔 하겠어."

순간 영철이 얼버무렸다. 영자가 슬그머니 미소를 보이며 잔을 들었다.

"그런데 무슨 일로 보자고 한 거야?"

"오라버니가 보고 싶어 그랬다니까."

"본 지 얼마 되었다고."

"그동안 김대중 사건인가 뭔가 때문에 바쁘다는 핑계로 오지 않았잖아."

그 소리에 영철이 절로 흠칫했다. 혹여 김영자가 자신의 실체를 알고 있는 게 아닌가 하는 지레짐작에 따른 결과였다.

"왜 그렇게 놀래?"

"놀라는 게 아니라 하도 시달려서 그 이야기만 나오면 경기 일으킨다니까. 그러니 나도 모르게 자연스레 반응이 흘러나오지."

영철이 가슴을 쓸어내기라도 하듯 잔을 비워냈다.

"아직도 해결되지 않았어?"

"외형상으로는 해결되었지만 내면으로 살피면 아직은."

말하다 말고 영철이 자신의 잔을 직접 채웠다.

"오라버니가 속이 타는 모양이네."

"일본 언론 특히 조총련 사람들이 계속 기승을 부리고 있잖은가. 아직도 그놈의 공갈협박 전화 때문에 업무가 마비될 정도야."

"그 정도야."

영철이 대답 대신 한숨을 내쉬었다.

"혹시 그 중에 문석원이라는 사람은 없어?"

"문석원이라, 들어본 적 없는데. 왜?"

"그러면 샤쿠겐은?"

순간 영철의 눈이 반짝였다.

"영자가 그놈을 안단 말이야!"

"그 애가 문석원이야."

영철이 잠시 동안 멍한 상태에 빠졌다가 술잔을 비워냈다.

"그러면 그 사람도 재일 한국인이란 말이지."

영철의 표정이 호기심으로 들어차자 마치 그를 즐기기라도 하듯 영자가 음미하듯 술잔을 기울였다.

"그런데 애라니?"

"나이가 20대 초반이니 애지."

영철이 기가 찬 모양으로 연신 혀를 찼다. 이어 병을 들어 영자의 잔 그리고 자신의 잔을 채웠다.

"그런데 오라버니!"

영자가 의미심장한 시선을 주었다. 영철이 그 시선을 자신을 향한 애틋한 마음의 표시로 오해했는지 팔을 뻗어 영자의 상반신을 끌어안았다.

"그게 아니고."

"그러면."

"그 문석원이란 애 말이야. 그 애가 김대중이란 사람에게 완전히 빠진 모양이야. 김대중을 구출하기 위해 남조선으로 건너가서 박정희 대통령을 암살하겠다고 돌아다닌다 하더라고."

"뭐라!"

말이 말 같지 않은지 영철이 영자의 얼굴을 빤히 주시했다.

"정말이야. 조총련의 핵심 인물에게 들은 내용이야."

"핵심이고 뭐고 말이 말 같아야지. 제 놈이 무슨 수로 한국으로 건너간다는 말인가. 밀항해서라면 몰라도."

"오라버니가 생각해도 가당치 않지."

"그걸 말이라고 하는 거야. 그러지 말고…."

영철이 애써 정색하고는 잔을 비우고 영자를 껴안은 팔에 힘을 주었다. 뭔가 새로운 기운이 가슴으로부터 솟구치고 있었던 때문이었다.

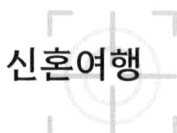

신혼여행

"석원 군, 기미코는?"

"일 끝나는 대로 오기로 하였습니다. 그런데 왜 기미코와 함께 오라 하였는지요?"

저녁 무렵 오사카 시내의 한 다방에서 호룡과 문석원이 자리를 함께했다.

"그보다도, 두 사람 사이는 요즈음 어떠한가?"

"잘 아시지 않습니까. 비록 기미코가 지금 제 남편과 살고 있지만 마음뿐 아니라 몸까지 제 곁에 머물러 있습니다."

"그러면 문제없겠군."

"무슨 말씀이신지요?"

"자네가 남조선 박정희 대통령을 암살하겠다고 하면 남조선으로 가야 하지 않겠는가."

"그야 그렇지요."

"물론 밀항의 방식을 취할 수 있지만 그건 너무 힘들지. 북조선 공비들의 침입에 대비해서 남조선에서 워낙 해안 경계를 철저히 하기 때문에 힘들다고 봐야지."

"그러면 갈 수 없는 건가요?"

석원의 표정이 시무룩하게 변했다.

"그래서 기미코와 자네의 관계를 물어본 것이라네."

"그게 무슨 관련 있다고…."

"자네가 기미코의 남편이 되는 거야. 즉 고타로 명의로 여권을 만들자 이 말이지."

"네!"

석원이 순간적으로 목소리를 높였다 주위를 살피고 찻잔을 들었다.

"그런데 말이야, 이 사실은 기미코가 몰라야 하네."

"기미코 몰래 어떻게 고타로 명의의 여권을 만든다는 말입니까?"

"이런 답답한 사람하고는."

호룡이 테이블에 놓여 있는 찻잔을 만지작거렸다.

"여권은 당연히 알게 만들어야지. 그러나 구체적인 내용은 알아서는 안 된다 이 말이네."

석원이 이해되지 않는다는 듯 고개를 갸웃거렸다.

"그래서 내가 생각한 건데. 자네와 기미코 잠시 해외여행 다녀오라고."

역시 이해되지 않는지 석원의 눈이 동그랗게 변했다.

"무슨 말인지 모르겠나?"

"도저히 무슨 말씀이신지…."

"자네가 남조선으로 가자면 반드시 여권과 비자를 받아야 하는데, 여권이야 문제없지만 비자를 받기는 힘들 거 아닌가. 남조선 영사관에서 발부하니 말이야."

"그야 그렇지요."

"그러니 그를 미리 준비해놓자는 이야기야. 고타로 명의의 여권을 만들어 둘이 해외여행을 다녀오고 후일 자네가 남조선에 입국할 때 다시 그 여권으로 비자를 발부받자 이 말이야. 그래야 기미코도 전혀 의심하지 않을 거 아닌가."

석원이 그 말의 의미를 새기고는 천천히 고개를 끄덕였다.

"그러면 어디로."

말이 끝나기도 전에 호룡이 상의 주머니에서 편지 봉투를 꺼내 건넸다. 석원이 받아 내용물을 꺼내자 비행기 티켓 두 장이 모습을 드러냈다.

"홍콩행 왕복 비행기 티켓이야."

호룡이 말을 마침과 동시에 석원의 손에 들려 있는 티켓을 빼앗다시피 가져와서는 다시 자신의 주머니에 넣었다. 순간 석원이 어리둥절한 표정을 지었다.

"잠시 후 기미코가 오면 정식으로 주도록 하겠네."

"부장님, 정말 고맙습니다."

잠시 그 의미를 헤아리던 석원이 가볍게 고개 숙였다.

"고맙기는 오히려 내가 고마워해야지. 지금 자네가 하고자 하는 일이 어떤 일인지 빤히 알고 있는데."

"어차피 목숨 걸고 하는 일입니다."

석원의 말소리에 잔뜩 힘이 들어갔다.

"이보게 석원이."

"네, 부장님."

"죽음이란 있을 수 없네. 내가 자네를 죽게 놔둘 것 같은가?"

"어차피 박정희 대통령을 암살하면 사형당하지 않겠습니까?"

"절대 일이 그리 흘러가지는 않을 거네. 우리 두 가지 측면에서 바라보세."

"두 가지요?"

"첫째, 자네가 성공할 경우야. 그러면 자네는 일약 우리 민족의 영웅이 될 거고 또한 영웅을 죽일 수는 없는 노릇이네."

석원이 영웅을 되뇌며 어깨를 들썩였다.

"두 번째, 자네가 실패할 경우야. 그래서 일본 사람인 고타로 명의로 여권을 만들라는 이야기인데, 설령 자네가 실패하더라도 국제법에 따라 자네는 일본으로 돌아와 재판 받게 될 것이고. 그런 경우라면 쉽사리 구해낼 수 있네. 그러니 너무 부담가질 필요는 없네."

"죽고 살고는 관계없습니다. 오로지 박정희 대통령 암살에 주력하여 반드시 일을 이루도록 하겠습니다."

다시 석원이 힘주어 말하는 중에 기미코가 다가왔다. 서로 가볍게 인사를 교환하자 호룡의 제안으로 근처에 있는 식당으로 이동했다.

"기미코 양, 술 한 잔 해도 되겠지."

"그렇지 않아도 저도 은근히 마시고 싶었는걸요."

기미코가 석원 옆에 자리 잡으며 미소를 보였다.

"그런데 어쩐 일로 부장님이 저희 둘에게 저녁을 사주시는지 궁금하네요."

호룡이 미소로 답하고는 음식과 함께 술을 주문했다.

"두 사람을 보면 어떤 때는 안타까운 마음이 일어나고는 해."

잠시 소소한 일로 대화를 이어가다 상이 차려지자 술잔을 모두 채우고 호룡이 말문을 열었다.

"왜요?"

"그걸 몰라서 묻나?"

기미코가 그 답을 찾겠다는 듯이 석원의 얼굴을 주시했다. 그 시선을 받자 석원이 가볍게 한숨을 내쉬었다.

"이 사람아, 이제는 후회되는가?"

물론 기미코의 끈질긴 결혼 요청을 거부한 일에 대한 추궁이었다.

"그래도 서로 사랑하면 되는 거 아닌가요?"

"그래, 그러면 두 사람은 헤어져 있으면 서로 그립지 않은가?"

"그거야…."

석원이 대답하다 말고 기미코의 얼굴을 바라보았다. 순간 기미코의 얼굴이 발갛게 물들어갔다. 그를 살피던 호룡이 건배를 제안하자 마치 모두가 기다리고 있었다는 듯이 한 번에 술을 비워냈다.

"나라도 자주 이런 자리를 마련해주어야 하는데."

"말씀만으로도 고맙습니다."

"아니야, 이왕 말이 나온 김에 내 이런 자리를 자주 마련하겠어. 그러니 오늘 마음 편하게 먹고 마시자고."

호룡의 제안에 또 곁에는 사랑하는 사람인 석원이 있어 그런지 기미코가 건네는 잔을 사양하지 않고 비워나갔다.

"기미코 양!"

어느 정도 술이 들어간 시점에 호룡이 은근하게 기미코를 불렀다.

"말씀하세요."

"내가 그동안 두 사람이 너무 많은 수고를 하여 선물을 주려는데 괜찮을지 모르겠네."

"선물이면 다 좋은 거 아닌가요?"

"물론 좋은 거지. 그런데 선물도 나름 아니겠는가."

호룡이 뜸을 들이자 기미코가 호기심 어린 시선으로 석원을 주시했다. 그를 살피며 호룡이 상의 주머니에서 봉투를 꺼냈다.

"비행기 티켓이야."

"네, 비행기요?"

"홍콩행 왕복 티켓으로 그동안 두 사람의 수고에 대해 조그마한 마음의 정성을 전하려 오늘 이렇게 보자고 하였어."

호룡이 봉투를 건네자 기미코가 즉시 내용물을 확인하고 함박웃음을 지었다.

"우리 두 사람이, 홍콩을요!"

너무나 감탄했는지 기미코의 입이 다물어지지 않고 있었다.

"만족하는가?"

"너무나 고맙지요. 다른 사람도 아니고 석원 씨와 함께인데요."

순간 호룡이 석원에게 눈짓을 보냈다. 신호를 받은 석원이 기미코가 보라는 듯 길게 한숨을 내쉬었다.

"석원 씨, 왜 그래? 나와 함께 여행 가기 싫어?"

석원이 대답하지 않고 다시 한숨을 내쉬었다.

"시원하게 말해 봐. 왜 그래?"

"비자 때문에 그래."

"그게 뭐가 어렵다고."

"우리 나이에 함께 나가려 한다면 신혼여행 정도로 간다고 해야 비자가 나올 터인데, 지금 우리는 법적으로는 부부 사이가 아니잖아. 그러니 갑갑해서 한숨 쉬는 거지."

석원이 진짜 갑갑한지 한 번에 잔을 비워냈다.

"신혼여행? 그러면 신혼여행 가면 되잖아."

"그게 어떻게 가능하냐. 자기 남편은 고타로로 되어 있는데."

기미코가 호룡을 바라보며 구원해달라는 듯 눈길을 보냈다.

"방법이 있는데 괜찮을까 모르겠네."

"부장님, 알려주세요. 저 꼭 석원 씨와 다녀오고 싶어요."

"두 사람이 부부로 출국하면 되지, 부부로."

"어떻게요?"

"기미코 양이 여권을 만들 때 법적 남편인 고타로의 여권을

1974년 8월 15일

함께 만들어야지. 그리고 그 여권을 석원 군이 들고 나가면 되는 거야."

"그렇게 쉬운 방법이 있었네요."

잠시 생각에 잠겼던 기미코가 손뼉을 치면서 함박웃음을 터트렸다.

"괜찮겠어?"

"자기와 함께 여행 가는 데 괜찮고 말고가 무슨 말이야. 그리고 막말로 고타로와 해외여행 갈 일도 없고 또 행여나 가자고 해도 안가."

"참으로 안타까워. 이 사람이 고집만 안 부렸어도 둘은 천생연분인데."

호룡이 아쉽다는 듯 혀를 차며 잔을 비워냈다. 그와 동시에 기미코의 몸이 석원에게 기울기 시작했다.

갈등

 고영철은 김영자로부터 문석원이 박정희 대통령을 암살할 것이란 정보를 얻은 이후 고민에 휩싸였다. 그냥 철부지의 객기로 무시할 것인지 아니면 그를 이용하여 새로운 일을 이루어야 할지에 대한 고민이었다.

 자신 물론 영사관에 근무하지만 실상은 중앙정보부 요원으로 위장 근무 중이었다. 아울러 지난 김대중 납치 사건도 현지인으로서 본인 주도로 비밀리에 기획하고 실행했는데, 그 일로 인해 작금에 들어 한국이 곤경에 빠지는 결과를 초래했다.

 문석원에 관한 이야기를 듣고 그 일을 잘만 이용한다면 작금의 상황을 헤쳐 나갈 하나의 돌파구가 될 수도 있겠다는 생각을 하게 되었다. 하여 그 사실을 정보부장에게 정식으로 보고하여 재가를 받아보고자 했다.

 그러나 본국으로부터 김대중 납치 사건과 관련하여 이병선 정보부장이 조만간 경질될 것이란 소식이 속속 전해지고 있었다. 그런 연유로 보고 여부는 차후로 미루고 문석원에 대해 조사하기 시작했다.

1974년 8월 15일

문석원의 가족 관계부터 시작하여 지난 시절의 행적 등을 샅샅이 파헤치는 중에 그의 이중성을 발견할 수 있게 되었다. 또한 일본인에 대한 그리고 인간 사회에 대해 지독하게 혐오감을 지니고 있고, 나이도 어리지만 상당히 충동적이라는 사실 역시 간파했다.

어느 순간 김영자가 전한 대로 정말 박정희 대통령에 대해 암살을 시도할 수도 있다는 생각이 일어났다. 아울러 그를 잘만 이용하면 정말로 현 상황을 반전시킬 수도 있다는 확신까지 하기에 이른다.

고영철이 한날 저녁 늦은 시간 숙소에 들러 아내가 보내준 된장을 싸들고 길을 나섰다. 아무래도 김영자를 통해 간접적으로 문석원에 접근함이 이로울 듯했다. 이런저런 생각을 하며 김영자가 운영하는 식당을 찾아들자 막 가게를 정리하던 김영자가 반갑게 맞이했다.

"오라버니, 연락도 없이 어쩐 일이야?"

"우리가 시시콜콜 연락하고 찾아보는 그런 사이밖에 안 되나."

"그런 건 아니지만."

김영자가 영철이 건네는 물건을 받아들면서 앙증맞은 표정을 지으며 방으로 이끌었다.

"된장 아니면 고추장?"

"맞혀 봐."

"음, 지난번에는 고추장을 가져다주었으니 이번에는 된장?"

"귀신이 따로 없네."

김영자가 영철이 전한 된장을 들고 밖으로 나가 소박하게 상을 차려 들어왔다.

"오라버니, 그런데 아까도 물어보았지만 무슨 일 있어?"

"일은 무슨 일. 아우 잠시 볼 수 없어 얼굴 기억해두려고 찾아왔지."

"무슨 말이야?"

"김대중 사건으로 장관과 대사 등 인사이동이 있는 모양이야. 그래서 한국에 들어갔다 나오려고."

김영자의 얼굴에 어두운 그림자가 밀려들었다.

"왜, 서운해?"

영철이 가까이 다가온 영자의 볼에 가볍게 키스했다.

"서운한 정도가 아니지. 그런데 오라버니 참 이상해."

"뭐가?"

"누군가를 사랑한다는 사실 말이야. 사랑하면서도 동시에 이별을 걱정하게 되니."

"그러면 영자는 정말로 이 오라버니를 사랑한다는 말이네."

"그걸 몰라서 물어."

말과 동시에 영철의 잔을 채워주었다.

"오늘은 술은 자제하고 정말 맛있는 걸 먹어야 할까 봐."

"뭔데,"

영철이 대답 대신 영자의 몸을 훑어보았다.

"나 품으려고."

"왜, 싫어?"

"싫기는, 좋아서 그렇지. 그런데 오라버니는 이 쭈글쭈글한 몸이 그리도 좋아."

"무슨 소리야, 아직도 탱탱한데."

"듣기 싫지는 않네."

슬쩍 눈을 흘기는 영자의 볼을 슬그머니 만져주었다.

"그런데 조총련 사람들은 요즘 뜸한 모양이지?"

"그 사람들 아직도 김대중 구출한다고 난리지 뭐. 그리고…."

영자가 슬그머니 뜸을 들였다.

"그리고, 뭐!"

"오라버니 내가 일전에 이야기했던 석원이란 사람 있잖아."

"정신 나간 친구 말이지?"

"정신이 나갔는지 들어왔는지는 모르지만 그 사람이 외국으로 여행 갔다고 하던데."

"외국 여행!"

"어저께 출국했다 하더라고."

영자가 무심코 내뱉은 말에 영철의 마음이 급하게 움직이기 시작했다. 그리고는 이내 가볍게 한숨을 내쉬었다. 한국으로 입국하기 위해서는 반드시 영사관에서 비자를 발급받아야 하는데 그런 일이 없었던 데에 따른 결과였다.

"젊은 친구가 능력도 좋네. 나이가 20대 초반이라 하지 않았던가."
"그러게 말이야."
"그러면 한국으로 갔다는 말인데."
"홍콩으로 갔다고 하던데."
"홍콩. 허 허, 그 친구 완전히 홍콩 갔네."
"그게 무슨 말이야?"
"우리 한국에서는 홍콩을 완전히 꿈의 세상 정도로 비유하여 말하고는 하거든. 그러니까 일종의 횡재한 경우를 두고 홍콩 갔다고 하지."

영자가 홍콩을 되뇌며 미소를 흘렸다.

"그러면 나도 오라버니 덕에 오늘 밤 홍콩 갈 수 있겠네."

영철이 앙증맞게 웃고 있는 영자의 볼에 가볍게 키스하고 자리에서 일어났다. 영자가 이상한 눈초리로 영철을 주시했다.

"왜?"
"왜는, 오늘 내친김에 영자 완전히 홍콩 보내주려 하지."
"그런데 왜 일어나?"
"오늘은 밤새 품으려고. 그러면 여기서는 곤란하고 호텔로 가야 할 듯해서."

호텔이라는 소리에 영자의 눈이 동그랗게 변해갔다.

"그렇다고 먹다 말고 일어나?"
"그러면 이거 마저 먹으며 잠시 기다렸다 같이 갈까?"

1974년 8월 15일

영자가 영철의 진지한 표정을 살피며 잠시 생각에 잠겨들었다.

"생각해보니 오라버니 말이 일리 있네. 혹시라도 손님들이 내가 오라버니와 함께 나가는 모습을 보면 좋아하지 않아. 그러다 단골 손님도 떨어져 나갈 수 있고. 그러니 오라버니 먼저 가는 게 좋겠어."

"그래서 내가 먼저 일어나는 거야. 여하튼 먼저 가서 목욕재계하고 기다리고 있을 테니 가게 정리하는 대로 곧바로 오도록 해."

영철이 영자에게 호텔 이름과 룸 번호를 알려주고는 밖으로 나섰다. 음식점을 나서자마자 급히 움직이기 시작했다. 문석원이 홍콩으로 출국했다 하였지만 혹시나 모를 일이었다. 아무래도 박정희 대통령 암살과 관련되어 있을 수 있고, 그곳에서 다시 비자를 받고 한국으로 입국할 수도 있었다.

택시를 이용하여 영자와 만나기로 한 호텔에 도착했다. 그곳은 업무상 이용하기 위해 룸 하나를 전세 내 수시로 사용하는 호텔이었다. 마치 제 집 들어가듯 룸으로 들어가 곧바로 공항에 근무하는 사람에게 전화를 걸었다. 그 사람에게 어제 홍콩으로 출국한 사람들의 인적사항을 점검했으나 문석원은 물론 샤쿠겐이란 이름도 나타나지 않았다.

순간 불안한 마음이 일기 시작했다. 하여 어제 홍콩으로 출국한 사람들 중에 20대들의 이름을 모두 불러주기를 요청했다. 상대방이 친절하게도 아니, 말투로 보아 영철과 긴밀한 관계로 짐작되는 사람이 차근차근 이름을 나열했다.

한순간 기미코란 이름이 들려왔다.

"잠깐!"

영철이 그 대목에서 순간적으로 소리를 높였다. 문석원을 조사하는 과정에서 드러난 이름이었기 때문이었다.

"이 사람은 여자인데요."

"그 여인에게 동행은 없었는가?"

상대방이 잠시 사이를 두었다.

"선배님, 이 사람이 제 남편과 함께 홍콩으로 신혼여행 가는 걸로 되어 있습니다만."

"남편의 이름은?"

"고타로로 되어 있습니다."

영철이 고타로를 되뇌며 통화를 끝냈다. 잠시 상황을 정리해보았다. 문석원이 자신이 아닌 다른 사람 즉 연인의 남편 이름으로 비자를 받고 그 연인과 함께 신혼여행을 빙자하여 홍콩에 들어간 꼴이 되었다.

다시 전화기를 들어 홍콩 주재 한국 영사관으로 전화를 걸었다. 급하게 중정 요원을 찾았다. 어제 오늘 사이에 고타로란 사람이 한국 비자를 받았는지 여부를 질문했다. 다행스럽게도 그런 일은 없었다는 말을 전해 들었다. 그 사람에게 혹시 그런 사람이 비자를 신청할 수 있으니 그런 일이 발생하면 급히 연락 달라는 부탁과 함께 통화를 끝냈다.

다시 상황을 정리해보았다. 연인을 대동하고 출국한 일로 보아 암살과는 거리가 멀었다. 그렇다면 단순한 여행이란 말인가. 성생활이 아무리 문란하기로 소문난 일본 사회지만 부부를 빙자해서 외국으로 여행을 떠난 일이 쉽사리 납득되지 않았다.

그러다가 슬그머니 잠시 후 자신을 찾아올 영자를 생각해보았다. 그 생각에 이르자 씩 하고 미소를 머금었다.

재칼

"홍콩에 다녀온 소감은 어떤가?"

문석원이 홍콩 여행에서 돌아오자마자 이호룡에게 전화를 걸었고 오사카 시내 한적한 다방에서 만났다.

"난생 처음 타본 비행기도 그렇고 홍콩이란 나라 정말 대단하였습니다."

"홍콩 입국 시 별문제 없었는가?"

"그냥 여권만 살펴보고는 아무 제지 없던데요."

"홍콩이란 나라가 그래. 그러나 남조선은 어떨지 모르지."

석원이 남조선을 되뇌며 슬그머니 이를 갈았다.

"그런데 여권은?"

"제가 보관하고 있습니다. 기미코 역시 그걸 원하고 있고요."

"당연하겠지. 혹여나 기미코가 보관하고 있다 고타로에게 발각이라도 된다면 문제 될 소지가 다분하거든."

"다시 한번 부장님의 아이디어에 찬사 보냅니다."

"찬사라니 이 사람아. 자네 각오에 비하면 그야말로 아무것도 아니지. 그나저나 이제 구체적으로 계획을 세워야 하지 않겠나."

"당연합니다. 하루 빨리 남조선으로 건너가 박정희를 죽이고 말겠습니다."

박정희라는 부분에 힘이 들어갔다. 순간 이호룡이 주위를 둘러보았다. 다행히 어느 누구도 그 두 사람에게 시선을 주지 않고 있었다.

"자네, 지금부터는 매사에 신중하게 처신하도록 하게."

문석원이 자신의 경솔함에 대해 미안하게 생각하는지 슬그머니 뒤통수를 긁적였다.

"지금 자네 계획이 조총련을 통해 북조선 김일성 수령에까지 보고되었다네. 그러니 이제 자네는 개인 문석원이 아니라 전 조선 인민의 영웅이란 말이야. 그러니 항상 영웅답게 진중하게 임하도록 하게나."

말을 마침과 동시에 호룡이 봉투를 건넸다.

"집어넣어."

"무엇입니까?"

"돈일세. 어차피 이제부터는 다른 일은 못할 게 아닌가. 그러니 향후 일이 마무리될 때까지 되는 대로 자금을 대어주겠네."

"너무나 감사합니다."

"그렇게 많은 금액은 아니지만 요긴하게 쓰도록 하게. 그리고 일이 마무리되면 영웅에 해당하는 대가를 지급받을 걸세."

"반드시 성공하도록 하겠습니다."

"당연히 그래야지. 그러면 자리에서 일어나세."

석원이 무슨 말이냐는 듯 유심히 호룡을 바라보았다.

"자네를 격려하기 위해 북조선과 조총련의 고위 인사가 기다리고 있네. 그러니 그리로 가서 인사드리고 함께 식사하도록 하세나."

이호룡의 뜻밖의 제안에 고무되었는지 석원이 급하게 자리에서 일어나다 탁자를 건드렸다. 탁자 위에 있던 물컵이 쓰러지면서 물이 흘러내렸다.

"죄송합니다, 너무나 흥분되어…."

"사람하고는, 그렇게 좋은가."

"당연하지요."

석원이 급히 호룡의 뒤를 따르며 목소리를 높였다. 두 사람이 다방과 멀지 않은 곳에 위치한 고급 횟집에 도착하자 안내원이 두 사람을 안내했다. 인도된 방에 들어서자 한눈에 보아도 중후한 맛이 풍기는 남자와 역시 귀티가 물씬 풍기는 여자가 나란히 앉아 들어서는 호룡 일행을 미소 지으며 바라보고 있었다.

"인사드리게. 오면서 말했던 분들이시네."

호룡의 제안에 석원이 마치 갈피를 잡지 못한다는 듯 우왕좌왕했다.

"이 사람이 너무나 과분하여 그런 모양입니다."

"너무 그럴 것 없네. 편히 자리하게나."

남자가 잔잔한 미소를 지으며 석원을 바라보았다. 석원이 조신하게 자리 잡자 호룡이 밖으로 나가려고 고개 돌렸다.

"이 부장, 나갈 것 없네. 이미 최고급 참치 회를 주문했네."

호룡이 다시 고개 돌려 석원 옆에 자리 잡았다.

"석원 군의 영웅적 행동에 대해서는 이 부장으로부터 귀가 따갑도록 들었네. 아울러 수령님과 북조선은 석원 군에 대해 상당히 기대하고 있네."

앞에 앉은 남자의 치사에 석원이 자세를 바로 하고 고개 숙였다.

"이 몸은 북조선과 김일성 수령님의 소유물입니다. 기필코 목숨을 바쳐서라도 임무를 완수하겠습니다."

"암 그래야지. 그래야 하고 말고."

잠시 소소한 이야기로 대화를 나누는 중에 요리가 들어오고 술잔이 오고가기 시작했다.

"이 술 받으세요. 이 술은 북조선을 대표하여 주는 잔입니다."

그 순간까지 침묵을 지키고 있던 40대 초반 정도 되어 보이는 여인이 술병을 들었다. 석원이 급히 무릎을 꿇고 공손하게 술을 받았다.

"한 번에 쭉 들이켜세요."

"석원 군 영광이네, 영광. 지도원 동무의 잔은 아무나 받는 게 아닌데. 허허."

호룡의 말에 석원이 한 번에 잔을 비워냈다. 그리고는 안주도 먹지 않고 비워낸 잔의 처리를 두고 고민하는 듯 호룡에게 시선을 주었다.

"받았으면 드려야지 뭐하는가?"

호룡의 제안에 시선을 여인에게 주었다.

"내 석원 동무의 성의를 보아 특별히 한 잔 받겠어요."

나이는 40대 초반 정도 되어 보이지만 얼굴에 흐르는 귀티 그리고 아담한 몸매를 살피면 쉽사리 나이가 가늠되지 않았다.
석원이 잔을 건네고 공손하게 술병을 들어 잔을 채우자 여인이 손에 들려 있는 잔과 모두를 바라보았다.

"우리 석원 동무를 위해 함께 건배하도록 하지요."
여인의 제안에 모두 잔을 마주치고는 단번에 비워냈다.
"그래, 구체적인 계획은 세웠는가?"
"지금 차근차근 계획을 실행하고 있습니다. 그 일은 제게 일임하여 주시면 될 것 같습니다."
남자의 질문에 호룡이 자신 있다는 투로 이야기하자 여인이 흡족하다는 듯 미소를 보였다.
"당연히 믿고 말고요. 그래도 혹여 도움이 될까 싶어 그러니 개략적인 계획이라도 들려 줄 수 없는가요?"
한 마디 한 마디 똑 부러지게 이야기하자 호룡이 석원을 지그시 바라보았다.
"미국 대통령 케네디 암살 사건을 알고 계십니까?"
"부장님, 저는….'
석원이 말하다 말고 두 사람의 눈치를 살폈다.
"석원 동무, 주저 말고 말해보세요."
"저는 지금 영국 작가인 프레드릭 포사이스란 사람이 쓴 '재칼의 날'이란 소설을 읽으면서 그곳에서 답을 찾으려 하는 중입니다."
"재칼!"
모두의 입에서 동시에 흘러나왔다.

"허허, 그 정도까지 진행 중에 있었던가?"

"물론 케네디 대통령 암살 사건도 생각하지 않은 게 아닙니다. 그러나 미국이란 사회와 남조선 사회는 다르기 때문에 굳이 재칼의 날을 모방하는 편이 이롭다 생각하였습니다."

남자의 감탄이 이어지자 석원이 힘주어 설명을 곁들였다.

"지금도 계속 연구 중입니다."

쐐기를 박듯 석원이 덧붙였다.

"석원 군 금년에 나이가 어떻게 되는가."

"지금은 스물 둘입니다만."

"허허, 그 나이에 이렇게 생각이 깊을 수가."

남자가 여인을 바라보며 가볍게 혀를 찼다.

"그러게 말이에요. 그 나이에 어쩌면 생각이 그리 깊을 수 있는가요."

"역시 이 부장의 안목이 남다르기는 남다른 모양이오."

"중앙위원님 그리고 지도원 동무, 너무 과찬이십니다."

이호룡이 가볍게 손사래를 쳤다.

"아니오, 두 사람이 마치 환상의 커플 같소. 그렇지 않소?"

"당연합니다."

남자의 추임에 여인이 화답했다.

"우리는 그저 아무 걱정 없이 수령 동지께 사실대로 보고만 하면 되겠어요."

"절대 실망시켜드리지 않겠습니다."

여인이 남자를 바라보며 은근하게 말을 건네자 고개 숙여 답하는 석원의 어깨가 가볍게 들썩였다. 순간 여인이 몸을 일으켜 석원 곁으로 다가가 자리 잡았다. 이어 석원의 손을 가볍게 잡았다 떼고 술병을 들었다.

"북조선 영웅에게 다시 한잔 올리지 않을 수 없습니다."

여인이 미소를 보내자 석원이 급히 잔을 비워내고 공손하게 앞으로 내밀었다. 여인 역시 공손하게 술을 따랐다.

"석원 동무, 결코 나를 괄시해서는 안 돼요."

"무슨 말씀이신지요?"

"너무나 듬직하고 또 반드시 일을 성사시키리란 예감이 들어서 그래요. 그런 경우 석원 동무는 북조선이 아니라 조선 전체가 영웅으로 떠받들 터인데 절대 나를 모르는 척하면 안 된다는 말이에요."

석원이 민망한지 아니면 고무되었는지 단번에 잔을 비워냈다. 여인이 참치 회를 곱게 싸서 석원의 입에 넣어주었다.

"허허, 지도원 동무께서 석원 군에게 완전히 빠졌습니다. 내게는 술 한 잔 따르는 법도 없더니만 석원 군에게는 안주까지. 이거 이러다간…."

남자가 부러운 듯한 시선으로 석원을 바라보며 가볍게 혀를 찼다.

"지도원 동무, 석원 군이 그리도 자랑스럽습니까?"

"이 부장, 그걸 말이라 하시나요. 내가 조금만 젊었어도…."

"아직도 팽팽합니다."

남자가 다시 혀를 차며 부러움을 표했다.

대응 팀

 잠시 대한민국의 중앙정보부로 돌아온 영철이 신임 부장에게 독대를 청했다. 물론 지휘계통을 밟고 올라가야 하나 사안이 사안인 점을 고려한 처사였다. 아울러 부장이 바뀐 지 얼마 되지 않았고 또 후임 간부들의 인사이동 문제로 뒤숭숭했던 터라 그 기회를 이용하고자 하는 의도 역시 감추어 있었다.
 "특별히 지휘계통까지 무시하면서 독대를 청한 사유가 무엇인가?"
 신임 부장인 신영수로부터 역시 영철이 염두에 두었던 말부터 흘러나왔다.
 "사안의 중대성에 비추어 볼 때 극비리에 보고해야 한다 판단하였습니다. 결례를 용서하여 주십시오."
 말을 마침과 동시에 노란 봉투를 건넸다.
 "일단 앉게."
 부장이 곧바로 봉투를 꺼내어 천천히 내용물을 읽어 내려갔다. 잠시 후 읽기를 마친 부장이 자리에서 일어나 창가를 오가더니 책상으로 갔다. 이어 경비 전화로 대통령 경호실장과 통화를 마치고 영철 곁으로 다가왔다.

"뭐하는 겐가. 어서 앞장서지 않고."

영철이 얼떨결에 자리에서 일어나자 부장이 문을 나서면서 차를 대기시키라 지시했다. 현관을 벗어나자 부장 전용 승용차가 대기하고 있었다. 수행 비서가 앞 좌석에 타고 영철은 뒷좌석 안쪽으로 자리 잡았다.

"일본에서 근무한 지 얼마 되었는가?"

"만 이 년이 되어가고 있습니다만 일전에도 여러 번 근무한 적 있습니다."

"일본통이로군. 그러면 김대중 납치 사건에도 참여했었는가?"

"일정 부분 참여하였습니다."

"그러면 자네가."

부장이 뭔가 말하려다 말고 다시 봉투에서 내용물을 꺼내 상세하게 살펴보았다.

"지금 우리가 어디로 가는지 알겠나?"

"경호실장과 통화하신 것으로 알고 있습니다."

"경호실장과 협의를 거치고 각하를 뵐 필요가 있다면 그리 할 걸세."

말을 마친 부장이 더이상 입을 열지 않고 서류와 창밖을 바라보았다. 오래지 않아 청와대 입구에 도착하자 곧바로 경호실장 집무실로 향했다.

"아니, 이거 축하연 베풀지 않았다고 일감부터 가져오시는 겁니까."

박상규 경호실장이 괜스레 너스레를 떨자 신영수가 곧바로 영철을 소개했다. 아울러 예의 노란 봉투를 건넸다. 박상규가 사안의 중요성을 감지했는지 정색하고 내용물을 꺼내 차근히 읽기 시작했다. 이어 읽기를 마친 박 실장이 길게 한숨을 내쉬며 신 부장을 바라보다 영철에게 시선을 주었다.

"미스터 고는 정보부에 근무한 지 몇 년 되었는가?"

"창설 당시부터 근무했습니다. 아울러 주로 일본 쪽에 근무했었습니다."

"그렇다면 상당히 신빙성 있다는 이야기인데. 그래, 부장께서는 어떻게 처리하였으면 좋겠습니까?"

"이 일에 관한 타당성 여부도 그렇지만, 실은 이 일이 제 소관인지 실장님 소관인지 그도 알 겸 의견 나누려 이렇게 급히 찾아뵈었습니다."

박상규가 가볍게 신음을 내지르고 자리에 앉을 것을 주문했다.

"향후 이 친구의 동선을 어찌 전개될 것 같은가?"

"보고서에 밝힌 대로 북한과 조총련에서 적극적으로 나설 듯합니다. 그런 경우라면 그 친구는 어쩔 수 없이 따라가야 합니다."

"그야 당연한 일이고. 그런데 문석원이란 자가 암살을 시도한다면 어떤 방법을 선택할 것 같은가."

"여권을 만든 사실을 상기해보면 반드시 한국 내로 잠입해서 거사를 벌이려 할 것입니다. 그런 경우 문석원의 충동적인 성정 그리고 대한민국의 사정을 감안하면 권총이 유력하리라 판단합니다."

권총이란 말이 흘러나오자 박상규가 무의식적으로 권총에 손을 가져갔다.

"그런데 권총의 명중률이 어떻게 됩니까?"

신영수의 질문에 박 실장이 슬그머니 어색한 웃음을 흘리고는 권총에서 놀던 손을 급하게 끌어들였다.

"아주 가까운 거리에서는 효과 있지만 사실 권총은 실전에서는 그리 유용하지 못합니다. 그저 장식용으로 보면 됩니다."

박 실장의 설명이 끝나자 신 부장이 영철을 주시했다.

"그런데 자네는 왜 권총이 유력하다 생각하나?"

"물론 폭발물 혹은 저격용 총을 상정할 수 있지만 폭발물은 대상이 구체적이지 않을 때 즉 다량 살상을 위해서는 유리하지만 일단 타깃이 대통령 각하로 정해졌다고 한다면 폭발물은 배제해도 좋다고 봅니다. 또한 저격용 소총의 경우 대통령 각하의 동선을 정확하게 따를 수 있어야 하는데 그건 불가능하리라 판단됩니다."

"그래서 권총이 유력하다는 말이지?"

박 실장의 손이 또 권총으로 옮겨졌다. 그를 놓치지 않겠다는 듯 신 부장의 시선이 그리로 향하자 머쓱한 표정을 지었다.

"그건 그렇고 그 친구를 이용할 수 있다는 부분에 대해 보충 설명 해보겠는가?"

"먼저 북한과 조총련의 입장입니다. 일본 정부가 조총련에 대해 그다지 호의적이지 못한 사실은 모두 알고 있습니다. 일본 자체는 남의 일로 시끄러워지기를 원치 않기 때문입니다. 하여 그들은 지금의 한일 관계를 극도로 악화시켜 반사 이익을 노리려는 듯 보입니다. 그런 연유로 문석원을 일본인으로 둔갑시켰다고 살펴집니다."

영철이 잠시 말을 멈추고 두 사람을 번갈아 바라보았다.

"외람되지만 김대중 납치 사건으로 인해 대한민국이 상당히 곤경에 빠져 있습니다. 지금 표면상으로는 해결된 듯 보이지만 이면에서는 상황이 그리 녹록하지 못합니다. 지금도 언론과 의회는 물론 좌익세력들은 연일 그 일을 빌미로 일본 정부를 압박하고 있습니다. 그러나 일본 정부는 적극적으로 대처하지 못하고 있습니다."

"그래서 이 건을 전화위복의 계기로 삼을 수 있다는 이야기인가."

"어차피 암살 계획이 우리에게 알려진 이상 성공할 수는 없습니다. 하여 그들에게 기회를 제공해주고 사건이 발생한다면 지금 대한민국이 곤경에 처한 모든 일들을 한 번에 만회할 수 있다 생각합니다."

"결국 잔칫상만 차려주고 생색은 우리가 내자는 이야기로군."

박상규가 지속적으로 추임새를 넣었다.

"각하께 보고 드리지 않아도 되겠습니까?"

"어떻게요. 이런 소문이 있는데 주의하셔야겠다고 말입니까."

박상규의 답변에 신영수가 가벼이 고개 저었다.

대응 팀

"그러면 어떻게 처리하면 좋겠습니까?"

"각하께는 구체적인 움직임이 있을 때 보고하도록 하지요. 그리고 그보다도 먼저 대응 팀을 구성해야 할 듯합니다."

신영수가 고개를 끄덕였다.

"자네가 팀을 이끌도록 하게!"

박상규의 말에 영철이 신영수를 주시했다. 신영수가 다시 고개를 끄덕였다.

"그리고 대통령의 안위에 관한 일이니 경호실에서 반드시 알아야 합니다."

"그래서 실장께 상의 드리는 거 아닙니까."

"저."

두 사람의 대화에 영철이 조심스럽게 끼어들었다.

"말하게나."

"보고 체계는 일원화하였으면 좋겠습니다. 부장님과 실장께서는 사사로이 대화를 나누실 수 있지만 실무에서는…."

더 이상 언급하지 않아도 알아듣겠다 싶어 중간에 말을 흐렸다.

"자네 말이 옳네. 부장 생각은 어떠시오?"

신영수가 즉답에 앞서 잠시 생각에 잠겨들었다.

"궁극적으로 이 일은 각하의 안위가 걸려 있는 문제이니만큼 실장께 보고 라인을 정하도록 함이 타당하다 봅니다."

박 실장 역시 즉답을 피하고 잠시 침묵을 지켰다.

"부장께서 그리 이해해 주시니 고맙습니다. 하면 제가 지휘하도록 하겠습니다."

"그렇게 하기로 하고. 고 군, 우리가 도와줄 일은 없겠는가?"

"있습니다만."

"뭔가. 기탄없이 말하게."

"외람되지만 현재 조총련 쪽에서 활동하고 있는 정보원을 제게 붙여주십시오. 향후 그쪽의 동태를 하나도 놓쳐서는 안 될 일입니다."

"그야 당연한 일이지."

박상규가 대신 말을 받고 신 부장을 주시했다.

"자네가 일본으로 돌아가는 즉시 접선할 수 있도록 조처 취하겠네."

"그러면 내가 도와줄 일은?"

"현지의 일은 제가 처리하겠습니다. 실장께는 구체적인 행동이 보일 때 그때 부탁하도록 하겠습니다."

영철이 힘주어 답하자 박 실장이 영철의 손을 잡았다.

신년 전야

그 해 마지막 날 오후 석원이 오랜만에 아내 이정숙과 두 살 짜리 아들 신일과 함께 망중한을 보내고 있었다.

"여기서 이럴 게 아니라 엄마한테 가서 손자 보이는 게 어떨까?"

"빈손으로!"

방금 전까지 차분하게 앉아 있던 정숙이 갑자기 싸늘하게 변해갔다.

"엄마한테 가는데 빈손으로 가면 어떻다고."

"그거야 네 생각이고. 나까지 그럴까. 그러면 어머니가 좋아하겠다!"

정숙의 얼굴에 찬바람이 몰아쳤다. 그를 살피던 석원의 얼굴에 잠시 전 비쳤던 생기는 온데간데없이 자취를 감추고 있었다.

"너도 이제는 아버지야. 그런데 계속 이럴 거야?"

"나도 노력하고 있잖아."

"노력, 누구를 위해서. 너 그거 몰라?"

"뭐?"

"수신제가치국평천하라고 말이야."

"느닷없이 그건 무슨 소리야?"

"집안도 다스리지 못하면서 무슨 통일 운운하는 게 가소롭다는 생각 들지 않아."

정숙이 세 살이나 연상이라 그런지 혹은 딱히 대꾸할 말이 없는지 석원의 얼굴이 침울하게 변해갔다.

"애도 태어났고 또 어머니가 집도 사주고 했으면 이제 가족에 시선을 돌려야지. 아직도 어린애들처럼 사회주의 운동 운운하고 참으로 가당치 않네."

"나 혼자 먹고 살자 하는 게 아니잖아."

"이봐요, 네 꼬라지를 살펴봐. 네가 뭐 내세울 것 있다고 사회 운동 운운하는 거냐. 남들이 알면 웃는다 웃어."

"이런 씨발!"

순간적으로 석원의 목소리는 물론 손도 올라갔다.

"왜, 이제 나한테도 폭력행사 하려고. 그래, 사회 운동도 폭력이니 가정도 폭력으로 해결해 봐!"

정숙이 조금도 물러설 기미를 보이지 않자 석원이 올렸던 손을 슬그머니 내려놓았다. 이어 방 구석에 있던 주전자에서 물을 따라 벌컥벌컥 들이켰다.

"그래, 좋다."

"뭐가?"

"신년을 맞이하여 그럴싸한 일 찾아 돈 벌어올 테니 조금만 기다려."

"그럴싸한 일도 필요 없어. 그러니 그저 이제는 제발 정신 좀 차려. 그리고 가정에 눈 좀 돌려 봐."

그래도 부부 사이는 부부 사이인 모양인지라 석원이 기세를 누그러트리자 정숙 역시 부드럽게 태도를 바꾸었다. 바로 그 순간 노크 소리가 들려왔다. 석원이 혹여나 어머니께서 직접 손자를 찾아온 것이 아닌가 하는 호기심에 문을 열자 이호룡이 한 손에 물건을 들고 미소를 보내고 있었다.

"부장님이 기별도 없이 어인 일로 오셨습니까?"

"아 이 사람아, 손님이 왔으면 안으로 들여야 하는 게 아닌가."

잠시 멈칫하던 석원이 정숙의 표정을 살피다 이내 안으로 안내했다. 호룡이 정숙을 바라보며 너스레 떨며 인사를 건네자 정숙이 못이기는 체 인사 받고 슬그머니 뒷걸음질했다.

"차 내올까요?"

"차는 그만 두고 잠시 앉아보겠습니까."

정숙이 잠시 멈칫하다 이내 거리를 두고 자리 잡았다. 순간 호룡이 가져온 물건을 앞으로 내밀었다. 또한 상의에서 조그마한 봉투 역시 꺼냈다.

"이것이 무엇인지요."

"신덕수 의장께서 석원 군의 그동안의 노고를 치하하시면서 조그마한 선물을 보내주셨습니다. 그리고 이건."

호룡이 말하다 말고 봉투를 건넸다.

"이건 뭡니까?"

"꺼내보게."

비록 말은 석원에게 했지만 시선은 정숙에게 주었다. 그에 따라 동시에 두 사람이 자신의 앞에 놓인 물건과 봉투를 개봉했다. 두 사람의 얼굴에 순식간에 미소가 들어차기 시작했다.

"이런 것까지."

"이런."

석원과 정숙이 외마디 소리를 주고받고는 상대에게 전해진 물건을 서로 확인했다. 호롱이 정숙에게 전한 물건은 귀한 인삼주와 돈이었고 석원에게 전한 물건은 신덕수가 친필로 작성한 연하장이었다.

석원이 감격에 겨운 표정을 지으며 연하장을 정숙에게 건넸다. 정숙이 언제 그런 일 있었느냐는 듯이 함박웃음을 지으며 연하장에 시선을 주었다.

"차를 내올…. 아니, 귀한 술이 있으니 안주를 내어올까요?"

"차나 한잔 주시지요. 잠시 후 다시 들를 곳이 있어서. 그리고 그 술은 이따 두 사람이 오붓하게 드시면 어떻겠습니까?"

"그래도 모처럼 오셨는데."

"오늘만 날이 아니지 않습니까, 그러니 차만."

정숙이 무안한 표정을 지으며 물러났.

"지금은 조금 힘들더라도 참고 지내게. 그리고 이후부터는 다른 모든 일에는 일절 신경 쓰지 말고 자네의 영웅적 행위에 매진하도록 하게."

"당연히 그래야지요."

신년 전야

"그런데 집사람에게 자네가 무엇을 할 것이라 이야기하였는가?"
"그건 이야기할 수도 없고 해서도 안 되는 거 아닙니까?"
"역시 자네가 다르긴 다르네."

석원이 낮은 목소리로 단호하게 대답하자 호룡이 흡족한 미소를 지으며 급히 대화 내용을 바꾸어 나가기 시작했다. 잠시 후 정숙이 차를 가져오자 서로 일상사에 대해 덕담을 주고받고 오래지 않아 호룡이 자리에서 일어났다.

"의장께서 석원 군에게 지대한 관심을 가지고 계십니다. 그러니 지금 조금 힘이 들더라도 너무 몰아세우지 마세요."

호룡이 집을 나서면서 정숙에게 거듭 당부의 말을 전했다. 그러마고 건성으로 답한 정숙이 호룡의 모습이 멀어지자 석원을 주시했다.

"어떻게 할 거야?"
"뭘?"
"잠시 전에 어머니한테 가뵙자고 했잖아."

석원이 즉답을 피하고 호룡이 가지고 온 술을 주시했다.

"엄마한테는 내일 가고 오랜만에 우리 술 한잔 어떨까 싶은데."

정숙이 대답 대신 자리에서 일어나 되는 대로 안주를 준비해서 돌아왔다.

"요즈음 도대체 무슨 일 하는 거야?"

정숙이 술을 따르기 무섭게 입을 열자 석원이 대답하지 않고 정숙의 잔을 채웠다. 이어 정숙의 얼굴을 가만히 살펴보았다.

잠시 전과 비교해 보면 너무나 쉽사리 변해 있었다.

"자기도 잘 알잖아. 늘 하던 일 하는 거지."

"그래도 전에는 자기가 하던 일 하면서 시간을 내어 참석하고는 했었잖아. 그런데 요즈음은 자기 일은 제쳐두고 조총련과 관련한 일에만 매달리는 듯 보여서."

"단순히 조총련 일이 아니지. 우리 조선 인민들의 단합을 위한 일이지."

정숙이 뭔가 말하려다 급히 입을 닫았다. 무슨 말을 하려 했는지 알겠다는 듯 석원이 어색하게 미소를 흘리며 잔 들 것을 종용했다.

"좌우지간 내 말 잘 새겨들어."

잔을 내려놓기 바쁘게 정숙이 호룡이 가지고 온 돈 봉투를 집어 들었다.

"뭘?"

"저 이호룡이란 사람 믿는 건 아니지?"

석원이 무슨 의미인지 모르겠다는 듯 멍하니 정숙을 바라보았다.

"저 사람 상당히 교활한 사람이야. 이 돈이 신덕수 의장으로부터 전해졌다고 한다면 아마도 반 정도는 저 사람이 꿀꺽했을 거야."

"뭐라고?"

"왜, 무슨 말인지 몰라서 그래. 저 사람이 지금의 자리까지 오를 수 있던 게 바로 그 교활함 때문이란 걸 몰라. 다들 아는데."

정숙의 말을 들으며 이전의 일 즉 홍콩에 다녀온 일을 생각해보았다. 기껏 해외여행 보내준다고 하더니, 그것도 대사를 앞두고 그 일환으로 나갔는데 달랑 2박 3일간으로 그쳤고 경비 역시 빠듯했었다. 또한 얼마 전에 이후의 생활 경비는 전적으로 책임지겠다 했었다. 그러나 말뿐이었지 지금까지 받은 돈은 한 푼도 없었다.

"무슨 생각하는 거야?"

"자기가 금방 한 이야기. 이호룡이란 사람의 실체가 어떤지에 대해 생각해보았어."

"어때?"

"한편 생각해보니 자기 말이 일리 있어 보이는데."

"그러니 여자 말 잘 들어. 그러면 절대 손해 보는 일 없으니."

정숙과 대화를 나누며 독한 술 몇 잔을 연거푸 들이키자 불현듯 기미코의 얼굴이 술잔에 아른거렸다. 기미코를 생각하며 석원이 느끼한 시선을 정숙에게 보냈다.

"무슨 의미야?"

"몰라서 물어."

"지금 말이…."

정숙의 목소리 역시 술기운 탓인지 미세하게 떨렸다. 그 의미를 간파한 석원이 상을 옆으로 밀쳐내고 천천히 정숙의 몸을 취하기 시작했다.

접선

 영철이 일본으로 돌아와 신년을 맞이하여 바쁘게 움직이는 중에 한통의 전화를 받았다. 도쿄에서 세기문화사를 경영하는 차주선이라는 사람인데 한국 단체관광과 관련하여 상의할 일이 있으니 저녁 시간에 만나줄 수 있겠느냐 제안해왔다.

 잠시 뜸을 들이던 영철이 마지못해 만나겠다는 듯이 약속 장소와 시간을 정했다. 물론 전화를 걸어온 당사자가 누구인지 직감했으면서도 혹여나 누군가 전화를 도청할지도 모를 일이라 신중에 신중을 기했던 터였다.

 통화를 끝내고 그동안 문석원의 행적에 대해 회고해보았다. 홍콩을 다녀온 이후 이렇다 할 움직임은 보이지 않고 있었고 오로지 기미코와 이호룡을 만나는 일이 고작이었다. 그를 살피며 암살 사건에 전념하고 있다는 감을 받았었다.

 아울러 암살을 시도한다면 박정희 대통령이 공식 행사에 참석했을 때가 적기라 판단했고 아마도 국가 기념일 등 경축 행사에서 일을 도모할지도 모른다 생각했다. 그렇다면 가장 가까운 경축 행사는 3·1절이 될 터였다.

 하여 신영수 부장에게 부탁했던 일이 하루빨리 실현되기를 학수고대했던 터였는데 급기야 오늘 전화가 걸려왔다. 영철이 국경일 행사를 주로 개최하는 국립극장을 떠올렸다.

문석원처럼 젊고 무모한 사람이 그리고 전문 암살자가 아닌 이상에 암살 장소는 국한될 수밖에 없었다. 또한 일전에 박 실장과 신 부장에게 설명했었던 대로 방법 역시 제한적일 수밖에 없었다.

영철이 잠시 자리에서 일어나 창가로 다가갔다. 신년 초라 그런지 거리가 그 어느 때보다도 한산하게 느껴졌다. 아니, 본국이 아닌 이국에서 날씨가 우중충해 더욱 그런 느낌이 들었는지도 몰랐다.

처음 문석원에 관한 이야기를 접했을 때 전화위복의 기회가 될 수 있다는 생각으로 일을 추진해왔다. 그야말로 아마추어의 일시적인 객기를 잘만 활용하면 충분히 그럴 소지가 다분했다.

그런데 시간이 흘러갈수록 그 아마추어가 어디로 튈지 예측하기 힘든 부분 역시 한편으로 작용했다. 하여 조용하게 일 처리 할 수도 있겠다는 생각으로 임하다가 일시적으로 일을 확대했다.

먼발치에서 바라본 문석원의 얼굴을 생각하며 자리로 돌아가 소소한 일을 마무리하고 얼추 시간이 되어 자리를 정리하고 약속 장소로 향했다.

오사카 시내에서 조금 외떨어진 횟집에 들어서자 세기문화사 사장을 언급했다. 안내원의 안내에 따라 한 룸으로 이동했다. 안내원이 문을 열자 마치 전부터 잘 알고 지냈던 사람처럼 50대 초반으로 보이는 남자가 반갑게 맞이했다.

곧바로 문이 닫히자 상대방이 명함을 건넸다. 찬찬히 들여다보

앉다. 세기문화사 차주선이라 간단히 쓰여 있었다. 영철도 자신의 명함을 건넸다. 이어 간단한 상견의 예를 마치고 자리 잡았다.

"고 팀장께서 혹여 회를 좋아하시지 않는 건 아닌지요?"

"음식 가리지 않는 스타일입니다. 그저 씹히면 뭐든 맛있게 먹습니다. 그러나 저러나 먼길 하셨습니다."

"이곳 오사카에도 지점이 있습니다. 도쿄보다도 오히려 오사카에 머무는 시간이 더 많다고 봐야지요. 그러니 그 부분은 전혀 부담가지지 않으셔도 됩니다."

마치 사전에 정해져 있는 암호처럼 대화가 끝나자 영철이 긴장을 풀고 다시 한번 자신을 소개했다. 그러자 차주선도 자신의 직위, 조총련의 중앙위원 직책을 맡고 있음을 밝혔다.

"지금부터는 철저하게 정보를 함께 공유해야겠지요?"

"당연합니다. 그러나 일본에서는 아무래도 차 사장께서 주도적으로 임해주셔야 할 일입니다. 어차피 제 활동은 한국 내에 치중될 것입니다."

"그런 차원에서 말씀드리겠습니다. 물론 문석원과 관련해서입니다."

차주선이 곧바로 문제의 핵심을 파고들었다.

"차 사장께서는 문석원에 대해 알고 계시는 모양입니다."

"비단 저뿐만 아니라 이미 조총련 쪽에는 널리 알려져 있습니다. 아울러 일전에 그 친구를 직접 만나본 적 있습니다."

문석원에 대한 소문이야 그렇다고 해도 이미 직접 만나보았다는 부분에 대해서는 이해되지 않는다는 듯이 뚫어지게 응시하다 가볍게 혀를 찼다.

"무슨 문제라도 있습니까?"

"그동안 나름대로 문석원을 예의 주시하고 있었습니다만, 그 부분을 실기했습니다. 그런데 어떻게…."

"조총련 오사카의 이쿠노구 지부 정치부장으로 이호룡이란 작자가 있습니다. 그 사람을 통해서 일전에 북한의 정치국 지도원과 함께 만나 식사한 적 있습니다. 물론 일에 대한 가능성을 타진하기 위해서였습니다."

부연되는 이야기를 듣자 충분히 가능하다는 생각이 일어났다. 박정희 대통령을 암살하겠다고 공언하고 돌아다니는 그 친구를 차주선이 놓칠 리 만무했다. 영철이 가볍게 고개를 끄덕였다.

"이호룡이란 사람은 어떻습니까?"

"이번 일에 있어 또 다른 문석원으로 간주해도 좋을 듯싶습니다."

"선뜻 이해되지 않습니다만."

"그저 천방지축으로 나대는 사람으로 문석원과 조금도 차이 나지 않는다 보시면 무방할 것입니다."

영철이 그 의미를 새기고 다시 가볍게 혀를 찼다.

"아울러 문석원이 지금은 이호룡의 지시에 따라 움직이고 있으나 그리 오래 이어지지 못할 듯합니다."

"교체된다는 의미로 받아들여도 되겠습니까?"

"당연히 그리되도록 해야겠지요."

차주선이 표정을 밝게 했다.

"결국 차 사장께서 그 일을 맡으시겠다는 말씀이십니다."

"일을 완벽하게 마무리하기 위해서는 그리 되어야하지 않겠습니까."

"당연한 일입니다만 굳이 그럴 필요까지 있습니까?"

"어차피 이번 일이 저나 고 팀장에게 일본에서의 마지막 임무가 되지 않겠습니까. 그러니 멋지게 해결해야 하지요."

영철이 그 말의 의미를 새기며 가만히 고개를 끄덕이는 중에 주문한 음식이 들어오고 있었다. 상에 차려지는 음식을 바라보며 차주선이 음식들에 대한 품평회를 열기 시작했고 그에 따라 영철 역시 맞장구를 쳐주었다. 물론 한국말이 아닌 일본말로였다.

"제가 분석한 바에 따르면 문석원이 국경일에 한국내로 잠입하여 권총으로 암살을 시도할 것으로 보입니다만."

상이 차려지고 종업원이 물러가자 영철이 말문을 열었다.

"고 팀장의 분석이 정확합니다. 문석원 본인 말에 의하면 권총으로 시도하겠다는 분명한 암시를 준 바 있습니다. 아니, 이제 제가 기획하게 되는 일인 바 반드시 그리 되도록 일을 이끌어가야겠지요."

"부연하여 말씀드리자면 문석원이 적기로 잡고 있는 때가 금년 3·1절 행사가 아닐까 생각하고 있습니다."

"당연히 그리 생각할 것입니다."

"그러나 금년 3·1절 행사는 곤란합니다."

"무슨 이유라도 있습니까?"

"박정희 대통령 근처는커녕 행사장에 들어갈 수도 없기 때문입니다."

차주선이 잠시 생각에 빠져들었는지 상 위의 음식들로 시선을 주었다.

"우리는 문석원에게 확실한 잔칫상을 차려주겠다는 입장입니다."

"그리고 실리만 취하겠다는…."

"바로 그렇습니다. 그런 차원에서 살피면 금번 3·1절 행사는 잔치판조차 열 수 없다는 치명적 단점이 있습니다."

"박 실장의 물 샐 틈 없는 경호 관례를 살피면 당연히 그리 되겠지요. 하면?"

"광복절로 잡아주십시오."

"상황을 조성할 수 있겠습니까?"

영철이 대답하지 않고 술병을 들었다.

"한잔 하시겠습니까?"

차주선이 잔을 들자 영철이 술을 따랐다.

"하여 이번 3·1절 행사를 빌미로 삼으려 합니다. 그를 이용하여 광복절 행사에 문석원이 참석할 수 있는 여지를 조성하려 합니다."

차주선이 가볍게 고개를 끄덕이며 영철의 잔을 채워주었다.

"차 사장께 한 가지 더 부탁드리려 합니다."

함께 잔을 비워내고 서로의 잔이 채워지자 영철이 입을 열었다.

"뭐든지 말씀하십시오."

"범행에 사용될 권총에 대해서입니다."

"권총 구하는 일은 그야말로 식은 죽 먹기지요. 북조선에 부탁해도 되는 일이고."

"물론 북조선이나 암시장에서 구할 수 있습니다. 그러나 권총을 반드시 일본 정부와 연계시켜야 합니다. 아울러 두 자루를 부탁합니다."

"무슨 특별한 이유라도 있습니까?"

"일본을 확실하게 엮어 넣으려 합니다."

주선이 의미를 새기며 잔을 비워냈다.

"그런데 권총을 구하는 거야 그렇다고 해도 어떻게 한국으로 반입하겠다는 말입니까. 그리고 두 자루라니요."

"한국으로의 반입 문제는 걱정하지 마십시오. 제가 외교행랑으로 한국으로 가지고 들어가도록 하면 문제될 것 없습니다. 아울러 한 자루는 이곳에서 문석원이 사격연습 하는 데 그리고 한 자루는 실제 사건에 사용하려 합니다."

"그런데 고 팀장께서 가지고 입국한다는 말은 무슨 의미입니까?"

"결국 제가 전해주어야 하지 않겠습니까."

"어떻게 고 팀장께서…."

"차 사장께서 제게 역할을 주시면 되지 않겠습니까."

주선이 잠시 의미를 새기고는 미소를 보냈다.

"고 팀장의 말씀 충분히 이해하겠습니다. 그런데."

주선이 말하다 말고 영철을 주시하며 뜸을 들였다.

"왜 그러십니까?"

"제가 들은 바로는 이 모두 고 팀장 개인의 생각에서 시작되었다고 하는데 참으로 기발한 발상입니다."

"그렇게 말씀해 주시니 마음이 더욱 무거워집니다."

"허허, 그건 그렇다 하고. 고 팀장께서는 어떻게 문석원이 고도 난시인 점을 알아채셨습니까?"

"고도 난시라고요!"

영철이 목소리를 높이자 차주선이 눈을 동그랗게 떴다.

"그 사실은 모르고 있었습니까?"

차주선의 말소리가 은근히 올라갔다.

"외람되지만 금시초문입니다."

"아마도 하늘이 고 팀장을 아니, 우리 대한민국을 도와주는 모양입니다. 그 친구 안경 벗으면 바로 앞 사람도 식별 못할 정도라 합니다."

영철이 가볍게 혀를 차자 차주선이 미소를 보냈다.

입원

 2월 초 차주선이 이호룡을 도쿄 조총련 본부 사무실로 호출했다. 물론 문석원의 박정희 대통령 암살과 관련해서였다. 호룡이 도착하자 신덕수 의장과 밀담을 나누던 차주선이 호룡을 다른 방으로 이끌었다.

"박정희 암살과 관련하여 자네 오기 전에 의장과 긴밀하게 의견을 교환했네."

"무슨 말씀들을 나누셨는지요."

"결론은 항상 똑같네. 반드시 성공해야 한다는 이야기지."

차주선이 힘주어 이야기하자 이호룡이 가볍게 신음을 내뱉었.

"무슨 문제 있는가?"

"열의가 식은 듯 보입니다."

"그게 무슨 소린가?"

"전처럼 강한 의욕이 보이지 않습니다."

"그러면 안하겠다고 물러선다는 말인가?"

"그건 아닙니다만. 여하튼 현재로서는 확신이 서지 않습니다."

이번에는 차주선이 가볍게 신음을 내뱉었다.

"송구합니다, 위원님."

"자네가 송구할 일이 아니지. 여하튼 자네 이야기를 들어보니 이번 3·1절 행사에는 투입하기 힘들다는 이야기로고."

"3·1절 행사요?"

"박정희 대통령이 공식적으로 외부에 확실하게 노출되는 날이 남조선 국경일 외에 더 있겠는가."

"그야 지당한 말씀입니다만, 아무래도 3·1절에는…."

"그렇다면."

차주선이 말하다 말고 자리에서 일어나 창가로 다가갔다. 잠시 말없이 창밖을 바라보다 다시 자리로 돌아왔다.

"그러면 결국 광복절을 디데이로 잡아야 한다는 이야기로고."

"그러면 가능하겠습니다."

"그런데 이 부장. 자네도 잘 알고 있겠지만 이번 건에 우리 조총련은 물론 김일성 수령의 관심도 지대하다네."

"잘 알고 있습니다."

"그래서 잠시 전 의장과 대화를 나누었다네. 이 일이 성사되기까지 내 소관 하에서 일 처리하기로 말일세."

"하면, 저는."

"지금처럼 지속해주면 될 듯하네. 그리고 거사에 앞서 먼저 문석원에게 확고한 사상과 자긍심을 심어주어야겠네. 지금처럼 그저 젊은이의 객기만으로 접근하면 낭패 보기 십상이네."

"특별한 방법이라도 있습니까?"

"한 달 정도 집중적으로 정신교육을 강화토록 하세."

호룡이 쉽사리 이해되지 않는지 그저 차주선을 바라보기만 했다.

"일종의 세뇌교육일세."

"북조선으로 보냅니까 아니면 만경봉호입니까?"

"그 방법은 안 되네. 그런 경우 일본 내에 있는 남조선 기관 애들에게 포착될 우려가 있네. 그러니 병을 위장하여 병원에 입원시키도록 하게."

"병원이오?"

"이곳과 가까운 곳에 있는 아카후토 병원에 입원시키도록 하고 수시로 이곳에 불러들여 정신교육을 강화토록 하세."

"하면 이제 본격적으로 조총련에서 개입하겠다는 의미입니다."

"이 사안의 중요성에 대해 방금 전에 말하지 않았는가."

호룡이 가만히 고개를 끄덕였다.

"그러니 자네는 지금 바로 오사카로 돌아가서 이러한 사실을 문 군에게 전하게."

말을 마침과 동시에 차주선이 봉투를 꺼내들었다.

"병원에 입원해 있는 동안 생계 보조비로 쓰라 하게. 그리고 병원장에게는 내가 별도로 이야기할 터이니 문 군으로 하여금 입원하면서 원장을 찾으라 이르게. 물론 입원할 때 본명을 써서는 안 되네."

"무슨 사유라도 있습니까?"

"만사 조심해서 처리하자는 의미일세."

이호룡이 더 이상 묻지 않고 자리에서 일어났다. 차주선에게 인사하고 조총련 본부를 벗어난 이호룡이 곧바로 오사카 이쿠노구로 이동하기 시작했다. 중간에 슬쩍 봉투의 내용을 살펴보았다. 무려 30만 엔이 들어 있었다. 잠시 생각에 잠겨들었던 호룡이 그중에서 10만 엔을 꺼내 자신의 주머니에 넣고는 20만 엔을 다시 봉투에 넣었다.

호룡이 저녁 무렵 석원의 집에 이르자 마침 홀로 집안을 지키고 있었다.

"집사람은 어디 갔는가?"

호룡이 집안에 들어서면서 주위를 살펴보았다.

"저 혼자 있습니다."

호룡의 방문이 무엇을 의미하는지 알겠다는 듯 석원이 차분하게 말을 받았다.

"본부에서 지령이 하달되었네."

호룡이 앉자마자 봉투를 꺼내 석원에게 건넸다. 그 자리에서 내용물을 확인해보았다. 20만 엔이란 적지 않은 금액을 살피며 다시 넣었다.

"지령이란 무엇입니까?"

"이제 구체적으로 거사에 임하자는 이야기로 먼저 자네에 대한 사상교육이 실시될 것이네."

석원의 표정이 마뜩치 않게 변해갔다. 호룡이 건넨 봉투에 이상이 있을지도 모른다는 의심이 작용했을 지도 몰랐다.

"사상교육이란 무엇을 의미하는지요?"

"말 그대로 자네의 영웅적 행위에 정당성을 부여하여 자네의 마음을 확고하게 재무장하는 일을 의미하네."

호룡이 영웅적 행위라는 말에 힘을 주어 말하자 순간적으로 석원의 어깨에 힘이 들어갔다.

"굳이 그런 교육은 필요 없을 텐데요. 저는 지금이라도 당장 실행할 마음의 자세가 되어 있습니다."

"그걸 누가 모르는가. 하지만 자네의 행위의 중요성 아울러 자네의 신변 보호 등도 중요한 문제 아닌가."

"누누이 말씀 드리지만 제 목숨에 관해서는 염려하지 않으셔도 됩니다."

호룡이 다가앉아 석원의 손을 잡았다.

"그리고 오늘, 자네가 박정희 대통령을 제거하는 일자와 방식에 대한 논의가 있었네."

"언제입니까!"

석원의 목소리가 절로 올라갔다.

"조총련 본부에서는 남조선의 국경일인 3·1절 혹은 8월 15일 광복절을 염두에 두었었네."

"3·1절은 너무 이르지 않습니까?"

"그래서 결국 8월 15일로 날을 잡았네."

"그건 또 너무 길지 않습니까?"

"박정희 대통령 일정 때문에 그러하네. 평상시에는 박정희의 동선을 알기 힘들고 또 공적으로 모습을 드러내는 현장에서 일을 성사시켜야 자네의 영웅적 행위가 더욱 빛을 발할 것이란 고려에 그리 정했네."

"아무래도 그래야겠지요. 그런데 방식은?"

"일전에 자네가 이야기했던 그 방식이 옳을 듯하네."

"그러면 권총으로 저격하는 방식입니다."

"어차피 행사장에서 암살하고자 한다면 그게 가장 확실한 방식이 될 수 있네."

순간 석원의 얼굴에 미소가 스쳐지나갔다.

"왜 그러는가?"

"권총 저격은 제가 생각하던 바입니다."

"그건 나도 이미 알고 있고. 그리고 교육 관련한 내용인데. 자네가 도쿄의 조총련 본부 가까운 병원에 입원하여 조총련 간부들로부터 교육을 받는 방법으로 하기로 하였네."

"병원에 입원해서요?"

"병원은 단지 자네의 거처로 삼으라는 이야기네."

"그러면."

"주로 조총련 사무실 혹은 관련 기관에서 교육받을 걸세."

"무슨 말씀인지 대충 감을 잡겠는데 왜 하필 숙소가 병원입니까?"

"자네를 위해서네."

"저를 위하다니요?"

"자네의 심리상태 조절을 위해 부득이 병원을 선택했네. 그곳에서 고통 받는 사람들의 상황을 살피며 자네의 마음을 다잡을 수 있도록 말일세."

석원이 고통을 되뇌며 가볍게 고개를 끄덕였다.

"아울러 자네 명의가 아니라 다른 사람 명의로 입원하는 걸로 기록될 걸세."

"그거야 아무려면 어떻습니까. 그런데 권총 말입니다."

"권총이 어때서?"

"사실 제 경우 권총을 쏴본 적이 없습니다."

"물론 그렇겠지. 그래서 그 부분도 생각해 두었네."

"병원에서 그게 가능합니까?"

"병원에서는 물론 안 되지. 하여 이번에는 자네의 사상교육을 중심으로 이루어지고 그 후 제 3의 장소에서 권총 사격과 관련한 훈련이 실시될 것이네."

"결국 마음을 다잡기 위해 일부러 병원 입원을 결정하신 거네요."

"바로 그 이야기네. 그러니 조금도 개의치 말고 조총련의 결정에 따라주었으면 좋겠네."

"당연히 그리 해야지요. 그런데."

석원이 호룡의 눈치를 살폈다.

"말하게."

"방금 전에 말씀드렸지만 8월까지는 기간이 너무 긴 듯합니다."

호룡이 석원의 어깨가 들썩이는 모습을 살피며 가볍게 웃었다.

육 여사의 꾸중

"임자, 안사람의 성화가 여간 아니었네."
"각하, 송구합니다."
"경호도 좋지만 주한 외교사절 부인들에게 너무 심했던 게 아닌가."

지난 3·1절 행사시 고강도의 경호체계를 발동한 데 따른 질책이었다. 그 과정에 주한 외교사절들의 부인이라고 예외는 아니었다. 핸드백까지 일시적으로 압수하고 오로지 손수건 한 장만 달랑 가지고 들어가도록 조처 취했었다.

그 일로 주한외교사절단 부인들과 만남을 가졌던 육영수 여사에게 불평이 쏟아졌고 육 여사는 그 일을 박 대통령에 언급했던 터였다.

"그게, 저…."
박 실장이 뭔가 말하려다 급히 입을 닫았다.

며칠 전 고영철이 극비리에 박 실장을 찾았다.
"이번 3·1절 행사에서 경호를 철저하게 해주셨으면 좋겠습니다."
"그거야 당연한 거 아닌가."

"제 말씀은 경호가 무색할 정도로 치밀하게 해달라는 의미입니다."

박 실장이 무슨 감을 잡았는지 영철의 얼굴을 찬찬히 살폈다.

"자네가 특별하게 부탁하는 사유가 무엇인가."

"디데이를 이번 광복절로 잡고자 합니다."

"광복절, 그런데 그게 무슨 관계있는가?"

"현 경호 상태라면 문석원은 대통령 각하에 대한 암살 시도는 물론 행사장 진입조차 어려울 것입니다. 하여 이번 행사의 경호에 대해 불평을 토해내도록 하여 주십시오. 특히 외국인들에게서요."

박 실장이 가만히 고개를 끄덕였다.

"그렇게 해서 광복절 기념식장은 경호를 자연스럽게 허술하게 하고 또 그렇게 해서 문석원이 쉽사리 행사장에 진입할 수 있도록 하자는 말일세."

"바로 그런 이야기입니다."

"그건 알겠네만 디데이가 8월 15일이라 어찌 장담하는가?"

영철이 차주선에 관한 이야기를 은근히 내비쳤다.

"아울러 어차피 3·1절에는 힘든 문제 아닙니까. 갑자기 경호 체계를 허술하게 한다면 냄새를 풍길 수 있습니다."

"자네 말이 옳네. 그렇다면 일본 내에서의 일은 두 사람이 처리하는 건가?"

"그 사람은 오로지 저희 전략에 따라 움직일 뿐입니다."

"그런데 말이야."

박 실장이 잠시 뜸을 들였다.

"비록 그 사람이 중정의 정보원이라 하지만 현재 조총련의 고위직 인물 아닌가. 그런데 그런 사람을 전적으로 신뢰할 수 있겠나?"

"신영수 부장께서 직접 천거하신 인물입니다."

"물론 그를 모르는 바는 아니네. 다만 그 이중 간첩 노릇하다 처형당한 이수근이 생각나서 그런다네."

"그와는 성격이 다릅니다."

"그 무슨 이야기인가?"

영철이 슬며시 미소를 보이자 박 실장이 정색했다.

"그 사람의 역할에 대해서입니다. 그 사람의 역할은 오직 일본 내에서만 국한되고 정작 중요한 일들은 한국에서 이루어질 터이니 너무 그 부분은 심려하시지 않아도 될 듯합니다. 아울러 그 사람을 만나 이야기를 나누어본 바 본인도 이 일의 중요성을 실감하고 있었습니다."

"어떻게 말인가."

"어차피 이 일이 마무리되고 나면 그 사람의 경우 일본 내에서 활동이 쉽지 않을 것을 알고 있고 그에 따른 준비까지 하고 있는 것으로 알고 있습니다."

"하기야 그럴 테지. 그런 경우 우리 쪽에서 도와주어야 할 일인데."

박 실장이 잠시 생각에 잠겨들었다.

"그런 경우라면 그 사람에게도 상당히 고무적인 일이 될 수 있습니다."

영철이 우회적으로 이야기를 건네자 박 실장이 빙긋이 미소 지었다.

"당연히 그에 상응하는 대가를 보상해주어야겠지. 그래 그 부분은 내 심도 있게 생각해보도록 하겠네."

"말하게."
"각하, 이런 말씀드려서 어떨지 모르겠으나 지난 김대중 납치 사건 이후로 일본의 좌익들과 조총련 측에서 각하를 악감정으로 바라보고 있다합니다. 심지어 암살까지···."
"단지 그 사람들뿐만 아니야. 지금 그 사건 이후 모든 게 꼬여 있어. 이병선 이 사람이 진짜 쓸데없는 일을 해가지고···."
박 대통령이 말하다 말고 혀를 찼다.
"그래서 걔들이 나를 암살이라도 하겠다는 말인가!"
박 대통령이 순간적으로 목소리를 높이자 박 실장이 가볍게 신음을 내뱉었다.
"각하의 안위를 책임지고 있는 제 입장에서는 모든 가능성을 염두에 두고 경호에 임해야 합니다. 각하를 위하는 일이 이 나라와 민족을 살리는 길임을 제가 모르지는 않습니다."
"그야 우리 입장에서는 충분히 이해할 수 있지만 외교관들 특히 그 부인들 입장에서 납득이 가겠는가."
"여하튼 일본 쪽 참가자들만 예외적으로 할 수는 없는 노릇인지라···."
"그런데 말이야."
갑자기 무슨 생각이 일어났는지 박 대통령이 잠시 말을 멈추고 담배를 꺼내 물었다. 박 실장이 급히 라이터를 켜 불을 붙였다.

"각하, 말씀 주십시오."

"임자가 방금 말했었지 않은가. 일본의 좌익과 조총련이 나를 암살하려는 시도가 있을 수 있다고."

"그럴 가능성도 배제할 수 없습니다."

"그래서 말인데. 아예 나를 암살하라 하면 어떤가."

"각하, 진정하십시오."

"아니야, 지금 일본과 한국 관계를 보면 그렇게 해서라도 일이 풀어졌으면 하는 바람이야. 경제 차관은 물론이고 이놈들이 그 사건 때문에 거들먹거리는 꼴을 보고 있자면 밸이 뒤틀려, 밸이."

"설령 그렇더라도 그런 말씀은 추호도 하지 말아 주십시오."

박 실장의 말소리가 심하게 떨렸다.

"아니야, 한번 방법을 찾아보라고. 그리고 안사람의 이야기에는 너무 신경 쓰지 말도록 하게."

"아닙니다, 각하. 제가 살펴보아도 분명하게 심했던 부분이 있습니다. 특히 외교사절 부인들께서 직접 여사께 언급했던 내용인지라 그에 상응하는 조처를 취하도록 하겠습니다. 그래야 여사께서도 면이 서실 게 아니겠습니까."

"그 일은 임자가 알아서 하게. 그리고 이만 가서 일보게나. 경제부처 장관들이 보고 차 왔다니 그리 하도록 하세."

박 실장이 고개 숙여 인사하고는 황급히 집무실을 빠져나와 경호실장실에 들렀다. 그곳에서 정보부장과 통화를 나누고 경호실의 이강철 과장을 호출하여 집무실을 나섰다.

"타게."

차가 다가오자 머뭇거리는 이 과장을 독려하여 뒷좌석에 나란히 앉았다.

"각하를 뵙고 오셨다 들었습니다만."

차가 출발하자 이 과장이 조심스럽게 입을 열었다. 박 실장이 즉답을 피하고 창을 통해 밖을 바라보았다.

"남산으로 가게."

기사에게 짤막하게 지시한 박 실장이 이 과장의 손을 잡았다.

"이 과장, 자네 앞으로 다른 일을 해주었으면 하네."

"무슨 말씀이신지요? 각하께서 무슨 말씀이 있으셨습니까?"

"지난 3·1절 행사시 경호를 너무 심하게 해서 육 여사께서 주한 외교사절의 부인들로부터 항의를 들은 모양이야."

"저라도 항의했겠습니다. 조금 심했지요."

이 과장이 슬그머니 미소를 보였다.

"그래서 그 책임을 물어 자네를 보직해임하려 하네. 그러니 그리 알고 따로 내 일을 도와주도록 하게."

의미를 모르겠다는 듯이 가만히 박 실장의 입을 바라보았다.

"육 여사의 말씀은 차치하고 지금 비밀리에 진행 중인 일이 있는데 자네가 그 일을 맡아주게나."

"저야 실장님 사람인데 이거 저거 가릴 이유가 없습니다."

"그래, 암 그래야지. 구체적인 사항은 다시 이야기하도록 하세."

박 실장과 이 과장이 소소한 일로 대화를 나누는 중에 차가 남산 중앙정보부 건물에 접근했다.

"신 부장과 잠시 대화를 나누고 나올 테니 예서 잠시 기다리고 있게."

박 실장이 이 과장과 수행원을 부속실에 남겨두고 홀로 부장실로 들어섰다. 이미 전화를 받은 신 부장이 혼자 있다 자리에서 일어나 박 실장을 맞이했다.

"아니, 실장께서 무슨 일로 이곳까지 이리 급하게 납시었습니까?"

신 부장이 영문을 모르겠다는 듯 익살스런 표정을 지었다. 박 실장이 잠시 그 의미를 새긴다는 듯 바라보다 곧바로 신 부장의 손을 잡아끌어 좌석에 앉혔다.

"혹여 각하께 말씀 드리셨소?"

"밑도 끝도 없이 무슨 말씀입니까?"

"우리가 비밀리에 진행하고 있는 일 말이오."

신 부장이 답에 앞서 잠시 생각에 잠기든 듯 박 실장의 얼굴을 주시했다.

"각하 암살 시도를 언급하시는 겁니까?"

"바로 그 일이오."

"그게 왜 우리 일입니까, 실장님 일이지요."

"여하튼 그게 중요한 게 아니라 혹시 각하께 귀띔을 주었습니까?"

"죄송하지만 저는 그 일 자체를 모릅니다. 그런데 왜 그러십니까."

박 실장이 가볍게 한숨을 내쉬고 방금 전에 박 대통령과 나누었던 대화 내용을 설명했다.

"각하께서 얼마나 답답하시면 그런 생각까지 하셨겠습니까."

"그러게 말이오. 비록 일은 진행 중에 있지만 이병선 그 사람을 생각하면…."

박 실장이 기어코 길게 한숨을 내쉬었다.

"여하튼 지금 박 실장께 제가 선물하나 드리려 합니다."

선물이라는 소리 때문인지 박 실장이 고개를 갸웃거렸다.

"일본의 좌익과 조총련들의 분노를 그리고 결국 김일성을 자극할 수 있는 사건을 조사 중에 있고 조만간 발표할 예정입니다."

"간첩 사건입니까?"

"물론 주는 간첩 사건입니다만 그 건과는 별도로 그야말로 일본의 좌익들의 분노를 살 만한 일을 추진 중에 있으니 두고 보십시오."

박 실장이 그 의미를 헤아렸다는 듯이 슬그머니 미소를 보냈다.

화려한 퇴원

"그동안 고생 많았네."

문석원이 퇴원 수속을 마치고 병원을 나서자 언제 왔는지 이호룡이 차를 대기시키고 기다리고 있었다.

"부장님이 어인 일이십니까?"

전혀 예상하지 못했던 일인지 석원이 눈을 동그랗게 뜨고 호룡의 주위를 살펴보았다.

"자네 퇴원한다고 중앙위원께서 위로의 자리를 마련하였네. 그러니 어서 차에 오르자고."

"중앙위원님이요!"

호룡이 미소만 보일 뿐 대답하지 않자 석원이 고개를 갸웃거리며 차 뒷좌석에 자리 잡았다.

"지금 심정은 어떤가?"

"글쎄요, 예전에 부장님이 말씀하셨듯이 정신적으로 상당히 단련되었다고 해야 할까요, 뭐 그렇습니다."

"유익했다니 고마운 일이네."

석원이 침착하게 답을 잇자 호룡이 석원의 어깨를 쓸었다. 순간 석원의 어깨가 움찔거렸다.

"자네 한 달 동안 많이 변한 듯하네."

"그동안 많은 생각했습니다. 병실에서 다른 환자들과 함께 생활하며 사람 사는 게 무언지 또 어떻게 살아야 하는지에 대해 절실하게 느꼈습니다."

"결론은 뭐던가?"

"당연한 거 아닌가요. 인간이라면 당연히 이름을 남겨야 한다는 거지요."

"그래, 호랑이는 가죽을 남기고 자네는 자네의 이름을 영원히 영웅의 반열로 남길 수 있으니 그 얼마나 영광된 일이겠나."

"그저 부장님께 고마울 따름입니다."

석원의 치사에 호룡이 석원의 손을 잡았다.

"우리는 그저 자네만 믿네."

두 사람이 침묵을 지키며 가기를 잠시 석원으로서는 엄두도 내지 못할 그야말로 화려한 음식점 앞에 차가 멈추어 섰다. 이어 음식점 종업원으로 보이는 듯한 남자가 차문을 열고 맞이하자 뒤따라 아리따운 아가씨가 나서 두 사람을 안내했다.

안내 받아 도착한 룸에 들어서자 차주선이 반갑게 맞이했다. 석원이 그의 존재를 확인하고는 허리를 90도 가량 꺾어 인사했다.

"오늘 퇴원했다지."

"위원님 덕분입니다."

"그동안 병원에 입원하면서 생활하느라 상당히 노고 많았네. 그래서 특별히 이 자리를 마련하였다네."

화려한 퇴원

"그저 감사할 따름입니다."

석원이 고개 숙여 예의를 표하자 차주선이 봉투를 내밀었다.

"그동안 가족과 떨어져 지내느라 마음고생 심했을 터인데 이번에 함께 여행이라도 다녀오도록 하게나. 그렇다고 마음의 긴장은 풀지 말고."

두툼한 봉투를 앞에 두고 석원이 호룡의 눈치를 살피며 망설였다. 그를 살핀 호룡이 차주선의 시선을 의식하며 애써 눈짓을 주었다. 그러자 석원이 다시 고개 숙이고 조신하게 봉투를 주머니에 넣었다.

"그리고 말이야."

차주선이 석원을 은근한 눈빛으로 주시했다.

"이 자리가 파한 다음 특별한 선물을 준비했는데 그리 알고 이 자리에서는 그저 마음껏 들도록 하게나."

"위원님, 무슨 선물인지 말해주실 수 없습니까?"

"이보게, 이 부장. 문 군에게 주는 선물인데 왜 자네가 알려 하는가. 여하튼 이 자리에서 시시콜콜 일 이야기는 하지 말고 그저 한 달간의 피로를 모두 풀어내는 자리가 되도록 하세."

차주선의 힐책 아닌 힐책에 호룡이 표정을 머쓱하게 위장하고 부러운 시선으로 석원을 주시했다. 그러기를 잠시 후 본격적으로 음식이 들어오고 이어 미모가 출중한 아가씨들이 들어왔.

술잔이 오고가고 오래지 않아 술 기운으로 인해 분위기가 질펀하게 변해갔다. 한 순간 차주선이 자리 파할 것을 암시하자 이호룡은 물론 문석원의 표정에 아쉬운 감이 역력하게 묻어나오고 있었다.

그들의 표정에 아랑곳하지 않은 차주선이 자리를 파하고 밖으로 나가자 고급 승용차가 대기하고 있었다.

"문 군 타게나."

석원이 어리둥절한 표정을 지으며 두 사람의 얼굴을 번갈아 바라보았다.

"내 선물 준비했다고 하지 않았는가, 그러니 일단 타게."

선물이라는 소리에 잠시 전 상황이 생각났는지 석원이 고개 숙여 예를 표하고는 차에 자리 잡았다. 이어 차가 미끄러지듯이 음식점을 빠져나가 도쿄 중심가의 한 호텔로 방향을 잡아갔다.

호텔에 도착하자 기사가 석원에게 메모지 한 장을 건넸다. 물론 한 룸의 번호였다. 석원이 호기심에 한껏 들떠 자꾸만 메모지를 살피며 가기를 잠시 후 메모지에 기재된 룸 앞에 멈추어 섰다. 그동안 마신 술이 만만치 않건만 자꾸 마음이 움츠러들자 길게 한숨을 내쉬었다.

이윽고 배에 힘을 주고 벨을 누르자 잠시 후 문이 열리면서 한 여인이 모습을 드러냈다. 그녀를 보는 순간 석원의 호흡이 일시적으로 멈추어진 듯 그 자리에서 꼼짝하지 못하고 있었다.

"어서 와요, 석원 씨. 내 차 위원께 신신당부하여 이 자리를 마련하였어요."

아직도 제정신이 돌아오지 않았는지 석원이 우물거리자 여인

화려한 퇴원

이 석원의 팔을 잡고 안으로 끌어들였다.

"지도원 동…."

석원이 어느 정도 정신이 돌아와 말을 한다고는 했는데 너무나 뜻밖의 상황인지 제대로 이어지지 못했다.

"오늘 밤은 그냥 영란이라 불러줘요."

여인, 영란의 손에 이끌려 룸에 들자 테이블 위에 샴페인과 함께 간단한 요리가 준비되어 있었다. 급박한 상황 변화에 석원의 술기운이 송두리째 사라진 듯 여전히 안절부절 못하고 있었다.

"이 자리를 마련하기 위해 얼마나 공들였는지 아세요?"

"너무 과분합니다, 지도원 동무."

이번에는 끝까지 말을 이었다. 그를 살피며 영란이 천천히 글라스에 술을 따라 석원에게 건네고 저 역시 한잔 들어 침대로 이동했다.

"우리 민족의 영웅이 이렇게 소심할 줄이야."

마치 조롱하듯이 웃으며 내뱉은 영란이 손을 뻗었다. 더 이상 수세에 몰려서는 안 되겠다 생각한 석원이 잔을 들고 영란이 안내하는 침대로 다가가 바로 곁에 자리 잡았다.

"석원 씨, 한동안 제대로 사람 생활 못했다고 들었어요. 그러니 우리 모든 거 잊고 마셔요."

말을 마침과 동시에 가볍게 잔을 부딪친 영란이 슬그머니 석원의 입술에 키스했다. 그 순간 잠시 동안 사라졌던 술기운이 급격하게 밀려오는지 석원의 가운데에서 기운이 감지되기 시작했다.

석원이 급히 잔을 비워내자 마시는 시늉만 했던 영란이 자신의 잔과 석원의 잔을 침대 한구석에 내려놓고는 한 손으로 석원의 목을 껴안고 다른 한 손으로는 꿈틀거리기 시작한 석원의 가운데를 슬그머니 만졌다.

영란의 행동에 석원의 코에서 정체 모를 뜨거운 기운이 영란의 얼굴로 가까이 다가가고 있었다. 영란이 그를 느끼며 자세를 낮추자 석원의 바지가 뚫어질 듯한 모습이 시선에 들어왔다. 그 부분을 슬쩍 손으로 비벼대던 영란이 몸을 일으켜 석원의 입술에 가볍게 키스하고는 자리에서 벗어나 석원의 빈 잔을 채워 가져왔다.

"오늘 밤 내내 석원 씨의 사랑을 받고 싶어."

촉촉이 젖어든 영란의 목소리에 석원의 어깨도 가운데처럼 한껏 힘이 들어가기 시작했다. 그를 의식하며 잔을 건네는 영란의 허리를 낚아채듯 끌어당겼다. 이어 품에 들어온 영란을 으스러져라 껴안고 그저 거친 숨만 뿜어냈다.

"가만히 있어 봐."

영란이 가볍게 석원을 밀치고 옷을 벗기 시작했다. 순간순간 석원의 목으로 마른침이 넘어가는지 목젖이 심하게 꿈틀거렸다. 전라로 변한 영란이 이번에는 어정쩡한 자세로 서 있는 석원의 옷을 천천히 아주 천천히 벗기기 시작했다.

석원이 순간을 참을 수 없었던지 혹은 영란의 행위를 도와주기라도 함인지 스스로 옷을 벗기 시작했다. 두 사람이 순식간에 전라의 모습으로 바뀌자 석원이 야수의 본능을 드러내 영란을 안아 들어 침대에 가지런히 눕혔다.

"석원 씨, 가만."

자신의 위에서 벌겋게 달아오른 석원의 어깨를 살며시 밀치며 영란이 석원의 몸 위에 자리했다.

"가만히 있어. 내가 석원 씨를 가질 테니."

영란이 그윽한 시선으로 석원의 얼굴을 주시하기를 잠시 석원의 귀를 시작으로 혀로 아울러 입술로 말하기 시작했다. 이어 영란의 입술과 혀가 스쳐 지나는 곳마다 강한 전율이 일어나는지 석원의 몸이 움찔움찔거렸다.

"어땠어, 석원 씨."

짧지 않은 시간 깊은 나락으로 떨어졌던 석원의 귀에 달콤한 음악이 들려왔다.

"지도원 동무, 이런 기분 처음입니다."

순간 영란이 얼굴을 찡그리며 석원의 가운데를 힘차게 감아쥐었다. 석원의 입에서 자연스레 신음이 흘러나왔다.

"지도원 동무라 부르지 말고 영란이라 부르라 했잖아."

"정말 그래도…."

영란이 자리에서 일어나 한쪽으로 치워 놓은 잔을 가져와 석원에게 건네고 가볍게 잔을 부딪쳤다.

"그런데 정말 좋았어?"

"그걸 말씀이라고 해요. 태어나서 이런 기분 처음이에요."

"나도 이런 기분 처음이야. 사랑을 나누는 일이 이렇게 좋은 건지 지금까지 정말 몰랐어. 그런데 왜 이런 기분이 드는 걸까?"

석원이 차마 대답을 못하자 영란이 고개 숙인 석원의 가운데를 살살 어루만지기 시작했다. 영란의 기교 탓인지 혹은 석원의 마음속에 있던 영란에 대한 호기심 탓인지 오래지 않아 언제 그랬느냐는 듯 서서히 기지개를 켜기 시작했다.

"아마도 영웅과 함께 사랑을 나누기 때문에 더욱 흥분되고 그래서 더욱 맛있는 건지도 모르겠어. 그렇게 생각하지 않아?"

석원이 역시 대답을 못하자 영란이 손 대신 입을 그곳으로 가져갔다. 이어 입과 이빨로 공략하자 석원의 귀에 그저 영웅이라는 단어만 윙윙거렸다.

역할 분담

영철이 사무실에서 시계를 바라보며 누군가를 기다리고 있는 중에 노크 소리와 함께 문이 열렸다. 자신 또래의 날카롭게 생긴 남자가 모습을 드러냈다.
"경호실장 특보인 이강철이라 합니다."
"기다리고 있었습니다, 고영철입니다."
간단히 수인사를 나누고는 영철의 안내로 소파에 마주했다.
"약속 시간이 빠듯한데 여기서 차 한 잔 하고 갈까요 아니면 곧바로 약속 장소로 향할까요?"
영철의 제안에 강철이 슬그머니 자리에서 일어났다. 그를 살피며 영철 역시 자리에서 일어나 밖으로 나가 영사관 앞에 대기하고 있던 승용차에 올라탔다.
"실장께 이야기 많이 들었습니다. 홀로 상당히 고생하고 있을 것이라는 설명까지 들었고 아울러 도움을 보태라는 전언이 있었습니다."
"말씀만으로도 고맙습니다만 현재 제가 일본에서 할 수 있는 일은 극히 제한적입니다. 그저 문석원의 행적을 좇는 허드렛일에 주력하고 있는 입장입니다."
"그 일이 어디 쉬운 일인가요."

영철이 대답하지 않고 가만히 창밖을 바라보았다. 차가 오사카 중심가로 향하고 있었다.

"지금 가는 장소는 주로 일본인들이 이용하는 음식점입니다. 그곳을 장소로 정한 데에는 굳이 우리 신분을 밝히지 않으려는 측면이 있습니다. 하여 종업원들이 곁에 있을 때에는 말을 자제해주셨으면 좋겠습니다."

강철이 가볍게 미소 지으며 고개를 끄덕였다.

"일본 특히 도쿄와 오사카는 각국의 첩자들이 판치고 있다 들었습니다."

"정확하게 보셨습니다. 지금 일본은 민주주의와 사회주의가 혼재해 있다고 보아도 무방할 정도고 아울러 각국의 스파이들이 서로 암약하고 있는 실정입니다. 저 역시 어떻게 살피면 그들 중 한 명에 속할 수 있지요."

"허허, 팀장님을 스파이라 지칭하기에는 무리 있지요."

강철이 은근히 목소리를 깔자 영철이 웃음으로 받았다.

"오늘 만나는 사람에 대해서는 알고 있습니까?"

"그저 고 팀장을 도와주는 현지 정보원으로 알고 있습니다."

"이번 거사에서 일본 측 일을 전적으로 책임지고 있는 사람으로 조총련에서 중요한 위치에 있는 사람입니다."

"그 이야기도 실장께 들어서 알고 있는데, 혹여 위험하지 않을까요?"

"현재까지는 북측의 입장과 동일하니 아무런 의심을 받고 있지 않다 합니다. 그러나 일이 마무리되면 위험할 수 있지요."

"그 부분에 대해서도 실장께서 말씀하셨습니다. 일이 마무리되자마자 곧바로 조처 취하시겠다고."

"당연히 그리해야 할 일입니다."

이어 소소한 일로 대화를 나누는 중에 차가 멈추어 섰다. 차에서 내리자 어둠이 짙게 깔려 있었다. 본능적으로 주위를 둘러본 영철이 앞장서자 강철이 뒤를 따랐다. 안내인의 접견을 받으며 한 룸에 도착하자 차주선이 기다리고 있었다.

차주선이 둘의 입장을 살피며 자리에서 일어나 간략하게 상견의 예를 나누고는 곧바로 자리했다.

"바쁘신데도 불구하고 이렇게 맞아주어 고맙습니다. 실장께서 두 분을 도와드릴 일이 무엇인지 찾아보라 해서 이렇게 방문하였습니다."

먼저 이강철이 공손하게 말문을 열었다.

"이 일에 있어 너와 나가 있을 수 없지요. 여하튼 어려운 걸음 하셨습니다."

"그래요, 사실 이곳에서는 제 역할보다 차 사장님의 역할이 지대하지요. 그런 점 역시 묵과할 수 없는 일입니다."

차주선에 이어 영철이 대화를 이었다.

"문석원의 일은 지금 어떻게 진행되고 있습니까?"

"중간에 애로는 발생하겠지만 한 치의 오차도 없이 처리하려 합니다."

"애로라 하시면 무엇을 말씀하십니까?"

"나이도 그렇지만 워낙 오락가락하는 성정으로 인해 방심하지 않고 임하고 있습니다."

"하기야 맨 정신이라면 박 대통령을 암살하겠다는 생각을 품을 수 있겠습니까. 그것도 일본 땅이 아닌 한국에서."

이강철의 반응에 차주선이 잠시 웃음을 지었다.

"결국 그 친구로 하여금 박 대통령을 암살하도록 우리가 만들어야 하는 형국입니다."

"그 정도입니까?"

"그 점이 우리에게 득이 될 수 있지요."

이강철이 두 사람의 대화를 가만히 경청하고 있던 영철을 진지한 표정으로 바라보자 차주선이 다시 나섰다.

"그러니까 우리의 의도대로 일 처리 할 수 있다는 말씀입니다."

"그래서 지금 그 친구를 올가미에 가두어 놓고 유사시에 옴짝달싹 못하도록 일을 진행하고 있습니다."

이어 차주선이 문석원에게 조총련 본부에서 일종의 세뇌교육을 실시한 부분 등에 대해 세세하게 설명을 곁들였다.

"거참, 일이 참으로 흥미롭게 진행되고 있습니다."

이강철이 마치 허탈하다는 듯이 가볍게 혀를 찼다.

"그러게 말입니다. 그런데 저 친구들은 그를 전혀 모르고 있는 형국입니다. 아니 더욱 부추겨 일을 성사시키려는 입장입니다. 심지어…."

역할 분담

잠시 사이를 두었다가 이북의 정치 지도원인 영란이 몸까지 주었던 일을 상세하게 설명해주었다.

"그 친구, 일찍 죽어도 여한이 없겠습니다. 그런 호강을 다 누리고."

영철이 은근한 표정을 지으며 입맛을 다셨다.

"왜요, 고 팀장도 한번 소개해줄까요?"

"아닙니다, 농입니다."

영철이 순간적으로 손사래를 치자 모두 한바탕 웃음을 자아냈다.

"잠시 이야기를 돌려보겠습니다."

웃음이 사라지자 강철이 말문을 열었다.

"지금 정보부 주도로 일본인들과 일본 내 좌익 세력들의 분기를 이끌어내는 작업을 시도하고 있습니다."

전혀 뜻밖의 일인지 영철과 주선이 서로의 얼굴을 바라보았다.

"조만간 정보부에서 간첩단 사건을 발표할 예정입니다."

"간첩단, 그 사건과 일본이 무슨 관련 있다고."

영철이 말을 채 마무리하지 않고 차주선을 바라보았다.

"그 사건과 연계하여 간첩들의 조종을 받아 움직이는 세력에 대한 발표 역시 함께 이루어질 것입니다. 그중에 일본인들이 연루되었습니다."

"상세하게 말해주겠습니까?"

차주선의 표정이 심각하게 변해갔다.

"한국에 거주하고 있는 일본인 두 명이 일본의 조총련 측과 연계하여 무장 봉기 시 무기를 제공하겠다는 의사를 표한 혐의를 받고 있습니다."

"그게 가능한 일일까요?"

"하여 방금 말하지 않았습니까. 일본의 좌익과 조총련의 분기를 이끌어 내겠다고."

영철과 차주선이 잠시 생각에 잠겨들었다.

"그러면 말 그대로 미끼라는 말입니다."

차주선이 의미심장한 표정을 지으며 낮은 목소리로 입을 열자 이강철이 대답하지 않고 그저 웃기만 했다.

"여하튼 이렇게 만났으니 중간 점검 차원에서 그리고 향후 계획에 대해 논해보도록 하지요. 먼저 이 특보께서 경호체계에 대해 말씀해주시겠습니까?"

영철의 제안에 이강철이 대답하지 않고 그러나 방금 전보다 더 소리나게 웃었다.

"무슨 일이라도."

"그 일 때문에 제가 이런 신세가 되었습니다. 지난 3·1절 행사시 무리한 경호로 주한 외교사절 부인들에게 강력한 항의를 받고 그 책임을 물어 제가 경호실 과장에서 보직해임된 거 아닙니까. 아울러 8월 15일에는 외국인들에 대해서는 그야말로 시늉만 낼 것입니다."

"그러다 진짜 불순한 자가 참석하면 어쩌려고."

역할 분담

"어차피 사전에 참석자가 결정되는 만큼 그와 관련하여 만반의 조처를 취하려 합니다."

"가만, 그렇다면 문석원의 경우는 참석 대상에 포함될 수도 없지 않습니까?"

"그야 당연한 일입니다."

"미처 그 생각을 못했습니다. 사전에 이미 참석자가 정해진다는 사실을."

두 사람의 대화를 경청하던 영철이 다시 대화에 합류했다.

"바로 이런 부분 때문에 실장께서 저를 보내신 겁니다."

영철의 입에서 자연스레 가벼운 신음이 흘러나왔다.

"그렇다면 이 일을 어떻게 처리해야 하나."

차주선의 자조 섞인 말투였다.

"결국 차 사장께서 모종의 역할을 해주셔야 할 듯합니다."

"어떻게 말입니까?"

"어떻게든 행사장에 참석할 수 있도록 해야지요."

"아니오, 그게 그리 단순한 문제는 아닙니다."

영철이 심각한 표정을 지으며 개입했다.

"이 문제는 보내는 방법과 동시에 행사장에 입장할 수 있는 방법 두 가지를 고려해야 합니다. 아울러 행사장 입장은 우리 측에서 손을 쓰면 그다지 어려운 문제는 아니지만 초청장 없이 한국으로 출국하는 문제는 심도 있게 생각해보아야 할 문제입니다."

영철이 다시 말을 잇고는 차주선을 주시했다. 흡사 해결책을 내어 놓으라는 투였다.

"허허, 정작 심각한 문제는 여태 실기하고 있었다니."

차주선이 순간 허탈하다는 표정을 지었다.

"또 있습니다."

"무엇 말입니까?"

강철이 낮은 목소리로 말하자 주선의 목소리가 절로 올라갔다.

"비자 발급 문제입니다. 어차피 그 자가 한국에 입국한다면 우리 측에서 비자를 내 주어야 할 일입니다."

"비자는 별 문제되지 않을 것입니다. 다만 초청장이…."

영철이 말을 흐렸다.

"비자 문제는 어떻게 처리하렵니까?"

"어차피 이즈막에 일본인들의 관광 비자에 대해 관대하게 처리하고 있습니다. 그리고 문석원은 재일 한국인이 아닌 일본인으로 입국하기로 되어 있습니다. 그러니 그리 일 처리를 하면 그다지 문제 될 일이 아닙니다."

"그래요. 비자는 문제 될 게 없지요. 다만 초청장 문제를 어떻게 처리해야 할지 생각해보아야 할 듯합니다."

주선이 영철을 바라보며 말을 받았다.

"그 문제는 차차 생각해보기로 하고 이참에 역할 분담을 하도록 하지요."

두 사람이 고개를 끄덕이자 영철이 다시 입을 열었다.

"일본에서의 일 즉 문석원이 한국에 입국하기까지의 일은 차

사장께서 맡아주시기 바랍니다. 그리고 이 특보께서는 8·15 행사장에서 전적으로 책임져 주시고 저는 차 사장과 일본에서의 일을 마무리함과 동시에 입국하여 8월 15일 당일까지의 일정을 소화해내도록 하겠습니다."

"그건 그렇게 하기로 하고. 실장께서 차 사장의 의향을 타진하라 하셨는데 일이 마무리되면 어떻게 해드렸으면 좋겠습니까?"

차주선이 답에 앞서 가늘게 한숨을 내쉬며 영철을 바라보았다.

"신경써주셔서 고맙습니다. 저는 일이 마무리되는 시점에 이곳을 떠나려합니다. 구체적인 사항은 아직 시간이 있으니 추후 결정하도록 하지요."

"이 역시 기간이 있느니만큼 천천히 생각해보도록 하시고 오늘은 상견 겸해서 허심탄회하게 시간을 보내도록 하지요."

"여하튼 대한민국의 운명이 우리에게 달려 있으니 소신을 가지고 성심성의를 다합시다."

영철에 이어 강철이 힘주어 말하자 세 사람이 서로의 얼굴을 바라보며 각오를 다지기 시작했다.

자각

 문석원이 한날 저녁 아내와 아들을 대동하고 큰형 정원과 둘째 형 동원이 함께 살고 있는 어머니를 찾아 집을 나섰다. 어머니가 살고 있는 집에 도착하여 차에서 내리자 집 삼 층에서 어머니가 심드렁한 표정으로 석원을 바라보고 있었다.
 이어 며느리의 손을 잡은 손자의 모습이 보이자 서둘러 일 층으로 내려왔다. 할머니의 모습을 확인한 신일 역시 제 어머니의 손을 벗어나 뒤뚱대며 할머니에게 다가갔다.
 "가게는 어떻게 하고?"
 지난 해 말부터 어머니는 카바레를 운영하고 있던 터였다.
 "너희 식구들 온다고 해서 다른 사람에게 맡겼다. 그러니 어서 들어가자."
 어머니가 석원이 타고 온 페블리카 승용차와 손자를 번갈아 바라보고는 묘한 표정을 지으며 집으로 들어갔다.
 "신수가 훤해 보이는구나."
 자리를 잡자마자 손자를 안아든 어머니가 근심스런 표정을 지으며 입을 열었다.
 "그냥 열심히 일하며 살고 있어."

"무슨 일 하는지 물어봐도 되겠니?"

"그건 나중에 이야기할게."

"왜?"

"걱정할까 봐 그렇지."

"내가 걱정할 일이라도 하는 거냐?"

"그게 아니라, 나중에 일이 완성되면 시원하게 말할 테니 조금도 걱정하지 말라고."

석원이 어머니와 이런저런 이야기를 나누고 있는 중에 소식을 접한 둘째 형 동원이 방으로 들어섰다. 들어서자마자 편치 않은 시선으로 석원을 바라보았다.

"너는 동생을 바라보는 표정이 어째 그러니?"

"오랜만에 보니 그러지요. 그리 먼 곳에 살지도 않는데 자주 찾아보지 않으니 그럽니다."

동원이 애써 자신의 표정을 죽이며 얼버무렸다.

"큰 형은 아직 퇴근 전인 모양이네."

"아직 학원 수업이 끝나지 않은 모양이다. 얼추 끝나갈 시간이 되었으니 곧 올 게다."

석원이 오사카 시내에서 학원 강사로 근무하고 있는 정원의 부재에 대해 언급하자 동원이 심드렁하니 말을 받았다.

"지금 술상이라도 봐오라 할까?"

어머니의 질문에 석원이 동원의 얼굴을 주시했다.

"오래지 않아 형이 도착할 테니 조금 이따가 상을 차리시지요."

동원의 말이 끝나기 무섭게 인기척이 들리더니 큰형 정원이 들어서고 있었다.

"형도 양반되기는 틀렸네."

"뜬금없이 그게 무슨 소리냐?"

석원이 어색하게 말을 건네자 정원의 눈이 동그랗게 변해갔다.

"지금 엄마와 둘째 형과 형 이야기를 하고 있었거든."

정원이 빙그시 웃어주며 잠시 대화를 나누다 삼 형제가 술자리를 함께 하기 위해 장소를 이동했다.

"병원에 입원했었다는 이야기가 들리던데."

"위장이 조금 좋지 않아서."

"네가 무슨 위장이 좋지 않다는 말이냐?"

"그걸 말이라고 하냐!"

동원이 의혹의 눈초리로 말문을 열자 정원 역시 이해되지 않는다는 듯이 목소리를 높였다.

"신경성 위장병이라 하더라고."

"그런데 근 한 달여를 입원 치료받았다는 말이냐?"

동원의 질문에 석원의 표정이 어둡게 변해갔다.

"너 요즘 도대체 뭐하고 다니는 거냐. 들리는 바에 의하면 시도 때도 없이 조총련 사람들과 어울린다던데."

"조총련이라니!"

정원의 목소리가 올라가는 시점에 정원의 처가 조촐하게 술상을 차려 들어오고 있었다. 삼 형제가 잠시 침묵을 지키고 이어 술자리를 본 정원의 처가 물러나자 정원이 술병을 들었다.

"그게 무슨 소리냐?"

정원이 모두의 잔을 채우고는 혼자 잔을 들어 비워내고 동원을 주시했다.

"한청 관련 사람들로부터 들은 이야기인데, 석원이 지금 조총련 사람들과 뭔가 큰일을 계획하고 있는 모양이더라고."

동원의 설명에 정원이 손수 자신의 잔을 채우고 석원을 빤히 주시했다.

"별건 아니고. 어떻게 하면 김대중 선생을 다시 일본에 모실 수 있을까 고민 중에 있어. 그래서 그 일로 조총련 사람들을 자주 만나는 거야."

"단지 그 사유 때문이냐?"

"그렇다고 해도."

동원의 다그침에 석원의 목소리에 짜증이 묻어나왔다.

"그러면 지금 네 주변에서 일어나는 일들은 어떻게 설명할래."

"그게 무슨 말이야?"

"최근에 들어 네 씀씀이가 이해되지 않지 않냐. 승용차부터 시작해서 네게 과분한 일들이 비일비재하게 일어나고 있는데 그 이유가 있을 거 아니냐."

동원의 연이은 힐책에 정원이 다시 잔을 비워내자 동원 역시 잔을 비웠다.

"석원아!"

석원을 부르는 정원의 목소리에 잔뜩 힘이 들어 있었다.
"큰형은 또 왜 그래?"
"네 설명이 이해되지 않아서 그런다."
"그건 또 무슨 소리야?"
"네가 하도 김대중 김대중 하기에 내 요로를 통해서 알아보았다. 그런데 남조선에서 일본에서 하도 시끄럽게 굴기에 김대중이란 사람을 다시 일본으로 보내고자 했는데 일본 정부에서 거부했다고 하더라. 그런데 네 이야기는 무슨 소리냐?"
석원이 금시초문인지 어리둥절한 표정을 지었다.
"그걸 모르고 있다는 말이냐?"
"형은 그 이야기 어디서 들었는데?"
"어디서 들은 게 중요한 게 아니라 지금 그거 알만한 사람들은 다 알고 있다."
"그거 나도 알고 있다."
동원이 거들고 나서자 순간 석원의 표정이 어둡게 변해갔다.
"네가 지금 무슨 일 하는지 솔직하게 이야기할 수 없겠냐?"
"나는…."
"마저 말해 봐!"
"방금 이야기한 대로 김대중 선생 다시 일본으로 모시는 일을 하고 있…."
동원이 말을 제대로 잇지 못하는 석원을 바라보며 혀를 찼다.
"그리고 너 조총련 애들 어떤지 모르냐?"

자각

"그 사람들이 어때서."

석원이 분위기를 만회하려는지 목소리를 높였다.

"달면 삼키고 쓰면 가차없이 내팽개치는 그들의 속성을 정말 모른다는 말이냐!"

답변이 궁색한 석원이 기어코 자신의 술잔을 비워냈다.

"동원이 이야기 잘 새겨듣도록 해라. 지금 일본 내에서 조총련에 대한 이미지가 상당히 좋지 않아. 일전에 발생했던 의장과 조카사위인 부의장과의 알력 싸움도 그렇고."

"그리고 이제는 가족을 생각해야지 않겠냐. 잠시 전에 보니까 제수씨가 임신한 듯한데."

두 형의 이야기에 석원의 표정이 더욱 어둡게 변해갔다.

"시아주버니들과 무슨 이야기를 나누었는데."

집으로 돌아가는 길에 정숙이 운전하고 있는 석원에게 말을 건넸다. 백미러로 뒤를 바라보자 정숙이 이미 잠에 빠져든 아들을 품에 안고 있었다.

"별다른 이야기는 없었고 그저 사는 이야기했어."

"무슨 소리야. 큰소리까지 들렸었는데. 솔직하게 말해봐."

정숙의 다그침에 잠시 전 형들이 했던 이야기를 곰곰이 되새겨보았다. 물론 김대중과 관련한 이야기였다. 남조선의 박정희 대통령을 암살하겠다고 기고만장했던 일 역시 김대중과 연계된 일이었다.

1974년 8월 15일

그런데 형들의 이야기를 들어보면 김대중은 일본으로 돌아올 의향을 지니고 있지 않은 것처럼 들렸다. 그렇다면 자신이 굳이 위험을 무릅쓰고 모험할 이유가 있는가 하는 생각이 찾아들었다.

"무슨 이야기했느냐니까!"

정숙의 목소리가 올라갔다.

"별건 아니고 요즈음 내 씀씀이가 헤픈데 그 사유가 무엇이냐 물었어."

"그래서?"

"뭘 그래서야. 지금 조총련 사람들과 일을 하고 있고 그 보수를 받고 있다 했지."

"그랬더니 뭐라고 해."

"빤한 소리지 뭐. 그쪽 사람들과 거리를 두고 이제 가정에 신경 쓰라는 이야기지."

정숙이 품에 잠들어 있는 아이의 얼굴을 살피더니 다시 석원에게 시선을 주었다.

"나도 한번 생각해보았는데, 요즈음 내게 가져다주는 돈 말이야."

"그 돈이 어때서?"

"출처는 그렇다고 해도 네가 무슨 일을 하기에 받는 돈인지 궁금했어. 그런데 네 성격이 워낙 그래서 묻지 않았거든."

"실은…."

석원이 일시적으로 말을 멈추었다.

"자세하게 털어놔 봐."

"남조선에 계신 김대중 선생을 다시 일본으로 모시고 오려는 작업을 추진 중이야."

"그 일에서 네 역할은?"

"어차피 내 경우 행동대장격이 될 수밖에 없지 않겠어."

정숙이 행동대장을 되뇌었다.

"그러면 네가 남조선에 잠입해서 김대중 선생을 구출해서 일본으로 모셔온다는 이야기 아니냐."

"결국 그런 이야기지."

정숙이 잠시 침묵을 지키며 석원의 말을 되새기는 듯 눈을 깜빡거렸다.

"제발 철부지처럼 행동하지 마. 네가 무슨 수로 김대중을 구출해 오겠다는 거냐. 그것도 남조선에서."

막상 뭔가 대답해야 하나 입이 떨어지지 않았다.

"시아주버니들 말씀대로 이제는 네 앞길 제대로 생각해."

예전 같으면 씨알도 먹히지 않았을 아내의 말이 가슴으로 전달되고 있었다.

채찍

"애로 사항 있습니까?"

고영철이 차주선의 연락을 받고 도쿄 외곽에서 은밀하게 만남을 가지고 있었다.

"문석원의 마음이 흔들리고 있습니다."

"자세히 말씀 주시겠습니까?"

"말 그대로입니다. 누구인지, 아마도 주변 가까운 사람들로부터 이야기 들었는지 박 대통령 암살에 회의적인 입장을 취하고 있습니다."

영철이 담담한 표정을 지으며 차주선을 주시했다. 그 시선이 부담되는지 주선이 슬그머니 한숨을 내쉬었다.

"그 일은 어차피 예견했던 일 아닙니까."

"하면 어찌 처리하는 게 이롭겠습니까?"

"그동안 그저 당근만 제공한 걸로 알고 있습니다만."

"그렇다고 보아도 무방합니다."

"이번에는 채찍을 들어보시지요."

주선이 채찍을 되뇌며 잠시 생각에 잠겨들었다.

"미처 그 생각을 못했습니다. 이제는 빠져나갈 수 없다는 사실을 강력하게 경고하도록 해야겠습니다."

"그렇게 하도록 하시고. 그 친구가 머뭇거리는 사유가 무엇입니까?"

"저는 원래 김대중 구출에 초점을 맞추었었다 이거지요. 그래서 곰곰이 생각해보았는데 박 대통령 암살은 다른 차원에서 바라볼 일이다 이렇게 생각하는 모양입니다."

"말이야 바른말이지만, 우리가 너무 치고 나갔으니 이제 돌릴 수 없습니다."

"충분히 이해하고 있습니다."

영철이 순간 주선을 바라보며 미소 지었다.

"무슨 의미입니까?"

"문득 오사카 항에 입항해 있는 만경봉호가 생각 나서요."

"만경봉호!"

"한번 그를 이용하는 방법도 괜찮을 듯합니다."

주선이 만경봉호를 되뇌며 생각에 잠겨들었다.

"채찍의 수단으로 그리고 후일 문석원이 북한과 연계되었다는 확고한 증거를 위해서라도 한번 심도 있게 고려해봄이 좋을 듯합니다."

주선이 답에 앞서 슬그머니 미소를 흘렸.

"참으로 기발한 생각입니다. 이른바 일석이조의 효과를 거둘 수 있습니다."

말을 마친 주선이 급히 몸을 움직이기 시작했다.

"벌써 가시게요."

"쇠뿔도 단김에 뽑으랬다고, 그 친구가 너무 나락으로 빠져들기 전에 빨리 조처 취하도록 해야지요."

저녁 무렵 이호룡이 문석원과 함께 승용차를 이용하여 오사카 항에 도착했다. 한 장소에 주차시키고 밖으로 나서자 이호룡이 앞서 나갔다. 그런데 이상하게도 그 뒤를 따르는 석원의 발걸음은 무거워 보였다. 속사정을 모르는 사람의 눈에는 도살장에 끌려가는 소를 연상시키는 듯한 모습을 취하고 있었다.

"부장님, 좀 천천히 가요."

"이제 다 왔으니 서두르자고. 저쪽 사람들은 약속시간이 칼 같아. 그러니 별일 아닌 걸로 저들의 심기를 건드릴 필요는 없어."

"도대체 누구를 만나는데요."

"가보면 알아."

호룡이 고개 돌려 석원을 힐끗 보고는 내처 앞으로 나아갔다. 별 도리가 없다 판단했는지 석원 역시 호룡을 놓치지 않기 위해 서둘러 쫓아갔다. 이어 오래지 않아 호룡이 조그마한 건물 앞에 멈추었다.

석원이 고개 들어 건물 뒤를 바라보자 옆면에 '만경봉호'라 쓰여진 배가 시선에 들어왔다. 가만히 만경봉호를 주시했다. 말로만 들었던 그 배를 직접 바라보니 감회가 새로운지 석원이 가볍게 고개를 흔들었다.

"배 안에서는 각별히 주의해야 하네. 저 안은 일본이 아니라 북조선이야."

건물 안에서 간단히 수속을 마치고 밖으로 나서자 호룡이 차분한 목소리로 말을 건넸다. 석원이 다시 시선을 만경봉호로 주었다. 스산한 저녁 분위기마냥 만경봉호 역시 그런 분위기를 연출하고 있었다.

"이 동무는 만경봉호 승선이 처음입니까?"

"그렇소."

안내원의 질문에 호룡이 짤막하게 답했다. 순간 안내원의 싸늘한 시선이 석원의 온몸에 쏟아지자 석원의 몸이 절로 움찔거렸다.

"호룡 동무, 이 사람이 문석원 동무요?"

일행이 막 배에 승선하기 위해 트랩을 오르자 그곳에 경비를 서고 있던 한 남자가 역시 무표정한 얼굴로 석원을 주시했다. 호룡이 그렇다고 짤막하게 답하자 그 사람이 석원을 한쪽으로 불러 세웠다. 이어 석원의 전신을 샅샅이 훑기 시작했다.

"너무 염려하지 말게. 승선하기 위해서 반드시 치러야 하는 절차라네."

호룡이 안내를 맡았던 사람과 한담을 나누다 석원에게 시선을 주었다.

"석원 동무, 만경봉호에 승선한 일을 영광으로 알게. 이 배는

1974년 8월 15일

아무나 탈 수 있는 배가 아니네. 살거나 죽거나…."

안내원이 말하다 말고 호룡의 얼굴로 시선을 돌렸다가는 이내 자신의 자리로 돌아간다는 듯이 걸음을 옮겼다. 석원이 멀어져가는 안내원의 뒷모습과 자신의 몸을 수색하는 남자를 번갈아 바라보았다. 알 수 없는 불안감이 급격하게 찾아든 듯 잔뜩 움츠러들었다.

"들어가도 좋소."

그 남자의 짧은 한 마디에 어디서 나타났는지 비쩍 마르고 눈이 흡사 칼날처럼 찢어진 사내가 모습을 드러냈다.

"갑세다!"

사내의 목소리 역시 날카로웠다. 순간 석원이 남자가 내뱉은 한국말을 이해하기 힘들다는 듯이 시선을 호룡에게 주었다.

"그 동무의 안내를 받도록 하게. 나는 여기 이 동무와 대화를 좀 더 나누고 잠시 후에 갈 테니 먼저 가서 일보게."

순간 불길한 생각이 일어났다. 그러나 어쩔 수 없이 천근만근 발걸음으로 묵묵히 그의 뒤를 따랐다. 이동하면서 마주치는 사람들의 모습을 힐끔힐끔 바라보았다. 모든 사람들의 표정이 흡사 얼어붙은 듯했다.

"고개 돌리지 말고 시선 고정하고 따라오라우!"

석원이 그 자리에 멈추어서 남자의 얼굴을 멀뚱하게 바라보았다.

"조선말 모르오?"

"그저, 조금…."

남자가 불쌍하다는 듯 혀를 차고는 다시 이동하기 시작했다. 이어 석원이 얼른 시선을 남자의 뒤통수에 고정시켰다. 그렇게 따라가기를 잠시 후 육중한 철문 앞에 멈추었다. 이어 문을 열고 들어서자 크고 작은 방들이 복도를 가운데로 나란히 늘어선 모습이 보였다.

흐릿한 불빛에 시선에 들어온 모습을 바라본 석원의 가슴이 철렁 내려앉는다는 듯 다리가 휘청거렸다.

"왜 그러는 게요!"

다시 남자의 목소리가 올라가자 석원이 온몸에 힘을 주며 간신히 걸음을 옮겼다. 이윽고 한 방의 문을 열고는 안으로 들어가라 했다. 열린 문 사이로 내부를 바라보자 역시 흐릿한 백열전등 아래 달랑 책상과 의자 두 개만 놓여 있었다.

"의자에 앉아서 기다리오!"

석원을 안으로 밀어 넣고 문을 닫는 남자의 음산한 말투에 뭔가 말하려 했지만 입가에서만 맴돌고 밖으로 흘러나오지 못했다. 문 닫히는 모습을 확인하고 다시 방 안을 살펴보았다. 흡사 취조실이 아닌가 하는 느낌이 찾아들었다.

떨리는 가슴을 억누르고 책상 앞으로 다가섰다. 의자에 앉아 기다리라 했으나 차마 앉을 엄두가 나지 않았다. 하여 엉거주춤한 자세로 책상을 손으로 잡고 서 있는 중에 갑자기 비명소리가 들려오기 시작했다.

아니, 비명소리만이 아니었다. 누군가를 심하게 다그치는 소리 그리고 채찍 소리 역시 어우러졌다. 가만히 소리가 들려오는 벽 가까이로 다가가 귀를 밀착시켰다. 여자의 비명소리가 아이들의 흐느끼는 소리와 함께 뒤섞여 들렸고 여러 남자의 악다구니 역시 들려왔다.

순간 벽에서 얼른 떨어졌다. 아울러 이유를 알 수 없는 공포가 밀려오기 시작했다. 다리는 절로 후들거려 서 있을 수 없는 지경에 이르렀다. 간신히 힘을 내어 의자에 자리 잡았다. 등에서 그리고 목 뒤에서 식은땀이 흘러내리기 시작했다.

당장이라도 그곳에서 나가야겠다는 생각이 일어나지만 마음뿐이었다. 몸이 마음대로 움직여주지 않았다. 흘러내리는 식은땀마냥 여러 가지 생각으로 뒤죽박죽 되어가는 중에 문이 열리며 이호룡이 모습을 드러냈다.

"부장…니…임."

"많이 기다렸지."

호룡을 부르는 석원의 턱이 심하게 움직였다. 호룡이 짐짓 그를 모른 체하고 아무렇지도 않다는 듯 은근하게 다가섰다. 그 모습을 바라보자 석원이 자신도 모르게 길게 한숨을 내쉬었다.

"왜 그렇게 한숨을 내쉬는가?"

석원이 손을 들어 소리가 흘러나오는 곳을 가리켰다. 호룡이 석원이 가리키는 곳으로 다가섰다가는 다시 문 쪽으로 방향을 잡았다.

"부장님, 어디 가세요!"

무의식적으로 흘러나온 말이었다.

"너무 시끄러워서 조용히 하도록 할 테니 잠시 기다리고 있게."

말을 마친 호룡이 마치 가지 말라고 손을 젓는 듯한 석원의 모습을 무시하고 곧바로 밖으로 나갔다. 다시 석원의 귀로 악다구니와 비명소리가 들려오고 있었다. 방금 전 호룡이 곁에 있을 때는 소리가 잦아들었었는데 호룡이 방을 나서자마자 다시 소리가 높아지고 있다는 사실을 인지하자 다시 두려움이 밀려왔다.

잠시 후 나간 지 얼마 되지 않은 호룡이 다시 들어섰다. 그와 동시에 일시적으로 악다구니 소리와 비명소리가 잦아들었고 그저 흐느끼는 소리만 미세하게 들려왔다.

"부장님, 무슨 일인지요?"

석원이 간신히 입을 열었다.

"악질 반동 새끼 가족들은 죽어도 싸지."

석원의 질문에는 아랑곳하지 않고 호룡이 독백을 뱉어냈다.

"아, 지금 왜 그러는지 그 사유를 물었었지?"

"네…."

석원의 목소리가 기어들어갔다.

"한 악질 반동 새끼가 조국의 은혜를 저버리고 도망갔다는 거야. 그래서 그 아내며 어린 자식들이 저 몹쓸 일을 당하는 거 아닌가."

"무슨 내용인지요?"

"악질 반동 새끼가 북조선 자금을 받고 일을 하기로 하였는데 돈만 먹고 튀어버렸다는거야. 그래서 그 가족들을 잡아와 고문하는 게지."

"돈을 갚아주면 되는 거 아닌가요?"

"이 사람아, 돈만이 문제가 아니지. 이미 그러한 사실을 여러 사람이 알고 있는데 그게 밖으로 흘러간다면 어떻게 되겠는가. 여하튼 반동 놈의 가족만 안되게 생겼네."

"저 사람들은 어떻게 되는데요?"

"어떻게 되긴. 북으로 끌려가서 총살당하거나 아니면 최하 아오지 탄광으로 끌려가 죽을 때까지 일하게 될 거야. 북조선이 다른 건 몰라도 배신하는 놈들은 절대 그냥 두지 않거든. 아마 모르긴 몰라도 그놈도 조만간 잡혀올 거야. 곳곳에서 활동하고 있는 북조선의 비밀 요원들이 지옥까지라도 쫓아갈 테니까."

호룡이 엄지손가락을 세워 자신의 목을 긋는 시늉을 했다. 바로 그 순간 문이 열리며 한 사람이, 영란이 들어서고 있었다.

"지도원 동무!"

영란의 밝게 웃는 모습을 바라보자 석원 자신도 모르게 가슴 속으로부터 조그마한 외침이 눈물과 함께 흘러나왔다.

"석원 동무, 왜 이래요?"

영란이 급하게 석원에게 다가섰다. 이어 부드럽게 석원의 얼굴을 손으로 쓸며 호룡을 주시했다.

"각오를 확고히 다지는 모양입니다."

"각오라니요?"

"물론 우리 민족의 영웅이 되고자 하는 각오 말입니다."

"그야 당연한 일 아닌가요. 그래야 나도…."

영란이 말하다 말고 슬그머니 석원의 볼에 가볍게 키스하며 손으로 석원의 아랫도리를 슬그머니 훑었다. 그 손에 축축함이 감지되고 있었다.

남조선 여행

"남조선에 가자고?"
"어때, 지난번 홍콩 갔을 때처럼 함께 가는 거야."
석원을 바라보는 기미코의 표정이 어둡게 변해갔다.
"왜 그래. 함께 가기 싫어?"
"나야 당연히 가고 싶지. 그런데…."
"그런데 뭐?"
"그놈이 눈치 챈 거 같더라고."
"무슨 수로?"
"내가 친구들을 만나 자기와 함께 여행 다녀왔다고 했는데, 그놈이 내가 이야기했던 친구 중 한 아이와 만났던 모양이야."
"그래서 우리 둘이 홍콩에 다녀온 사실을 안다는 이야기야?"
"거기까지는 아닌데. 그래도 뭔가 의심하는 눈초리더라고."
"그러면 되었지 뭐. 함께 가는 걸로 하자고."
 말을 자른 석원이 차문을 열고 나서자 저만치에서 오사카 항이 불빛에 모습을 드러내고 있었다. 거기서 한곳을 주시했다. 아직도 무시무시한 만경봉호가 전에 있던 자리에 있을 것만 같은 생각이 일어났다. 그를 생각하며 순간적으로 치를 떨었다.

"뭘 그렇게 유심히 바라보는 거야?"
"저 항구 말이야, 오사카 항."
"느닷없이 오사카 항은 왜?"
석원이 답에 앞서 가까이 다가온 기미코의 어깨를 감싸안았다.
"너무나 아늑해보여서 그래."
"그야 우리 고향이니 당연한 거 아니야?"
"그렇지 고향이지, 고향."
석원이 고향을 되뇌며 얼마 전에 있었던 악몽을 떠올렸다.

영란의 손에 이끌려 또 다른 방으로 이동했다. 방금 전에 머물렀던 방과는 천양지차였다. 마치 호화롭기 그지없는 초일류 호텔의 객실을 연상시킬 정도로 화려하고 깨끗했다. 방에 들어서자마자 영란이 석원에게 바짝 다가섰다.
"왜 이런 거야?"
영란이 손을 뻗어 석원의 아랫도리를 다시 훑었다. 차마 대답할 수 없는지 석원이 그저 다가선 영란의 머리칼에 자신의 얼굴을 묻었다. 잠시 그 순간을 유지하던 영란이 천천히 석원의 몸에서 벗어나 석원의 바지를 벗기기 시작했다. 순간 석원의 다리가 꼬였다.
"가만히 있어."
마치 거부할 수 없는 명령처럼 들려왔다. 그 소리에 한숨을 내쉬고 자세를 가지런히 아니, 영란이 옷을 벗기기 쉽게 자세

잡았다. 이어 바지를 벗긴 영란이 다시 석원의 팬티를 슬그머니 아래로 내렸다. 아직도 가운데 부분에 액체가 남아 있었다.

가만히 그를 살피던 영란이 손으로 액체가 남아 있는 부분을 만지더니 이내 입을 그리로 가져갔다. 그러기를 잠시 후 몸을 세워 자신의 옷을 아무렇게나 벗어 던지고 석원을 덮치기 시작했다.

오래지 않아 가볍게 한숨을 내쉰 영란이 침대에서 몸을 일으켜 담배에 불을 붙여 침대에 누워 있는 석원에게 건넸다. 이어 다시 담배에 불을 붙여 힘차게 빨아들였다.

"준비는 차질 없이 잘 되고 있겠지?"

"무슨…."

석원의 입에서 더 이상 말이 흘러나오지 않았다. 순간적으로 영란의 눈동자에 핏발이 섰던 때문이었다.

"그러면 전에 이야기했던, 남조선 대통령 박정희를 암살하는 일은 전혀 진행되고 있지 않다는 말인가!"

"저야 그저 위에서 하라는 대로 하면…."

석원이 침대에서 몸을 일으키며 간신히 입을 연다고 했는데 이번에도 마무리되지 못했다.

"그렇게 약해서 어떻게 하려는가. 위에서 하지 말라고 해도 하겠다는 전의 그 각오는 도대체 어떻게 된 거야!"

"물론 전혀 변화 없습니다."

영란의 목소리가 올라가자 반사적으로 석원의 목소리 역시 올라갔다. 그를 살피던 영란이 다시 미소를 띠고 석원의 몸에 가까이 다가갔다.

"석원 씨, 반드시 우리 민족의 영웅이 되어야 해. 그리고 또한 나에게도 영웅이 돼주어야 하고. 그래야 나도 석원 씨 덕을 보지."

말을 마친 영란이 잠시 화장실을 다녀오겠다며 자리를 비웠다. 그 순간 잠시 전에 머물렀던 방과 지금 자신이 있는 방을 비교해보았다. 아울러 잠시 전에 접했던 공포 그리고 지금 영란과 함께 있는 순간 역시 비교해 보았다.

둘 사이에 커다란 차이가 있었지만 그 뿌리에는 두려움이라는 공통의 요인이 자리하고 있었다. 그 생각에 이르자 절로 한숨이 흘러나왔다. 마치 그를 입증이라도 하듯 가운데도 힘없이 늘어져 있었다.

이어 욕실 문이 열리며 영란이 모습을 드러냈다. 잠시 용변을 보았는지 아무런 변화를 느낄 수 없었다. 그러나 한순간 석원이 눈을 감았다. 영란의 생식기 주변이 하얗게 변해 있던 터였다.

"이리 가까이 와!"

침대 가장 자리에 자리 잡은 영란의 목소리에 애교가 아닌 힘이 실려 있었다. 어색하게 다가오는 석원의 손을 잡아 이끌어 자신의 생식기와 석원의 얼굴이 마주하도록 했다.

석원이 무릎을 꿇은 상태로 그곳을 바라보는 순간 절로 비명이 울려 퍼졌다. 그동안 그 부분을 자세히 볼 수도 없었지만, 그곳을 뒤덮었던 털을 밀어내자 마냥 하얗게만 느껴졌던 살에 끔찍한 상처들이 모습을 드러냈다.

영란이 그 상태에서 석원이 좀 더 자세히 볼 수 있도록 자세를 취했다.

"자세히 살펴봐!"

영란의 주문에 석원이 얼굴을 그곳 가까이 가져갔다. 역겹고 아니, 소름이 끼칠 정도로 무서운 상처가 중요한 부분에까지 나 있었다. 순간 석원이 고개 돌렸다.

"고개 돌리지 말고 자세하게 살펴봐!"

거역할 수 없는 위압감에 석원이 다시 고개를 바로 하고 찬찬히 그곳을 살펴보았다. 흡사 날카로운 꼬챙이로 찔렀거나 혹은 불에 달군 쇠로 지진 듯했다.

"왜 생긴 상처인지 알겠나!"

영란이 옷을 입으며 싸늘한 표정을 짓자 순간적으로 잠시 전에 들었던 비명소리 그리고 호룡으로부터 들었던 이야기가 떠올랐는지 석원도 급하게 옷을 입기 시작했다.

"남편이란 놈이 북조선을 배신해서…. 아이들은 죽고 그나마 나만 이렇게…."

영란이 더 이상 말을 잇지 못하자 석원이 마치 그 이유를 훤히 알겠다는 듯 측은한 그러나 두려움이 가득 찬 시선으로 응시했다.

"나갈 수 있겠지!"

옷을 다 입은 영란이 담배를 피워 물며 역시 싸늘하게 석원을 주시했다. 그 모습에 석원이 뭐라 제대로 말도 못하고 문을 열고 더듬어 온 길을 따라 급하게 몸을 움직였다. 그러나 마음만

남조선 여행

급했지 계속 제자리에서 맴도는 듯했다.

 간신히 배에서 벗어나자 온몸에서 식은땀이 흘러내리고 있었고 밖은 어둠으로 뒤덮여 있었다. 고개를 돌려 뒤를 돌아보았다. 흡사 악마의 소굴이 자신을 주시하고 있는 듯했다.

"그런데 남조선에는 뭐 하러 가는데?"
"일종의 여행이지."
"혹시…."
 석원이 간략하게 말을 끝내자 기미코가 의심의 눈초리를 보냈다. 그를 인정하듯 석원이 미소를 보였다.
"가능하면 김대중 선생도 만나보려고."
"만날 수 있어?"
"현재로서는 확단할 수 없어. 그러나 한번 가서 가능성을 타진해야지."
"그래서 관광을 빌미로 남조선에 입국하겠다는 이야기잖아."
"둘이, 부부로 말이야."
 석원이 부부라는 단어에 힘을 주어 말하자 기미코가 석원의 가슴을 파고들었다.
"석원 씨, 진심으로 나를 아내로 생각하는 거야?"
"우리가 비록 민족적인 문제로 결합하지는 못했지만 내 마음속에는 언제나 기미코뿐인 거 잘 알고 있잖아."
"나만 그런 게 아니고?"

"오히려 속으로는 내가 더 간절하다고 보아야 하는 거 아닌가."

기미코가 대답 대신 석원의 팔을 잡고 이끌었다. 저만치 앞에 네온사인이 화려하게 빛을 발하는 모텔이 시선에 들어왔다. 그곳을 바라보던 석원이 기미코의 머리에 얼굴을 가져다대고 코를 킁킁거렸다.

"저녁은."

"석원 씨, 저녁 먹기 전에 우리가 정말 부부 사이인지 확인해 봐야 할 듯해."

기미코가 살짝 눈을 흘겼다.

"그러면 이렇게 하자."

"어떻게?"

"번거롭게 자리를 옮기고 자시고 하지 말고 모텔에서 음식을 시켜먹으면서 사랑을 나누도록 하자고."

"그런데 석원 씨. 남조선에는 언제쯤 가려 해?"

"8월 중순경이 어떨까 싶은데."

순간 기미코의 표정이 어둡게 변해갔다.

"왜 그래?"

"그때쯤이면 모두 휴가철이고. 아울러 그 인간이 휴가 가자 보챌 것 같아서."

"그러면 안 된다는 말이야!"

석원의 목소리가 절로 올라갔다.

"안 가겠다는 이야기가 아니야. 다만 상황을 보자는 이야기지. 그리고 그때 가서 정 안된다 싶으면 자기만 비자 받아 다녀오면 될 거 아니야."

"그러면…."

순간 석원이 걸음을 멈추었다.

"왜?"

"자기 가지 않으면 나도 안 가려고."

"석원 씨, 비록 내가 함께 남조선에 가지 못하더라도 나는 항상 이곳에 있다는 사실을 명심해야 할 거야."

기미코의 손이 석원의 가슴을 만지기 시작했다. 마치 그게 신호라도 된 듯 석원이 흡사 개선장군처럼 당당하게 앞으로 나아갔다.

권총 탈취

 새벽 두 시 무렵 고영철이 어둠 속에서 오사카 미나미 경찰서 다까즈 파출소를 주시하고 있었다. 지난 저녁 무렵 활발하게 움직였던 파출소 내부의 움직임이 자정이 가까워지자 뜸해지기 시작했고 두 시경이 되자 적막감이 돌 정도로 한산했다.
 그를 살피며 품속에서 검정색 마스크를 꺼내 쓰고 저만치 앞에, 역시 어둠속에서 자신을 주시하고 있는 차주선에게 손짓으로 신호를 보내고 서서히 파출소로 접근하기 시작했다.

 한여름 저녁 무렵에 오사카 외곽 한적한 곳에 위치한 음식점 밀실에서 고영철이 차주선을 만났다. 이제 일본에서의 일을 서서히 정리해야 할 시점에서 최종 점검할 요량으로 영철의 요청에 의해 이루어진 회합이었다.
 "문석원의 심리 상태는 문제없습니까?"
 "얼마나 심하게 다루었던지 바지에 오줌까지 지렸다 합니다. 그 일로 풀은 죽었지만 앞으로 진행될 사건에 대해 체념적으로 받아들이고 있는 모양입니다."

영철이 가볍게 혀를 찼다.

"그렇다고 의지까지 꺾어버린 건 아니겠지요?"

"지금 그 부분에 주력하고 있습니다. 그래서 지속적으로 정신 교육을 강화하고 또 스스로 비자를 발급받도록 했습니다."

"비자야 제 손에서 처리하면 될 일이고. 그러면 이제는 암살 도구와 초청장 발급 문제가 남아 있습니다."

"그 문제로 즉 총기 문제 때문에 저 역시 고 팀장을 만나보아야겠다 생각하고 있었습니다."

"초청장 발급이야 아직 시간 여유가 많으니 천천히 처리해도 됩니다만, 이제 총기 문제에 접근해야겠지요."

"그래서 그 일을 문석원에게 맡겨 보고픈 생각입니다."

"무슨 의미입니까?"

"문석원의 정신 상태가 어느 정도인지 확인하는 차원에서 직접 권총을 구하도록 하려는 계획을 세우고 있습니다."

영철이 잠시 침묵을 지켰다 가볍게 고개 저었다.

"문제 있습니까?"

"두 가지 차원에서 접근해야 합니다."

"말씀주시겠습니까?"

"먼저 문석원의 정신 교육이 확고하게 이루어지지 않았을 경우입니다. 그런 경우 권총 탈취를 기회로 스스로 일을 망칠 수도 있습니다. 즉 그 과정에서 일부러 검거되어 사건에서 완전히 벗어날 가능성을 배제할 수 없습니다."

주선이 가볍게 신음을 내뱉었다.

"다음은 문석원이 정말로 일에 대한 확신을 지니고 있을 경우입니다. 그런 경우라도 그 친구가 자력으로 권총을 탈취할 수 있느냐의 문제입니다. 직접 경찰서 혹은 파출소에 들어가서 탈취해야 하는데 그 친구에게 그게 가능하겠느냐 이겁니다. 아울러…."

"말씀하시지요."

"우리가 원하는 건 프로가 아닙니다. 그저 일시적인 꼭두각시를 원할 뿐이지요."

"하긴 그렇지요. 행여나 정말로 프로라면 일이 어떻게 진행될지 알 수 없지요."

"당연합니다. 그런 연유로 지금의 상태, 그저 객기만 앞세우는 20대 초반의 좀 덜떨어진 상태를 유지함이 가장 이롭지요."

"그러면 어떻게 처리하려 하십니까?"

"제가 움직여야지요."

"고 팀장께서?"

주선이 마치 의외라는 듯 목소리를 높였다.

"왜요, 그러면 안 되겠습니까?"

"그게 아니라 뭐 그런 일까지…."

영철이 가볍게 혀를 찼다.

"지금 이 일은 대한민국의 운명을 떠나서 사장님과 제 운명에도 심대한 영향을 미치게 될 겁니다."

주선이 가볍게 고개를 끄덕였다.

"전에도 말씀드렸습니다만 이 사건에서 총기의 출처가 어디인가는 매우 중요한 의미를 지닙니다."

"그러면 어디서…."

"차 사장께서 저를 좀 도와주셔야겠습니다."

"그야 이를 말입니까. 도울 수 있는 일이 있다면 당연히 도와드려야지요. 오히려 제가 나서서 해야 할 일이었건만."

차주선이 정말로 송구스럽다는 듯이 표정을 온화하게 했다.

"네 일 내 일이 어디 있습니까. 여하튼 일전에 말씀하셨듯이 쇠뿔도 단김에 뽑으랬다고 이 자리를 파하고 한번 장소를 물색해보지요."

차주선이 잠시 그 말의 의미를 생각하더니 호탕하게 웃었.

"어디로 정하려 합니까?"

"오사카에서 찾아보아야겠지요?"

"굳이 오사카에서 취하려는 데에는 그 사유가 있습니까?"

"어차피 문석원과 연계시키고자 한다면 오사카 지역이 알맞습니다. 다른 곳에서 일을 벌이면 오해의 소지를 남길 수 있습니다."

"저는 그 반대로 생각했습니다만. 결국 그렇군요."

"그래서 한번 사장님과 함께 이곳에서 장소를 물색해보려 합니다."

주선이 고개를 끄덕여 동조를 표했다. 이어 의기투합된 두 사람이 곧바로 자리를 파하고 차주선의 승용차에 올라탔다.

"어디로 방향을 잡을까요?"

"문석원이 거주하는 곳이 오사카의 동쪽이니만큼 남쪽으로 방향을 잡아보지요."

주선이 남쪽을 되뇌며 액셀을 밟았다.

"가급적이면 혼란한 곳보다 한산한 곳이 좋을 터인데."

"오히려 그 반대 아닙니까. 혼란한 틈을 타서."

주선이 순간적으로 고개를 영철에게 돌렸다.

"혼란스러우면 자신의 총기에 더욱 신경을 쓰게 되지요. 행여나 무슨 일이 발생할지 모른다는 생각에 주의를 기울이게 되니까요."

주선이 슬그머니 고개를 끄덕였다. 그를 살피던 영철이 갑자기 무슨 생각이 일어났는지 한 방향을 주시하며 그리 차를 몰도록 주문했다.

"깜박했습니다. 마침 적당한 파출소가 있는데 그를 생각하지 못했습니다."

"어디입니까?"

"다까즈 파출소라고, 일전에 일이 있어 들러봤는데 괜찮을 듯합니다. 일단 가서 한번 관찰해봅시다."

주선이 영철이 일러주는 방향으로 핸들을 틀어 가기를 잠시 후 한적한 곳에 아담한 파출소가 시선에 들어왔다. 두 사람이 승용차 안에서 파출소와 주변 정경을 훑어보았다. 주변에 여러 가구가 배치되어 있건만 공허한 느낌이 들 정도로 한산해보였다.

"역시 고 팀장의 안목에 감탄할 뿐입니다. 그런데 어떻게 잠입해서 권총을 탈취할 계획입니까?"

"이제 사장님과 함께 구상해보아야겠지요."

영철이 파출소 후문으로 접근했을 시점에 주선이 당당하게 파출소 앞문으로 들어가고 있었다. 이어 근무 중인 경찰관 두 명과 다정하게 담소를 나누는 모습을 살피던 영철이 품에서 만능열쇠를 꺼내 조심스럽게 문을 땄다.

발소리를 죽여가며 앞으로 나아가기를 잠시 저만치 앞에서 경찰들과 담소를 나누는 주선과 시선이 마주쳤다. 잠시 눈빛을 교환하고는 영철이 다시 파출소 내 당직실의 문을 열고 들어섰다. 칠흑의 어둠 속에서 숨소리만 흐릿하게 들리고 있었다.

이미 여러 번의 관찰을 통해 파출소 저녁 근무가 2인 2교대로 진행된다는 사실 그리고 전반 근무조는 12시 이후 당직실에서 취침에 들어간다는 사실 역시 알고 있었던 터였다. 하여 그 틈을 노리기로 하였고 행여나 근무조들이 인기척을 느낄까 보아 주선으로 하여금 그들의 시선을 끌기로 했던 터였다.

당직실의 문을 닫은 영철이 볼펜처럼 생긴 초소형 손전등을 손으로 가리고 켜서 바닥을 향하도록 했다. 손바닥 사이로 흘러나오는 빛에 희미하게나마 방의 모습이 그려지고 있었다. 멀지 않은 다다미에 두 사람이 누워 있었고 그들 바로 가까이에 있는 옷걸이에 권총 두 정이 사이좋게 걸려 있는 모습이 시선에 들어왔다.

흡사 뱀처럼 미끄러지듯이 다가선 영철이 걸려 있는 두 자루의 권총집을 풀어 역시 미끄러지듯이 방을 벗어나서는 문을 닫았다. 밖으로 나서자 주선이 아직도 경찰들과 즐거운 표정으로 담소를 나누고 있었다.

주선에게 눈짓을 주면서 신속하게 파출소를 벗어나 차로 이동했다. 오래지 않아 주선도 소기의 임무를 완수하고 차로 돌아왔다.

"천천히 움직이지요."

영철의 제안에 주선이 이동할 생각은 하지 않고 그저 멍하니 영철을 주시했다.

"정말 대단합니다. 어떻게 이리 쉽게 파출소에서 권총을 한 자루도 아닌 두 자루씩이나 훔쳐낼 수 있습니까?"

영철이 손에 들려 있는 권총을 미리 준비해간 가방에 넣으면서 미소를 건넸다.

"사실 이런 일은 우리에게는 그야말로 일도 아닙니다."

"하긴, 그러니까 백주에 도쿄 한복판에서 김대중도 그렇게 감쪽같이 납치해갈 수 있었겠지요."

"허허, 차 사장께서 너무 비약하십니다."

권총 탈취

"그러면 아닙니까? 김대중을 납치한 일이 대한민국 중앙정보부의 작품이 아니라는 말입니까? 특히 고 팀장께서…."

주선이 은근히 목소리를 높이자 영철이 방금 나온 파출소를 주시했다.

"그렇다고 말씀드릴 수는 없습니다. 그러나 아니라고도 말씀 못 드립니다."

실전 훈련

"한번 잡아보게."

이호룡이 문석원을 이끌고 조총련 오사카 지부에서 멀지 않은 곳에 위치한 한 건물의 지하실로 들어가 품에서 권총을 꺼내 건넸다. 순간 석원의 눈이 휘둥그레지며 낚아채듯이 권총을 받아들었다.

"그렇게 좋은가?"

석원이 대답하지 않고 권총의 이모저모를 살피다 제대로 잡고 정면을 응시하며 권총을 들었다. 곧바로 방아쇠를 당겨보았다. 철컥 하는 소리가 지하실에 울려 퍼졌다. 석원의 얼굴에 생기가 돌기 시작했고 호룡이 그 모습을 흐뭇한 표정을 지으며 바라보았다.

"기분이 어떤가?"

"촉감도 좋고 또…."

"말해보게."

"느낌이 좋습니다."

"무슨 느낌?"

"일에 대한 성공 여부 말입니다."

힘주어 답하는 석원은 일전에 나약한 모습을 보였던 문석원이 아니었다. 아니, 권총의 존재가 한 어설픈 젊은이에게 환상과 용기를 주는 듯했다. 호룡이 다시 석원으로부터 권총을 건네받았다.

"권총 쏴본 적 없지."

"물론 없습니다만, 그냥 장전하고 방아쇠만 당기면 되는 거 아닙니까?"

"그야 당연한 말이지만 그래도 룰이 있는 거야."

이어 호룡이 진지한 표정을 지으며 권총을 들어 전방을 주시했다. 잠시지만 온 세상의 시간이 정지되는 듯했다. 그 순간 호룡이 방아쇠를 당겼다. 다시 쇠가 부딪는 소리가 지하실에 울려 퍼졌다.

"어떤가. 자네가 방아쇠를 당겼던 순간과 비교되지 않는가?"

석원이 고개를 갸웃거렸다.

"방아쇠는 잔잔한 호수에 달이 비치듯이 혹은 한밤중에 서리가 내리듯이 아주 조용히 당겨야 하는 거야."

석원이 호룡의 말의 의미를 살피겠다는 듯 표정을 진지하게 했다. 이어 호룡이 다시 권총을 석원에게 건네고 가방에서 종이 한 장을 꺼내 펼쳤다. 동그란 표적이었다. 표적과 테이프를 들고 호룡이 앞으로 나아갔다. 벽에 도착하자 표적을 테이프로 부착하고 다시 자리로 돌아왔다.

"표적 한가운데를 조준하고 방아쇠를 당겨보게."

석원이 가볍게 심호흡하고 진중하게 권총을 들어 표적을 겨냥했다. 이어 호흡을 멈추고 한순간 방아쇠를 당겼다. 잠시 전보다 부드러운 소리가 일어났다. 석원이 그를 느꼈는지 고개를 슬그머니 끄덕거렸다.

"어때?"

"한결 매끄럽습니다."

"바로 보았어. 총이란 사랑하는 여인을 감싸듯이 부드럽게 쓰다듬어야 하는 거야."

정말로 사랑하는 여인을 생각하는지 석원의 얼굴에 미소가 번졌다.

"그러면 이제 실전 연습 하러 가세."

호룡이 앞서자 석원이 권총을 만지작거리며 어쩔 줄 몰라 했다.

"금방 이야기하지 않았는가. 그 권총은 자네 애인 다루듯 해야 한다고."

그 말의 의미를 새기던 석원이 미소를 보이며 자신의 바지춤에 슬그머니 집어넣었다.

"허허, 애인은 그렇게 다루어야 하는구먼."

호룡이 어이없다는 듯 한마디하고 앞서나가자 석원이 급하게 뒤를 따랐다.

"어디로 가시게요?"

승용차가 출발하자 석원의 얼굴에 호기심이 가득했다.

"일전에 갔던 곳, 만경봉호로 가는 중이야."
"만경봉호요!"
순간적으로 석원의 표정이 경직되었다.
"그곳에서 실전에 대비한 훈련을 해야지."
"왜 하필이면 그곳에서…."
"방금 이야기하지 않았는가. 실전 대비 훈련이라고."
석원이 그저 실전이라는 소리만 되뇌었다. 호룡이 석원의 표정을 무시하고 급히 차를 몰기 시작했다. 석원은 자신의 바지춤에 있는 권총과 스쳐지나가는 창밖의 전경을 번갈아 훑어보았다.
"북조선이 자네에게 거는 기대가 대단하네."
오사카 항에 도착하자 차에서 내리며 호룡이 석원의 어깨를 가볍게 만졌다.
"그런데 부장님, 왜 하필 이곳에서 실전 훈련하는지요?"
"그러면 달리 할 곳이 있다는 말인가?"
"산속이나 인적이 드문 곳이 있잖아요."
호룡이 대답하지 않고 미소만 보이며 급하게 걸음을 옮겼다. 석원이 마치 떨어지지 않는 발걸음을 한다는 듯 마지못해 뒤를 따랐다. 이어 일전에 만경봉호에 승선했던 것처럼 약식 절차를 거치고 배에 올랐다.
배에 오르자 낯이 익은 사내가 앞장섰다. 그의 안내로 전에 잠시 머물렀던 곳으로 이동했다. 그곳에 이르자 별로 달갑

못한 기억 때문인지 석원의 표정이 급격히 어둡게 변해갔다.

 전에 머물렀던 방을 지나 구석에 위치한 곳에 이르렀다. 안내원이 두 사람의 표정을 살피다 철문을 열었다. 순간 석원의 입에서 절로 신음이 흘러나왔다. 영란이 무표정한 얼굴로 맞이했던 터였다.

"어서 들어와!"

 영란의 음성이 낮으면서도 날카로웠다. 석원이 급히 고개 숙여 예를 표했다. 이어 고개 들어 영란의 시선과 마주치자 마치 자석에 이끌리듯 다리가 자동적으로 움직였다.

"동무는 바로 준비하도록 하시오."

 영란이 안내했던 사내에게 짤막하게 지시하고 석원에게 다가섰다. 잠시 얼굴을 살피더니 손을 아래로 뻗어 석원의 가운데를 슬그머니 만지작거렸다. 석원의 다리가 절로 꼬여갔다. 그를 살피며 가볍게 미소 짓고는 이내 손을 위로 올려 바지춤에 꽂혀 있는 권총을 뽑아들었다.

"이 총이 석원 군을 영웅으로 만들어줄 바로 그 권총인가요?"
"석원 군이 실전에 사용할 권총과 동일 종입니다."

 호룡이 담담하게 말을 받자 영란이 총을 들어 석원의 얼굴을 향해 겨누었다. 석원이 기겁하며 얼굴을 한쪽으로 기울였다. 그를 살피며 영란이 슬그머니 미소를 보내고는 권총을 호룡에게 건넸다.

"이 총이 그 총만큼만 하면 좋으련만."

영란의 시선이 석원의 가운데로 향하자 석원의 얼굴이 붉게 물들어갔다. 호룡이 두 사람을 번갈아 바라보더니 알듯 모를 듯한 미소를 머금었다.

"석원 군이 확실하게 일 처리 할 것입니다."

"당연히 그리 해야지요. 암, 그렇고 말고."

호룡의 말에 영란이 맞장구를 치는 순간 저만치서 소란스런 인기척이 들려오기 시작했다. 석원이 온 신경을 그곳에 집중하자 마치 살려달라고 애원하는 듯한 목소리와 그를 다그치는 소리가 혼재하고 있었다. 이어 가까이 다가오면서 그 일은 현실로 나타나기 시작했고 그 현실이 석원의 면전에 도착했다.

두 남자에 의해 한 남자가 그야말로 개 끌리듯 끌려왔는데 남자의 표정이 막 불에 그슬리기 전 개 모습과 한 치의 오차도 없을 정도였다. 눈에서 나왔는지 혹은 코와 입에서 나왔는지 모를 이물질이 얼굴을 가득 메우고 있었고 그 바탕색 역시 핏기 하나 없이 파리했다. 그뿐만 아니었다. 얼굴 곳곳이 퍼렇게 멍들어 있었고 찢어진 옷 사이로 선혈이 낭자했다.

"지도원 동무, 제발…."

방에 들어서자마자 그 남자가 영란의 앞으로 무너져 내렸다.

"조국과 당을 배신한 놈이 목숨까지 구걸한다는 말이냐, 더러운 놈!"

영란이 차가운 시선을 보내자 두 남자가 무너진 남자의 상체를 똑바로 세워 무릎을 꿇렸다. 순간 호룡이 영란을 바라보자 영란이 고개를 천천히 끄덕였다. 그 무언의 신호에 따라 호룡이 권총의 빈 탄창을 총알로 채우기 시작했다.

오래지 않아 탄창을 가득 채운 호룡이 총을 영란에게 건넸다. 권총을 건네받은 영란이 총구를 남자의 머리에 겨누자 남자가 격렬하게 몸부림치기 시작했다. 그 모습을 물끄러미 바라보던 영란이 총을 석원에게 건넸다.

"석원 동무가 처리하도록 해!"

얼떨결에 권총을 받아 든 석원의 눈동자가 그야말로 동그랗게 변했다. 아울러 영란의 말을 잘못 알아들었다는 듯이 호룡을 주시했다.

"실전 훈련이라 하지 않았는가!"

짧게 답한 호룡이 석원의 어깨를 두드렸다.

"그러면 제가…. 제가 어찌…."

급격한 상황 변화에 더 이상 말이 흘러나오지 않았다.

"그 무슨 나약한 소린가. 그런 배짱도 없이 박정희를 암살하겠다고 했던 건가!"

"그거야…."

영란의 호통에 석원의 목소리가 죽어 들어갔다. 석원이 곤혹스러움이 가득 들어찬 표정으로 손에 들려있는 권총과 앞에서 살려 달라 몸부림치는 남자의 얼굴을 번갈아 바라보았다. 자신도 모르게 손이 떨리고 있었다. 손뿐만 아니었다. 남들에게는 보이지 않지만 가슴 역시 떨고 있었다.

"박정희를 암살할 자신이 없는 건가!"

호룡의 싸늘한 소리가 이어졌다.

"박정희와 이 사람은…."

"이놈을 박정희로 생각하도록 하게. 이놈 역시 조국과 당을 배신한 비열한 자이니만큼 이놈을 사살하면서 실전에 대비토록 하게!"

석원이 가만히 상황을 정리해보는 듯 영란과 호룡의 얼굴을 번갈아 바라보았다. 조금도 변화 없이 굳건했다. 그 모습을 살피며 도리 없다 판단했는지 석원이 크게 심호흡하고 총구를 남자의 머리에 가져다 대었다. 그리고는 고개를 옆으로 돌렸다.

"똑바로 바라보지 못하겠는가!"

영란의 입에서 다시 싸늘한 소리가 이어졌다. 그 소리에 절로 고개가 돌려졌다. 남자가 이미 체념했는지 눈이 거의 흰자위로 가득했다.

"어서 당기게. 박정희를 생각하면서!"

호룡의 다그치는 소리가 이어지자 석원이 눈을 질끈 감았다 뜨고는 방아쇠를 당겼다. 탕 소리 아니, 그보다도 더 빨리 퍽 하는 소리가 들린 듯했고 이어 남자의 머리가 순간적으로 옆으로 기울었다. 곁에서 남자를 잡고 있던 두 남자가 옆으로 물러서자 남자의 몸이 바닥으로 무너져 내렸다.

"계속 쏘지 않고 뭐하는 건가!"

영란의 다그침에 석원이 이미 죽어 보이는 남자를 향해 마치

기계처럼 방아쇠를 당기기 시작했다. 탕 소리와 퍽 하는 소리가 번갈아 석원의 귀를 파고들었다. 석원이 문득 정신을 차렸을 때는 그저 쇠 부딪치는 소리만 들렸다. 탄창이 빈지도 모르고 방아쇠를 당겼던 터였다.

"호룡 동무, 석원 군을 내 방으로 보내도록 해요."

영란이 희미한 미소를 보내며 방을 나갔다.

"잘했네!"

영란의 모습이 사라지자 호룡이 권총을 잡고 있는 석원의 손을 잡았다.

"사람도 죽여 본 사람이 죽일 수 있는 거야. 그래서 실전이라 했던 거고."

귀에서 윙윙거리는 호룡의 소리를 들으며 이미 죽은 남자의 모습을 바라보았다. 흡사 인간이 아닌 개처럼 보였다. 그 기이한 현상에 직면하자 서서히 마음이 안정되기 시작했다.

"막상 일을 끝내고 나니 어떤가?"

"이상하게도 사람으로 보이지 않습니다."

막상 대답하고는 순간적으로 변한 자신의 모습이 이상한지 호룡에게 묘한 미소를 보냈다.

"그런데 자네가 쏜 사람이 누구인지 알겠는가?"

예상치 못한 질문에 석원이 시선을 다시 바닥으로 주었다. 아무리 살펴보아도 생면부지의 인간이었다.

"일전에 만경봉호에 승선했을 때 기억나는가?"

"당연히 기억합니다만. 그 일과 무슨 상관있다고."
석원이 순간적으로 어깨를 움찔거렸다.
"내 그때 말하지 않았는가. 북조선에서 한 번 배신한 놈은 어떻게든 찾아낸다고."
"그러면 바로 그 사람들의…."
석원의 눈이 동그랗게 변해갔다. 마치 그를 즐기기라도 하듯 호룡의 얼굴에 미소가 감돌았다.

비자

영철이 한여름의 더위를 쫓으며 사무실에서 이런 저런 생각하는 중에 노크 소리가 울렸다. 이어 비자 발급 업무를 맡고 있는 미스 오가 한 뭉치의 서류를 들고 들어섰다.

"뭔가?"

"오늘 산트라벨 여행사에서 신청한 비자 발급 서류들입니다."

"또 단체 신청인가?"

영철이 서류를 받아들고 마치 무게를 재듯 가볍게 흔들어 보았다.

"이번에는 일부 개별적으로 신청한 경우도 있어요."

"내 검토하고 돌려줄 테니 자리로 돌아가서 기다려."

영철이 미소를 보내자 미스 오 역시 가볍게 미소를 보이며 자리를 물렸다. 문이 닫히는 모습을 확인한 영철이 단체 비자 신청서류는 제쳐두고 개별 신청 서류를 뒤적였다. 그리고는 한 서류에 시선을 멈추었다.

물론 고타로 명의로 된 신청 서류로 역시 관광을 목적으로 입국하겠다는 사유가 기록되어 있었다. 그를 한쪽으로 제쳐두고 다른 서류들을 뒤적였다. 차주선에게 사전에 설명 들었지만 혹시나 모르는 일이라 샅샅이 살펴보았다. 문석원의 연인인 기미코의 서류는 보이지 않았다.

"문석원 혼자 비자를 신청할 듯합니다."
"무슨 말씀이신지요?"
며칠 전 어둠이 짙게 깔린 오사카 바닷가 한적한 곳에서 영철이 차주선과 자리를 함께했다.
"문석원이 기미코에게 한국에 가자고 제안했던 모양입니다. 그런데 기미코는 남편 눈치 때문에 함께 하지 못할 듯합니다."
"오히려 더 잘된 일 아닌가요."
간단하게 말을 마친 영철이 미소 보이자 차주선 역시 겸연쩍은 듯 가볍게 미소지었다. 차주선이 석원의 한국행에 기미코가 동행하지 못하도록 기미코의 친구를 통해 고타로에게 두 사람의 관계에 대해 경계를 주었던 때문이었다.
"여하튼 문석원이 그녀의 남편인 고타로 명의로 비자를 신청할 터인데 문제없겠습니까?"
"우리는 문석원에게 비자를 발급해 주는 게 아니지 않습니까. 그저 일본인인 고타로에게 발급해 주는 것뿐이지요."
주선이 그 말의 의미를 알겠다는 듯 굳은 표정을 지었다.
"그건 그렇고 권총은 어찌 처리하였습니까?"
"만경봉호에서 살아 있는 사람을 상대로 실전 연습하고 고 팀장의 말대로 이내 바다 깊숙이 수장시켜버렸습니다."
"그러면 누군가를 죽였다는 말입니까!"

영철이 이해되지 않는다는 표정으로 주선을 응시했다.

"조총련 사람인데, 몇 차례에 걸쳐 북송선을 타기로 했었습니다. 그런데 그를 회피하고 도망쳤다 잡힌 사람입니다."

"그렇다고 살아 있는 사람을 죽입니까?"

"그쪽에서는 다반사로 일어나는 일입니다. 그리고 이번 건은 그저 문석원의 실전 대비 훈련으로 간주해야지요."

영철이 가볍게 혀를 찼다.

"결국 차 사장께서 문석원을 완벽하게 올가미에 가두었습니다."

"사람까지 죽인 마당에 이제 물러날 구멍도 차단된 상태입니다."

"그건 그렇게 마무리하기로 하고, 이제 문제는 차 사장의 신상에 관한 일입니다. 그래서 이참에 차 사장께서도 비밀리에 여권을 만들고 비자를 발급받도록 하십시오."

"일이 마무리되는 순간까지 살펴보아야 할 일입니다."

"저도 그렇게 생각했습니다만 그럴 경우 상당히 위험 부담이 클 수도 있다 판단했습니다."

"위험하다니요?"

"물론 문석원이 입국하게 되면 철저하게 제 소관하에 일이 진행되겠지만 만에 하나라도 일이 어그러지면 곤란할 수 있습니다."

"바로 그런 연유로 이곳에서 일이 마무리되는 시점에 움직이려 합니다. 이쪽 일 처리는 아무래도 제가 적임자 아니겠습니까?"

영철이 주선의 깊은 마음을 헤아리며 가볍게 목례했다.

"그런데, 이번 일에 결정적 역할을 하고 있는 영란이란 여인은 어떻습니까?"

 차주선이 대답 대신에 가볍게 신음을 내뱉었다.

"사장님과 어떤 관계입니까?"

 재차에 걸친 질문에도 불구하고 주선이 쉽사리 입을 열지 않고 있었다. 그를 살피며 영철 역시 재촉하지 않기로 작정한 듯 가만히 주시했다.

"외람되지만 여동생입니다."

 주선이 체념한 듯한 투로 힘들게 입을 열자 영철이 짐작하고 있었다는 듯이 담담한 표정을 지었다.

"사장님과 어떤 식으로든 관련이 있을 거라 생각했습니다만, 결국 동생이었었군요. 그런데 어떻게 북한의 정치지도위원이 될 수 있었습니까?"

"이야기하면 깁니다. 여하튼 동생 역시 재일 한국인인데 사업을 하던 남편과 함께 만경봉호에 승선하여 북한으로 건너가 혁혁한 공을 세웠었지요. 그러나 한순간 남편이 금전 문제로 김일성의 눈 밖에 나는 바람에 그 사람은…. 일촉즉발의 상황에서 동생만 구사일생으로 살아남게 되었습니다."

"결국 사장님으로 인해 개입된 걸로 추측할 수 있는데 일이 마무리되면 동생의 신변도 장담할 수 없을 터인데 어떻게 하시렵니까?"

"그렇지 않아도 그 일로 동생과 대화를 나누었습니다. 동생을 설득하여 새로운 삶을 살도록 하려 하였으나 이미 북한의 김일성으로부터 모든 것을 잃었다고 판단하고는 요지부동이었습니다."

"그러면 오로지 김일성에게 복수하는 것으로 마무리하겠다는 말입니까?"

주선이 대답하지 않고 가만히 한숨을 내쉬었다.

"그 문제는 아직 시간이 남아 있으니 차 사장께서 다시 한 번 동생분의 의사를 타진해주시기 바랍니다. 어차피 사건이 종결될 시점이면 북한에서 동생분의 실체를 파악하게 될 테고 그런 경우라면 죽음을 면하기 어려울 것입니다."

영철이 산트라벨 여행사로 전화를 걸었다. 신호가 이어지기를 잠시 후 상대 쪽에서 전화를 받았다. 그에게 한국 영사관 직원이라 밝히고 비자 발급과 관련하여 의문을 제기했다. 물론 고타로와 관련해서였다.

특별한 직업도 없는 젊은 일본 사람이 단체가 아닌 홀로 대한민국에 입국하고자 하는 사유에 대해 질문했다. 상대방이 그 사유를 물었다. 지금 한일 관계가 전처럼 원만하지 않고 일본인들에 대한 한국인들의 감정이 별로 좋지 않다고 했다.

잠시 침묵이 이어지더니 목소리가 흘러나오기 시작했다. 여행사의 한 직원이 그와 관련해 고타로에게 인터뷰를 했고, 대한민국에 있는 지인이 입국 시부터 동행할 것이란 이야기를 들었다 전했다.

영철이 잠시 더 대화를 이어가다 통화를 끝냈다. 그리고는 모든 서류를 다시 한 번 훑어보았다. 혹여나 문석원과 연계시킬 수 있는 사람이 있을지도 몰랐다. 세심하게 서류를 살피자 의심 들 만한 사람은 없었다. 모두가 한국 입국은 처음이었고 또 나이들이 지긋한 것으로 보아 필시 단체로 섹스 관광을 나선 모양이라 생각 들었다.

엔고의 위세를 빌어 일본 내에서 감히 엄두도 내지 못하는 일본 서민들이 관광을 빌미로 섹스를 위해 집단으로 한국행을 선호했었다. 그들의 사진을 찬찬히 살피다 쓸쓸한 미소를 머금었다.

보고 있던 서류들을 정리하고 전화기를 들었다. 김영자에게 전화를 걸어 잠시 후 방문할 테니 보신탕을 준비해두라 일렀다. 통화를 끝내고 사무실을 나서 미스 오에게 간략하게 일 처리를 지시하고 김영자가 운영하는 음식점으로 방향을 잡았다.

음식점에 도착하자 김영자가 남들의 시선에서 떨어진 구석방으로 이끌었다. 방에 들어서자 탕이 끓고 있었다. 영철이 천천히 다가가 냄비 뚜껑을 열고 간을 보았다. 구수한 된장 냄새가 혀끝을 자극했다.

"문 닫고 자네도 이리 오게나."

"지금 한창 손님이 몰릴 시간인데…."

"종업원들에게 맡기면 될 일 아닌가?"

김영자가 고개를 돌렸다 영철을 주시했다.

"그런데 오라버니, 오늘 어째 이상하네."

"뭐가!"

순간 영철이 움찔했다.

1974년 8월 15일

"갑자기 보신탕 찾은 일도 그렇고 조금 서두르는 듯해서."

"이 사람아, 음식은 그렇게 먹는 거야. 먹고 싶을 때 먹어야 제맛을 느낄 수 있지."

"하기야 맞는 말이네."

잠시 생각에 잠겨들었던 김영자가 슬그머니 말을 받았다.

"그런데 거참 묘하단 말이야."

"뭐가?"

"우리는 여름이면 보신탕을 달고 살지 않는가. 그런데 일본 종자들은 개고기는 근처에도 가지 않는단 말이야."

"대신 회를 먹잖아."

"그래서 애들이 정이 들지 않는 건가."

김영자가 대답하지 않았다. 대신 술병을 들어 영철의 잔을 채웠다. 영철이 급히 잔을 비워내고는 고기와 야채를 집어 입으로 넣었다.

"그렇지, 바로 이 맛이야. 이러니 내 어찌 보신탕을 멀리할 수 있겠는가."

"그렇게도 좋아?"

"그렇게 궁금하면 자네도 먹어보게나."

김영자는 개고기 요리는 곧잘 했지만 먹지 않았다. 하여 가만히 고개를 저었다.

"그냥 오라버니 먹는 모습만 봐도 좋아."

"많이 먹어야 긴긴밤 힘쓴다 이거지."

의미를 헤아렸는지 김영자가 상큼한 이빨을 보였다. 그 입을 보자 막연하게 생각했던 일을 현실로 이루고자 하는 진한 느낌이 솟아나고 있었다. 아울러 이제 며칠 후면 기약 없는 이별을 해야 할 터였다.

순간 김영자에게 이별을 통보해야 할 것인가 하는 생각이 찾아들었다. 그런 경우 반드시 그 사유를 물을 터인데 차마 김영자에게 거짓말할 수는 없었다. 목구멍까지 넘어오던 이별의 이야기를 가슴속으로 삼켜버렸다.

이별

"석원 씨, 받아."

문석원이 기미코의 전화를 받고 저녁 무렵 다방에 들어서 자리에 앉자마자 기미코가 여권을 건넸다. 여권을 받아 펼쳐보고 기미코를 주시했다. 말투며 표정이 그리 밝지 못했다.

"자기는?"

"이번에는 함께하지 못할 거 같아."

물론 기미코가 비자를 신청하지 않은 사실을 이미 알고 있었다. 그러나 한동안 아니, 어쩌면 오랜 기간 보지 못할 연인의 입에서 함께하지 못한다는 말이 흘러나오자 석원에 입에서 가볍게 한숨이 흘러나왔다.

"왜?"

"이 인간이 눈치채고 있는 모양이더라고."

"자기와 나 사이를 말이지?"

"그거야 이미 알고 있는 거고. 그 이상의 관계 말이야."

"그놈이 그래도 그런 재주가 있네."

석원이 허탈하다는 듯 가볍게 혀를 찼다.

"그건 그렇고 배고프지."

"응, 맛있는 거 사줘."

아무 거리낌 없이 말하는 기미코의 얼굴을 찬찬히 살펴보았다. 미처 제대로 살피지 못했는데 눈 주변으로 흐릿한 이물질이 번지고 있었다. 얼굴을 기미코에게 가까이 가져갔다. 미세하게 눈물이 흘러내리고 있었다.

"무슨 일 있는 거야?"

"무슨 일은, 그저 자기와 이번 여행 함께하지 못한다고 하니 나도 모르게 그냥…."

"그냥 뭐?"

"자꾸 이별이란 말이 생각나더라고."

석원이 손을 뻗어 기미코의 볼을 어루만졌다.

"왜 그런 생각하는 거야?"

"나도 몰라. 그냥 그런 생각이 들더라고."

볼을 만지던 손으로 기미코의 손을 잡았다.

"일어나자."

석원의 주문에 기미코가 자석에 이끌리듯 움직였다. 그 모습을 바라보자 석원의 마음이 더욱 아려오는지 그윽한 눈길로 기미코를 바라보았다.

"어디로 갈까?"

다방을 나서자 기미코가 팔짱을 꼈다.

"자기 마음대로 해. 오늘 밤은 자기가 하자는 대로 따라 할게."

석원이 걸음을 멈추고 기미코를 바라보았다. 기미코가 혹시 자신의 앞으로의 일정에 대해 알고 있는 게 아닌가 하는 순간적인 생각이 일어났다. 그를 살피며 호룡을 떠올렸다. 호룡이 말했을 턱이 없었다.

"왜?"

"오늘따라 내 사랑이 왜 이럴까 싶은 생각이 들어서."

석원이 팔짱껴져 있는 팔을 빼내 기미코의 어깨를 감쌌다.

"그러게, 내가 생각해도 이상하네."

"기미코!"

기미코가 대답하지 않고 바라보았다.

"우리 보금자리로 갈까, 날도 그런데 음식 좀 장만해서."

기미코가 가볍게 고개를 끄덕였다. 그 모습을 바라보자 석원의 마음이 갑자기 급해지기 시작했다. 서둘러서 간단하게 장을 보고는 택시를 잡아탔다. 기사에게 바다 가까이 가달라는 주문을 넣고 자신에게 기우는 기미코를 가슴에 안았다. 가만히 기울어져 온 기미코의 머리카락에 얼굴을 가져갔다. 비릿한 바다 냄새가 밀려오는 듯했다.

"비자 발급이 되었다는 연락을 받고 기미코를 만나기 위해 나왔다가 들렀습니다."

석원이 기미코를 만나기 전에 조총련 오사카 지부로 호룡을 찾아갔다.

"축하하네 석원 동무!"

들어서는 석원을 호룡이 과장되게 몸을 부풀려 반갑게 맞이했다. 이어 그의 안내로 자리하자 호룡이 대뜸 봉투부터 건넸다.
"이건….”
 내용물이야 빤한 거지만 밑도 끝도 없이 내미는 바람에 석원이 잠시 주저했다.
"이 시점에 자네에게 돈이 필요할 듯하여 윗선에 이야기해서 섭섭지 않게 받아내었네. 한번 살펴보게.”
 거들먹거리는 호룡의 모습을 주시하다 이내 봉투를 집어 들고 내용물을 확인했다. 이전에 비해 비교할 수 없을 만큼 많은 금액이 들어 있었다. 그를 살피며 석원이 호기심 가득한 시선으로 호룡을 주시했다.
"이 사람아, 거사를 준비하려면 경비가 수월치 않게 들어가지 않겠는가. 비행기 티켓 값이며 남조선 체제 비용 그리고 자네 가족의 생계비 등 말일세.”
"그게 아니라….”
"그러면?”
"마치 제가 비자 발급받은 사실을 사전에 알고 있는 듯해서 그럽니다.”
 호룡이 대답하지 않고 순간적이지만 싸늘한 시선을 보냈다. 석원의 어깨가 잠시 움찔거렸다.
"석원 군, 아니 석원 동무. 우리 정보망을 아직도 우습게 보는 건가!”

호룡의 은근한 협박성 말에 석원이 한껏 움츠러들었다. 그를 살피던 호룡이 자리에서 일어나 석원에게 가까이 다가가 양어깨를 잡고 일으켜 세웠다.

"우리의 치밀한 정보력이 자네와 함께할 테니 자네의 성공은 전혀 의심할 여지가 없다는 의미일세, 알아듣겠는가!"

호룡의 액션에 석원이 가만히 고개를 끄덕였다. 이어 호룡이 다시 제자리로 돌아가 자리에 앉았다.

"기미코 양은 비자 신청을 하지 않았다더군."

"아무래도 고타로 때문에."

"그러한 사실도 알고 있네, 다만…."

"부장님, 말씀하세요."

"자네 두 사람을 보면 참으로 아름답게 보인다 이 말이네. 비록 자네 고집으로 인연이 맺어지지 못했으나 그로 인해 더 깊은 인연을 나누고 있지 않은가."

호룡의 말을 들으며 기미코를 생각한다는 듯 석원이 지그시 눈을 감았다.

"그래서 말인데."

순간 석원이 눈을 떴다.

"이번 일이 성공하고 나면 말일세."

호룡이 잠시 뜸을 들였다.

"이 일이 마무리되고 나면 자네는 우리 민족의 영웅이 될 터이니 한번 이참에 기미코 양에 대해 다시 생각해보게나."

"어떻게….."

"공식적으로 자네 아내로 받아들이라는 말일세."

"그게 어찌….."

"이 사람아, 영웅호색이라는 말도 있지 않은가. 그를 떠나서 영웅이라면 시시콜콜 국적에 연연해 할 필요는 없지 않겠는가."

석원의 머리에 영웅호색이라는 말이 깊게 각인되고 있었다.

"그건 그렇고 남조선 입국 일정과 숙소를 정하도록 하자고."

호룡이 정색하며 자리에서 일어나 벽에 붙어있는 달력 가까이 다가가 8월 15일을 지목했다.

"자네 생각은 어떤가?"

"부장님께서 정해 주십시오."

"남조선 내의 분위기를 살핀다 감안하면 한 열흘 정도 전에 입국하는 게 좋겠지. 그리고 출국은….."

호룡이 잠시 말을 멈추고 석원을 주시했다. 순간 석원의 얼굴로 어두운 그림자가 스쳐지나갔다.

"일이 성공한다고 하면 아니, 실패한다 해도 일본인이란 사실이 밝혀지면 조만간 일본으로 돌아오게 될 터이니…. 그건 당시의 상황을 보아가며 정하도록 하자고."

호룡의 확신에 찬 어투에 석원의 얼굴에서 불안감이 사라지고 있었다.

"숙소는 어디로 정해야 할까요?"

"그야 영웅에 걸맞은 호텔에 투숙해야하지 않겠는가. 그러니 남조선에서 가장 화려한 호텔에 머물도록 하세."

이어 호룡이 자신의 책상으로 다가가 전화기를 들었다. 이어 석원의 아니, 고타로의 한국행 비행기 그리고 호텔과 관련하여 진지한 표정으로 통화했다.

"그것 참 이상하지."

목적지에 도착한 석원이 앉아 있는 상태서 기미코를 가슴으로 안고 함께 바다를 바라보았다. 석원의 시선에 기미코의 머리 뒷부분과 바닷물이 교차되고 있었다.

"왜?"

기미코가 고개 돌려 석원의 입에 자신의 입을 마주대며 입을 열었다.

"이곳에만 오면 이상하리만치 포근하단 말이야. 그래서 잠시 그 이유를 생각해보았어."

"그 이유가 뭔데?"

"물론 우리 고향에 있는 바다란 점도 한몫하고 있었지만 결국은 기미코가 곁에 있어주어 그런 게 아닌가 하는 생각이 들더라고."

석원이 기미코의 허리를 감싼 양팔을 조금 위로 이동했다. 마치 그를 도와주기라도 하듯 기미코가 자세를 낮추며 석원의 손을 밀어 올렸다. 석원의 손에 아담하기 이를 데 없는 기미코의 가슴이 가득 들어찼다.

"자기 생각만 그런 게 아니야. 나 역시 가끔 그런 생각 하고는

이별

했거든."

"그런 생각이라니?"

기미코가 대답하지 않자 석원이 자신의 손에 살짝 힘을 주었다.

"누구와 함께하느냐가 중요하다 이 말이지?"

"맞아, 자기와 함께하니까 모든 게 아름다워 보이는 거야."

석원이 더 이상 참을 수 없었는지 아니, 더 이상 기미코의 말을 허용할 수 없었는지 기미코의 입에 자신의 입을 포갰다. 그러기를 잠시 후 갑자기 기미코가 자리에서 일어나 석원을 정면으로 주시했다.

"왜 그래?"

기미코가 그윽한 시선으로 바라보기를 잠시 그대로 석원의 품으로 찾아들었다. 석원이 급히 책상다리 자세를 취하고는 기미코가 자신의 다리 위에서 정면으로 자신을 바라볼 수 있도록 했다.

"석원 씨, 오늘은 이렇게 술 한잔 해. 서로를 바라보면서."

석원이 자신을 정면으로 바라보고 품에 안겨 있는 기미코의 허리를 부서져라 끌어안았다가는 이내 곁에 준비해온 술과 안주를 늘어놓고 병을 땄다. 기미코가 몸을 기울여 대신 술병을 잡고 한손에 잔을 들어 술을 따라 석원에게 건넸다.

석원이 잔을 비우고 자신의 입을 슬그머니 기미코의 입으로 가져갔다. 기미코가 조금도 머뭇거리지 않고 입을 벌려 석원의 혀뿌리까지 샅샅이 핥고는 입을 닫았다. 석원이 곧바로 안주를 집어들자 기미코가 다시 입을 벌렸고 석원이 동시에 안주를 기미코의 입에 넣었다. 기미코의 입이 닫혀지면서 조물대기 시작했다.

그러기를 잠시 후 기미코가 다시 술잔을 채워 자신의 입을 통해 석원에게 건네자 석원 역시 입을 벌렸다. 잠시 전의 상황을 재현한 기미코가 손을 움직였다. 그러나 그 손이 도착한 곳은 안주가 아니라 자신의 옷이었다. 옷을 들어 올리고 이어 손을 뒤로해서 브래지어를 끌러 잠시 전 석원의 손에 잡혀 있던 가슴을 석원의 입으로 기울였다. 아니, 석원의 얼굴을 자신의 가슴으로 당겼다.

석원이 마치 밀물이 밀려들어오듯 거세게 공략했다. 순간 바닷물이 모래를 쓸며 일어나는 소리가 들려오기 시작했다. 이어 썰물이 밀려가는 듯한 현상이 일어나자 사르르 하는 조용한 소리가 들려오고 있었다.

손님맞이

 영철이 입국하자마자 곧바로 이강철과 함께 경호실장을 만났다. 아울러 문석원의 입국에 따른 일정과 향후 계획에 대해 상세하게 설명을 곁들였다.
 "그런데 말이야."
 박 실장이 본격적인 이야기에 앞서 뜸을 들였다. 영철과 강철이 서로를 바라보았다.
 "지금 고 팀장의 이야기를 들어보니 이 건에 대해 굳이 각하께 보고 드릴 필요가 있을까 하는 생각이 일어나는구먼."
 박 실장의 화두에 영철이 가만히 생각에 잠겨들었다. 비록 문석원의 타깃은 박정희 대통령으로 정해져 있지만 성공할 확률은 제로였다.
 "당일 행적이 어떻게 그려지느냐에 대해 먼저 살펴볼 필요가 있습니다."
 영철이 강철을 주시했다.
 "고 팀장의 의도를 알겠는데, 제 임무에 대해서는 조금도 걱정하지 않아도 될 듯합니다. 행사 당일 저 역시 한 치의 오차도 없이 세밀하게 일 처리 하려 합니다."

"확고합니까?"

"그 문제는 실장께 따로 의논드리려 합니다."

순간 영철의 표정이 굳게 변해갔다. 그를 살핀 박 실장이 헛기침했다.

"한번 이 자리에서 대강이라도 이야기해보게."

"문석원에게 최대한 배려를 베풀면서 마음의 긴장을 극대화시키려 합니다. 즉 문석원 스스로 일을 망치는 방향으로 이끌어가려 합니다."

"기본 생각은 옳다 생각됩니다."

그러니 구체적으로 이야기해보라는 투로 영철이 말을 이었다.

"문석원의 행사장 내 입장 시 최대한의 배려를 베풀고 그러나 문이 각하를 시해할 여건을 사전에 차단하겠다는 의미입니다. 아울러 결정적인 순간에도 제가 먼저 액션을 취해 각하의 터럭 하나 건들지 못하도록 만반의 준비를 하고 있습니다. 아울러 이와 관련하여 시나리오가 결정되는 대로 고 팀장께 보고토록 하겠습니다."

강철이 공손하게 보고라는 단어를 사용했다. 그 표현이 흡족한지 박 실장이 미소를 보였다.

"이 특보의 계획이 상당히 치밀해 보입니다. 하면 각하께 보고 드리는 부분은 실장께서 판단하셔야 할 줄로 압니다. 다만 제 견해로는 보고를 드리든 드리지 않든 별 차이가 없다는 생각입니다."

"내 그래서 보고 드릴 필요가 있느냐 이 말이네."

영철이 가만히 고개를 끄덕였다.

"일종의 경호 방식, 즉 심정 경호라네."

영철과 강철이 심정 경호를 가볍게 되뇌었다. 물론 그 의미를 둘 다 잘 알고 있었다. 신체적 위협뿐만 아니라 심정적으로도 위해를 받지 않게 하려 한다는 그 마음을 모를 턱이 없었다.

"실장님 말씀을 들어보니 차라리 각하께 보고 드리지 않음이 이롭다는 생각이 듭니다."

강철이 영철을 주시했다.

"죄송한 말씀이지만 각하의 경호 부분은 제 소관이 아닌지라 저로서는 이렇다 의견 개진할 입장이 되지 못합니다."

"그러이, 그 부분은 내가 좀 더 숙고할 테니 그렇게 처리하도록 하고. 이번 건으로 인해 고 팀장이 도움 받은 사람들이 있지 않은가? 그 후속 대책을 어떻게 할지 들어보세나."

"그보다도 먼저."

말하다 말고 영철이 가방에서 3.8구경 리볼버 권총을 꺼내 탁자 위에 올려놓았다.

"무엇인가?"

"문석원에게 전해줄 권총입니다."

영철이 일본의 한 파출소에서 두 자루의 권총을 훔치고 한 자루는 문석원의 연습용으로 넘긴 내용들을 이야기했다.

"이 총으로 암살하겠다고!"

박 실장이 총을 집어 들면서 너털웃음을 터트렸다. 그리고는 자신의 허리 벨트에 있는 권총을 뽑아들었다. 이어 두 자루의 권총을 비교하며 살피다 자신의 권총을 벨트에 집어넣었다.

"이 특보도 보게나."

강철이 박 실장이 건넨 권총을 흘깃 살피더니 실소를 터트렸다.

"이놈이 진짜 제정신이 아닌 놈이로군요. 새총만도 못한 이런 총으로 암살하겠다니."

강철의 이야기에 박 실장이 다시 호탕하게 웃었고 웃음이 멈출 무렵 영철이 정색했다.

"실장님, 그러면 오히려 더 문제 아닙니까?"

"뭐라!"

"지금 실장님이나 이 특보의 이야기를 빌면 총알이 어디로 날아갈지 모른다는 의미로 해석이 가능하지 않겠습니까?"

박 실장이 순간 근심스런 표정을 지으며 강철을 주시했다.

"고 팀장 말이 백번 지당하네. 이 특보는 고 팀장의 우려를 적극 검토하도록 하게나."

"결국 당일 좌석 배치 등도 세밀하게 살펴보아야 할 일입니다."

"그러면 잠시 전 말씀하신 내용을 말씀드리겠습니다."

잠시 호흡을 고른 영철이 박 실장을 주시했다.

영철이 입국하는 바로 그날 도쿄 하네다 공항에서 그리 멀지 않은 곳에 위치한 찻집에서 차주선과 그의 여동생 영란을 만났다.

"대한민국을 대신하여 차 여사께 진심으로 감사의 말씀 드립니다."

주선의 소개로 상견례가 이루어지자 영철이 가볍게 고개 숙였다.

"제가 행했던 조그마한 일이 도움이 되었다면 저로서도 만족합니다."

영란 역시 가볍게 고개 숙이며 화답했다.

"겸손의 말씀이십니다. 이번 일에 차 여사의 결정적 도움이 없었다면 일이 성사되기는 쉽지 않았을 겁니다."

"그리 생각해주신다니 그저 고마울 따름입니다."

"그런데."

영철이 말을 멈추고 주선을 응시했다. 그 시선을 받으며 주선이 가볍게 헛기침했다.

"동생과 많은 대화를 나누었습니다. 그리고…. 네가 직접 말해 보거라."

주선이 말하다 말고 영란에게 시선을 주었다. 영란이 잠시 창밖을 주시하다 영철을 바라보았다.

"이번 일로 저 역시 많은 것을 느끼고 알게 되었습니다. 이전에, 마냥 철부지일 때 오빠 말을 무시하고 조총련과 북한의 꼬임에 빠져들었고. 그 일로 오빠가 저를 구한다는 이유로 조총련에 가입했지만…. 결국 모든 거 다 잃고 제 몸 하나 건사해서 지금까지 이어오고 있습니다."

영란이 잠시 말을 멈추었다. 아니, 절로 흘러내리는 눈물을 훔치기 위해 손수건으로 눈가를 닦았다.

"가능하다면 대한민국에 정착하고 싶습니다."

"그는 전혀 문제 될 바 없습니다. 하지만…."

"물론 신변이 위험할 수 있습니다. 그러나 제가 죽어 산다면 북에서도 굳이 저를 찾을 이유는 없다고 봅니다."

당연한 일이라 생각되었다. 북한에서 영란에게 위해를 가한다면 북한 스스로 동 사건에 개입하였음을 자인하는 형국이 되기 때문이다. 다만 살아서 북한에 위해를 가할 가능성이 있다면 모종의 조처를 취할 수 있지만 영란이 침묵을 지킨다면 북한은 자제하리란 사실을 알고 있었다.

"그래서 대한민국으로 돌아가서 조용한 산사를 찾아 불자의 길을 걷고자 합니다. 자신의 의지와 상관없이 먼저 가신 분들을 위해 그리고 또…."

물론 문석원을 의미함을 어렵지 않게 알 수 있었다.

"그러시다면 그 일은 저희 쪽에 맡겨주시기 바랍니다."

말을 마침과 동시에 영철이 가방에서 서류봉투를 꺼내 건넸다.

"무엇입니까?"

"살펴보시지요."

주선과 영란이 눈을 마주쳤다.

"저는 오늘 오후 비행기 편으로 일본을 떠납니다."

굳이 공항 근처에서 약속을 정했으니 능히 짐작할 만했다. 전혀 개의하지 않고 주선이 봉투를 개봉해 내용물을 꺼냈다. 두 사람의 한국행 입국과 관련한 서류였다.

"상황이 어떻게 변할지 몰라 일단 차 여사의 비자 서류도 준비하였습니다. 물론 차 사장님의 도움을 받았습니다만."

"그저 고마울 따름입니다."

"아닙니다. 두 분께서 해주신 일들을 생각하면 그야말로 조족지혈에 불과합니다. 그런데 두 분은 언제 일본을 떠나시렵니까?"

"동생과 그 이야기도 나누었습니다. 거사 전에 우리가 행방을 감추면 원점에서 재검토할 수도 있다는 생각입니다. 하여 행사 당일까지 자연스럽게 행동하고 그날 곧바로 출국하도록 하겠습니다."

영철이 주선의 이야기가 끝나자 메모지를 꺼내 전화번호를 적어 건네주었다.

"무엇입니까?"

"이런 일을 하다 보면 매사 조심하지 않을 수 없습니다. 하여 대한민국 영사관에는 두 분께 비자 발급한 사실조차 기록으로 남아 있지 않습니다. 또한 사전에 비행기 티켓을 구입하게 되면 그 역시 기록으로 남게 되어 있습니다. 철저하게 비밀에 붙이자는 의미입니다."

"그러면 이 번호는?"

"출국 당일 공항에서 그 사람과 만나십시오. 그러면 서울행 티켓과 함께 두 분이 신변을 보장받을 수 있습니다."

1974년 8월 15일

주선이 영란을 바라보며 감탄의 미소를 자아냈다.

"거듭 말씀드리지만 대한민국을 대표해서 두 분의 노고에 진심으로 감사드립니다."

"그러면 차 사장의 경우는 어떻게 하기로 하였는가?"
"처음에는 외국행을 원했었습니다만."
"그런데."
"떠나지 않겠다던 동생이 마음을 바꾸어 대한민국에 정착하겠다고 하니 마음의 변화가 생기는 모양입니다. 해서 일단 서울에 와서 상황을 보아가며 결정하기로 하였습니다."
"자네 생각은 어떠한가?"
"이 사건과의 연결고리는 철저하게 차단할 터이니 대한민국에 머물며 조용히 살아간다면 별문제 없을 듯합니다."
"그러이, 일단 일을 마무리하고 그 연후에 고 팀장이 그들의 행보에 각별히 신경 써주도록 하게나."

송별식

"느닷없이 웬 케이크야?"

밤늦은 시각 술에 취해 들어서는 석원을 정숙이 못마땅하다는 듯이 맞이했다. 곁에서 아직 말도 제대로 못하는 신일이 아버지의 출현과 더불어 케이크의 모습을 살피고는 급하게 석원의 품으로 달려들었다. 석원이 아내에게 케이크를 건네고 아들을 가슴으로 안아들었다.

"자기와 신일이 한번 먹어 보라고."

석원이 아들의 얼굴에 자신의 얼굴을 비비며 건성으로 답하자 정숙의 눈꼬리가 한쪽으로 치켜 올라갔다. 그를 살피던 석원이 슬그머니 주머니에서 봉투를 꺼내 건넸다.

"이건 또 뭐야!"

석원이 평소와 다른 행동을 보였는지 아내의 표정과 목소리에 의심이 가득 묻어나오고 있었다.

"선불 받은 거야."

"무슨 선불?"

"장기간에 걸쳐 빌딩 청소하기로 하였다니까!"

석원이 술기운 탓인지 혹은 정숙의 연이은 추궁에 짜증이 났는지 목소리를 높였다. 정숙이 석원의 기분은 아랑곳하지 않고 봉투 안의 내용물을 확인하고 슬그머니 미소를 보였다.
"이번 일은 오래 하는 모양이지."
정숙의 목소리가 부드럽게 변했다.
"약 한 달 일정으로 진행될 거야. 그래서 선불로 받아 온 거야."
"어디로, 언제 가는데?"
"와카야마에 있는 건물 몇 개를 맡았는데 일이 급하대. 여름 휴가철에 청소를 마무리해야 한다 그러네. 그래서 내일 아침 일찍 출발할 거야."
느닷없는 케이크와 함께 돈의 출처에 대한 명확한 해명이 이루어지자 정숙이 석원에게 다가앉았다.

남조선으로의 입국 날짜가 내일로 다가오자 석원이 호룡의 안내로 한 음식점을 방문했다. 그곳에 도착하자 차주선과 영란이 이미 음식을 준비해놓고 반갑게 맞이했다.
"어서 와요, 석원 동무!"
살가운 소리로 반기는 영란을 바라본 석원이 흠칫했다. 그러나 티를 낼 수는 없는지라 급히 두 사람에게 고개 숙여 예를 표하며 순간을 모면했다.
"석원 동무에게 당부하고픈 이야기가 몇 가지 있어요."
모두 자리하자 영란이 차분한 표정을 지으며 일행의 면면을 주시했다.

"말씀 주십시오, 지도원 동무!"

영란의 말이 끝나기 무섭게 석원이 정색하고 고개 숙였다. 아마도 영란에 대한 이유를 알 수 없는 두려움이 한몫하고 있을지도 몰랐다. 그를 살피던 영란이 자세를 공손하게 하고 곁에 있는 핸드백에서 카드를 꺼내 들었다.

"김일성 수령께서 석원 동무의 영웅적 행위에 성공을 기원하시는 전문을 보내셨습니다."

김일성이라는 소리에 차주선과 이호룡이 급하게 무릎을 꿇었다. 석원 역시 그들의 행동을 살피며 엉거주춤 무릎을 꿇었다.

"우리 민족의 생사가 석원 동무의 두 어깨에 있는 만큼 거사의 성공을 기원하며 또 조국은 석원 동무를 영원한 영웅으로 길이 추앙할 것이란 내용입니다."

영란이 개략적인 설명을 곁들이고 소위 전문이란 카드를 석원에게 건넸다. 석원이 얼떨결에 받았으나 감히 읽어볼 엄두가 나지 않았는지 아니면 감격에 겨웠는지 양손으로 카드를 자신의 가슴에 밀착시켰다.

"읽어보도록 해요."

영란의 차분한 소리에 석원이 카드를 손에 들고 카드와 참석자들을 번갈아 바라보았다. 그리고는 이내 호룡에게 건넸다.

"왜 그래요?"

"일단 부장께 맡겨두고 일을 성사시킨 후에 그때 읽어보도록 하겠습니다."

영란이 의아한 표정을 지으며 입을 열자 석원이 결기 가득 찬 소리로 답했다. 순간 누가 먼저랄 것도 없이 가볍게 박수를 쳤다. 이어 호룡이 카드를 소중하게 자신의 가방에 집어넣었다.

"석원 동무의 충심에 진정으로 고마움을 표합니다. 아울러 내일 비행기로 남조선에 입국하여 거사에 대비하기로 한 만큼 몇 가지 주문하도록 하겠어요."

영란의 목소리뿐만 아니라 모두의 얼굴 역시 결연해 보였다.

"먼저 거사가 성공하기 전까지 문석원이란 사람은 존재하지 않는 겁니다. 이제부터는 철저하게 일본인 고타로가 되는 겁니다."

모두가 고개를 끄덕였다.

"즉 거사가 성공할 경우 석원 동무는 곧바로 이름과 국적을 회복하고 이 민족의 영웅으로 우뚝 거듭날 것입니다. 다만."

다만이라는 소리에 모두의 얼굴이 순간적으로 경직되었다.

"너무 걱정할 필요 없습니다. 제가 지금 이야기하려하는 내용은 거사가 실패한 경우를 대비한 행동인데, 석원 동무가 실패할 사람이 아니기 때문입니다. 그러나 혹여 만분의 일이라도 그런 일이 발생한다면 석원 동무는 철저하게 일본인으로 그리고 이 거사는 석원 동무의 영웅적인 단독 행동이었음을 밝혀야 합니다."

"거사가 성공하면 우리들의 공은 어찌 되는 겁니까?"

호룡이 볼멘소리를 하며 석원을 주시했다.

"이 동무!"

순간 영란의 차가운 시선이 호룡에게 쏟아졌다.

송별식

"말씀 주십시오, 지도원 동무!"

"지금 동무는 석원 동무의 영웅적 행위에 재를 뿌리겠다는 이야기예요!"

"왜 사람이 그렇게 경박한가!"

영란의 뒤를 이어 주선이 마땅치 않다는 듯한 시선을 보냈다.

"절대 그런 뜻은 아니었습니다. 다만."

"다만 뭔가?"

"지도원 동무와 중앙위원님의 노고가…."

"이 사람이 정신없는 소리는. 우리의 운명은 철저하게 석원 군과 함께한다는 사실을 정녕 모르는가!"

주선의 재차에 걸친 호통에 호룡의 표정이 급격히 어둡게 변하였다.

"죄송합니다!"

"길게 이야기하지 않을 터이니 차후에는 그런 소리 말게!"

주선이 서둘러 마무리했다.

"아울러 석원 동무의 남조선 일정에는 남조선에서 암약하고 있는 북조선 정치지도위원인 고정 간첩이 함께 할 것입니다. 물론 그 사람 역시 일본인으로 신분을 위장할 것입니다."

"초청장 역시 그쪽에서 해결되는 겁니까?"

"당연히 고정 간첩에 의해 처리될 겁니다. 아울러 일단 석원 동무가 남조선에 입국하면 보안 문제상 우리와는 완벽하게 차단될 것입니다. 남조선에서의 일정은 현지 지도위원의 지시에 따라 한 치의 오차도 없이 진행되리라 믿습니다."

호룡의 질문에 영란이 석원을 주시하자 가볍게 고개를 끄덕였다.

"그분의 지시에 따라 반드시 성공하도록 하겠습니다."

"당연히 그리 될 겁니다. 그리고 뭐 더 하실 말씀 없으십니까?"

주선이 영란을 주시했다. 영란이 잠시 침묵을 지키더니 가볍게 자신의 무릎을 쳤다.

"물론 암살에 필요한 총기 역시 고정 간첩이 전해줄 겁니다."

"저 그런데…."

석원이 막상 입을 열고는 머뭇거렸다.

"말해봐요."

"고정 간첩이라는 사람이 누구고 어떻게 만나게 되는지…."

"바로 그 이야기하려던 차예요. 석원 동무가 남조선에 입국하여 호텔에 투숙하는 날 저녁 무렵에 나카소네라는 이름의 중년 남자가 방문하기로 되어 있습니다. 그 사람의 지시에 따라 움직이면 됩니다."

"참으로 대단합니다."

호룡이 가볍게 혀를 차며 끼어들었다.

"뭐가요?"

"석원 군의 영웅적 행위도 그렇지만 그를 준비하는 북조선의 대응이 조금도 허술함이 없어 보입니다."

"민족의 운명이 걸린 일인데 한 치의 오차도 있어서는 안 되지요."

영란의 확신에 찬 소리에 모두가 안도의 한숨을 내쉬었다.

"하실 말씀 다하셨으면 이제…"

호룡이 시선을 술과 음식에 주었다. 의미를 알아챈 영란이 병을 들어 모두의 잔을 그리고 스스로 자신의 잔 역시 채웠다.

"지도원 동무께서 한 말씀 주시지요."

호룡이 급했는지 잔을 들었다. 그를 바라보던 영란이 곁에 있던 종이 박스 두개를 석원에게 건넸다.

"하나는 트랜지스터 라디오고 다른 하나는 케이크예요."

석원이 영문을 알 수 없다는 듯 호룡을 주시했다.

"트랜지스터 라디오는 철저하게 일본인 행세를 하라는, 그러니 항상 일본 방송을 청취하라는 의미입니다. 이 용도에 대해서는 남조선 내 고정 간첩이 일러줄 터이니 그리 알도록 해요. 그리고 이 케이크는 석원 동무가 잠시 일본을 떠나 있는 동안 우리가 석원 동무의 가족을 돌보겠다는 의미로 전달하는 것이니 이따 귀가할 때 가지고 가서 가족과 함께 들도록 해요."

"집에 술 좀 있어?"

"지금도 과음한 듯 보이는데, 더 마실 수 있겠어."

"꼭 더 마신다기보다도 잠시지만 자기와 신일 그리고 집을 떠나 있어야 하는 마음의 부담감을 덜어보려 그래."

"그러니까 우리끼리 조촐하게 송별식하자 이 이야기네."

석원이 송별식을 되뇌며 케이크를 바라보았다. 그 케이크를 바라보자 잠시 전 영란이 한 말이 불현듯 떠올랐다. 그 순간 북조선이 자신의 가족을 볼모로 잡겠다는 의미로 받아들였었다.

"맞아, 비록 잠시지만 헤어지는 건 헤어지는 거니까."

정숙이 석원의 마음을 헤아렸는지 곧바로 자리에서 일어났다. 물러나는 정숙의 뒷모습을 바라보다 이내 신일을 위로 들어 올려 방긋거리는 모습을 살폈다. 이상하게도 가슴에서 뜨거운 기운이 치솟고 있었다. 그뿐만 아니었다. 그 뜨거운 기운이 흡사 눈가로 몰려드는 듯했다.

"그런데 자기 많이 변한 듯 보여."

대충 주안상을 마련해서 돌아온 정숙이 술을 따르며 은근한 표정을 지었다.

"뭐가?"

"글쎄, 상당히 가정적으로 변했다고 할까."

"그게 잘못된 건가?"

"아니지. 진즉에 그리 했어야지. 그런데 그동안 자기는 그저 밖으로만 맴돌려 했었잖아."

석원이 즉답을 피하고 신일에게 시선을 주었다.

"뒤늦었지만 지금이라도 가족의 소중함을 알았다는 게 얼마나 다행인지 몰라."

정숙의 이어지는 말에 석원이 술잔 대신 슬그머니 정숙의 손을 잡았다.

"미안했어, 자기. 나 용서해줄 거지."

정숙과 신일을 번갈아 바라보는 석원의 눈에 미세하게 눈물이 흐르기 시작했다. 그 모습을 바라보며 정숙은 뒤늦은 석원의 개과천선을 축하하는 의미로 석원의 손에 잡혀 있지 않은 손으로 자신의 잔을 스스로 채웠다.

"우리 잠시의 이별 그리고 새로 태어난 자기를 위해 건배해."

정숙의 제안에 석원이 쓸쓸한 표정을 지으며 잔을 들었다.

입국

 김포 공항 입국 수속대에서 영철이 손목시계를 바라보았다. 오후 한 시가 넘어가고 있었다. 잠시 자리를 이동하여 활주로로 시선을 주었다. 마치 파란 하늘 저만치서 문석원을 태운 비행기가 다가오고 있는 듯했다.

 잠시 전 오사카 공항에 있는 요원에게 전화를 걸었었다. 고타로를 포함하여 동 비행기에 탑승하는 모든 일본인들이 열한 시 삼십 분 대한항공 편으로 이륙했다는 소식을 접했었다. 예정대로라면 비행기가 곧 도착할 터였다.

 고개 돌려 저만치 세관대로 시선을 주었다. 문석원이 트랜지스터 라디오를 가지고 들어오기로 되어 있었다. 물론 후일 그 속에 권총을 감추어 들여왔다 주장하기로 입을 맞춘 상태였다.

 그 생각에 이르자 절로 쓴 웃음이 흘러나왔다. 또한 지금 진행하고 있는 일련의 일들이 스물세 살의 천방지축에게 너무나 가혹한 처사가 아닌가 하는 안쓰러움까지 일어났다. 그러나 또한 그런 인간이기에 오히려 안도감을 주고 있었다.

 이런저런 생각으로 주위를 살피던 중 저만치 창공에서 비행기가 모습을 드러냈다. 가만히 그를 주시하기 시작했다. 처음 살폈을 때는 상당히 먼 거리에 있으려니 했는데 어느 순간 착륙을 시도하고 있었다.

그만큼 상념이 많아 그런 것이라 애써 자위하고 천천히 세관대로 걸음을 옮겼다. 입국 수속시에는 별 문제가 없으리란 판단에서였다. 세관대에 가까이 다가서자 눈에 익은 세관원이 가볍게 미소를 보였다.

문득 그에게 귀띔을 주어야 하는가 하는 생각이 일어났다. 그러나 이내 가볍게 고개를 저었다. 지금부터는 모든 일이 철저하게 비밀에 그리고 소수에 국한되어야 했다. 행여나 후일 조그마한 꼬투리라도 남겨서는 안 될 일이었다.

천천히 걸음을 옮겨 멀찌감치 자리 잡았다. 혹여 문제가 발생하더라도 현장에서 처리하기보다는 남의 이목이 집중되지 않는 장소를 선택함이 옳다는 판단이 일어났기 때문이었다. 하여 그곳에서 주시하다 일이 어긋나면 곧바로 처리하기로 작정했다.

그러기를 잠시 후 입국 수속대가 어지러워지기 시작했다. 문석원이 탑승했던 비행기의 승객들이, 단체관광객이었던 만큼 한꺼번에 몰려들어 마치 도떼기시장을 방불케 했다. 그들의 모습을 보며 미소 지었다.

저런 상태에서 제대로 입국 수속 절차를 밟을 턱이 없음을 알고 있기 때문이었다. 마치 그를 입증이라도 하듯 거침없이 입국 수속대를 통과한 사람들이 자신들의 가방과 수하물을 들고 세관대로 밀려들고 있었다.

그들 중에 유난히 눈길을 끄는 한 사나이가 영철의 시선에 들어왔다. 바로 문석원이었다. 그가 눈에 뜨인 사유가 있었다. 몸이 비대한 문석원이 한여름인데도 검정색 양복을 입고 거기에 더하여 중절모까지 쓰고 있었던 때문이었다.

그의 모습을 살피자 절로 긴장되었다. 눈에 띄는 스타일이 집중 관심 대상이 될 수도 있었기 때문이었다. 아울러 일국의 대통령을 암살하겠다고 하는 자의 행동거지를 살피니 절로 쓴웃음이 나왔다.

이내 허허실실이란 병법이 머리에 떠올랐다. 혹여 문석원이 의도적으로 저리 행동하는 게 아닌가 하고 말이다. 그러나 이내 잡념을 물리치고 가만히 그의 일거수일투족을 주시하기 시작했다.

드디어 문석원이 세관대에 도착하여 가방을 올려놓자 바짝 긴장했다. 그러나 영철의 긴장감을 알아차렸는지 세관원이 문석원의 수하물보다는 그의 외모에 잠시 관심을 보이더니 손쉽게 통과시켜주었다.

마음이 급하게 움직였다. 입국장을 벗어나면 곧바로 숙소인 고려호텔로 향할 터였다. 영철이 급하게 그곳을 벗어나 공항 게이트로 이동했다. 이미 그곳과 가까운 곳에 준비해둔 승용차 안에 들어서 게이트를 주시했다. 석원이 가방을 들고 게이트를 벗어나 택시를 잡는 모습이 시선에 들어왔다.

차에 시동을 켜고 거리를 두고 석원이 탄 택시를 뒤따르기 시작했다. 김포 대로를 벗어난 택시가 서울 한복판으로 방향을 잡고 곧바로 목적지인 고려호텔로 향하고 있었다. 그를 살피며 슬그머니 안도의 한숨을 내쉬었다.

물론 그가 입국하기 이전에 그와 연결될 수 있는 사람들에 대해 조사를 마쳤다. 어머니의 오빠들 가족이 한국에 거주하고 있었으나 태어나서 한 번도 만나보지 못했던 문석원과의 연결 고리는 희박했다.

호텔에 도착하자마자 도어맨에게 키를 주고는 거리를 두고 문석원의 뒤를 따랐다. 문석원이 프런트에서 숙박 절차를 밟는 모습을 살피고 곧바로 엘리베이터를 타고 10층으로 올라갔다. 천천히 복도를 걸어 문석원이 예약해 놓은 룸 바로 옆의 룸으로 들어갔.

"도착했습니까?"

이강철이 긴장된 표정을 지으며 맞이했다.

"지금 프런트에서 수속 밟고 있는 모습을 확인하고 내처 올라왔습니다. 그러니 조만간에 문석원도 올라올 것입니다."

말을 마친 영철이 강철 옆에서 정중하게 고개 숙이는 남자를 주시했다.

"고 팀장께서 혼자서는 너무 힘에 겨울 듯하여 저희 멤버 중에 일본어에 능숙한 사람을 차출하였습니다."

"김경수라 합니다."

"그렇지 않아도 부탁드리려 했는데 정말 고맙소."

영철이 강철의 얼굴을 주시하다 이내 자신의 이름을 밝힌 사내를 바라보았다. 흡사 자신의 20대를 보듯 단단하기 그지없는 몸

매와 날카로운 눈매를 살피며 가만히 속으로 미소를 머금었다.

"결코 실망시키지 않을 친구입니다."

"명령만 내려주십시오!"

말투며 절도 있는 행동하며 밝히지는 않고 있지만 현역 군인이 틀림없다는 생각을 가지게 했다.

"그래요, 우리 며칠 함께 고생합시다."

영철이 강철과 경수에게 탁자에 함께 자리하기를 권했다.

"외람된 말씀입니다만, 앞으로 10일간 남았는데 무슨 특별한 이유라도 있습니까?"

강철의 질문에 영철이 가볍게 한숨을 내쉬었다.

"워낙 오락가락하는 친구라 일찌감치 보낸 겁니다."

"그렇군요."

강철이 마치 짐작했던 일이 들어맞았다는 듯이 고개를 끄덕였다.

"그러면 그 친구를 어떻게 돌릴 예정입니까?"

"나름대로 계획은 잡고 있습니다만 그리 호락호락하지는 않을 듯합니다."

"그 과정에 제가 도울 일이 있으면 하시라도 말씀 주십시오."

"나도 그러하겠지만 경수 씨도 단 한시도 문석원에게 시선을 떼서는 안 될 일입니다."

말을 마친 영철이 기척을 느끼고 순간적으로 자리에서 일어나 방 한 켠에 설치해둔 모니터 앞으로 다가갔다. 자동적으로 두 사람도 곁에 했다. 영철이 모니터를 켜자 석원의 룸이 모습을 드러냈다. 또한 방금 입실한 석원이 룸을 구석구석 살피는 모습이 나타났다.

"어제 은밀하게 설치했습니다."

두 사람이 당연하다는 듯한 표정을 지으며 석원의 움직임을 주시했다.

"언제 접선하렵니까?"

"일단 저 친구의 행동 양상을 살피고 저녁쯤 만나보려 합니다."

강철이 고개를 끄덕이며 잠시 사이를 두었다.

"지금은 제가 특별히 도울 일은 없겠습니까?"

강철의 질문에 영철이 대답 대신 가방에서 권총을 꺼냈다.

"일전에도 이야기한 바 있지만 이 총에 대해서는 별다른 조처를 취하지 않아도 되겠습니까?"

강철이 권총을 받아들고 잠시 살피다 경수에게 건넸다. 경수가 마치 장난감 다루듯 권총을 이리저리 굴려보고 가볍게 혀를 찼다.

"팀장님, 이 총은 그저 장식용에 불과합니다."

"구체적으로 말해주겠습니까?"

"쉽게 이야기하면, 정조준해서 사격한다고 해도 10미터 이상 거리를 두게 되면 명중시키기 힘듭니다. 그런 연유로 이 총이 효과를 보기 위해서는 아주 근접 거리에서 사격해야 합니다."

"그러면 이 총에 대해서는 아무런 조처를 취하지 않아도 된다는 말입니까?"

"오히려 그 편이 이롭습니다."

경수가 확신에 찬 표정으로 말을 받았다. 그를 살피던 강철이 미소를 머금으며 자신의 일정으로 자리를 물렸다.

"다시 말하지만 일이 마무리되는 시점까지 함께 고생합시다."

"고생이라니요, 당치 않습니다. 오히려 어깨가 무거워지는 걸요."

"자, 그러면 이제는 저 친구의 국내 일정을 짜봅시다."

영철이 모니터로 잠시 시선을 주었다가 탁자로 자리를 옮겼다. 이어 펜과 메모지를 준비하고 당일부터 15일까지 적고 잠시 생각에 잠겨들었다.

"개략적인 방안을 말씀주시겠습니까?"

영철이 잠시 자신과 경수를 비교해보았다. 아무래도 나이 40에 가까운 자신보다 한참 젊은 경수가 문석원의 마음을 헤아리는 데 적격일 거란 순간적인 생각이 일어났다.

"그보다도 먼저, 김 군이 저 문석원이란 친구의 입장이라면 이 상황에서 어떤 생각으로 움직이려 할 지 한번 의견을 제시해보겠소."

"지금은 낯설어서 잠시 침묵을 지키지만 조만간에 몸이 근질거려 조용히 룸에 틀어박혀 있지는 못할 듯합니다. 특히 20대 초반에 정신 상태가 불안정한 사람이라면 오늘 밤이라도 당장 자리를 박차고 나갈 수도 있습니다."

"그렇다면 강온의 양동 전략을 구사해야 한다는 이야기인데."

"팀장님, 오늘 저녁 무렵 저 친구를 만난다 하셨는데 일단 저 친구의 의향을 물어보시고 정하심이 어떠하겠습니까. 어차피 이제는 독 안에 갇힌 쥐가 아니겠습니까?"

경수의 이야기에 고개를 끄덕이며 모니터를 주시했다. 석원이 룸을 배회하더니 이내 정장 차림 그대로 침대에 몸을 뉘였다.

접선

 저녁이 되어 문석원이 룸에서 갈비탕을 시켜 막 식사하려는 중에 영철이 천천히 움직이기 시작했다. 룸을 나서 곧바로 석원이 투숙한 룸으로 다가갔다. 잠시 심호흡하고 초인종을 짧게 두 번 눌렀다. 잠시 후 인기척이 들리며 문석원이 문을 열었다.
"고타로 군, 나카소네입니다."
 사전에 나카소네의 방문을 예상하고 있었지만 현실로 나타나자 석원이 잠시 당황했는지 눈동자를 굴리며 주변을 살피고 안으로 안내했다. 안으로 들어서자 테이블 위에 있는 갈비탕에서 아직도 김이 모락모락 피어오르고 있었다.
"식사 중이었습니까?"
 석원이 방금 전 입에 넣었던 음식물 때문인지 그저 고개만 끄덕였다.
"초면에 결례를 범했군요. 그러면 내 잠시 커피숍에서 커피 마시고 올라올 터이니 천천히 식사하도록 하세요."
 영철이 석원이 뭐라 말하기도 전에 슬그머니 자리를 물리고 다시 자신의 룸으로 돌아갔다. 룸에 들어서자마자 모니터를 주시했다. 석원이 아직도 멍한 상태에서 문을 주시하고 있었다.

그러기를 잠시 후 다시 테이블로 돌아가 식사하기 시작했다.
"자 그러면 우리도 식사할까요."
영철의 제안에 경수가 방금 전 사가지고 온 도시락을 테이블 위에 펼쳤다.
"저 친구 식사 끝나면 곧바로 가지 않으시렵니까?"
"천천히 가도록 하지요."
영철의 담담한 말투에 경수가 잠시 의아한 표정을 짓다가는 이내 미소를 머금었다.
"처음부터 너무 심한 게 아닌지요?"
"저 친구에게는 오히려 그래야 하는 거 아니요?"
경수가 잠시 생각에 잠겨들었다가 입을 열었다.
"저 그런데, 팀장님!"
"왜요?"
"제가 거북스러워 그런데 이만 하대해주시면 어떻겠습니까?"
영철이 물끄러미 경수를 주시했다. 나이 상으로 살피면 충분히 작은아버지뻘이 되었다.
"그리 거북하면 이 시간부터 하대하지 뭐."
영철이 아무렇지도 않다는 듯이 말을 받자 이내 두 사람이 호탕하게 웃었다.
"팀장님, 이 특보께 개략적인 설명을 들었지만 어떻게 저런 친구가 각하를 대한민국 땅에서 암살하겠다는 건지 도대체 이해되지 않습니다."

"소영웅 심리라고 할까. 아니, 이건 그저 한 젊은이의 객기로 표현함이 옳다고 봐야지. 그런데 그게 우리 라인에 걸려들었고."

"우리가 아니라 팀장님이지요."

"그게 그거 아니겠는가."

짤막하게 답하고 본격적으로 식사한 후 커피를 마시며 여유를 부렸다. 모니터 안에서는 일찌감치 식사를 마친 석원이 문을 바라보며 이제나 저제나 고정 간첩이 출현하기를 고대하고 있는 듯 보였다.

"너무 애태우지 마시고 이제 그만 가보시지요."

경수의 제안에 영철이 짤막하게 그러마 답하고 천천히 움직였다. 문을 열기에 앞서 잠시 모니터를 살피다 순간적으로 문을 열고 밖으로 나섰다. 이어 전후좌우를 살피며 석원의 룸으로 다가갔다. 방금 전처럼 짧게 두 번 초인종을 눌렀다.

방금 전과는 달리 석원이 신속하게 방문을 열고 영철 아니, 나카소네를 맞이했다.

"고타로입니다."

석원이 고개 숙여 정중하게 자신을 소개하고는 곧바로 테이블로 안내했다.

"북조선을 대표해서 고타로 군의 영웅적 행위에 찬사를 보내는 바요."

자리에 앉기 앞서 영철이 석원의 손을 굳게 잡았다. 영철의 과장된 행동에 석원이 다시 고개 숙였다.

"그저 지도원 동무…."

"나카소네라 부르시오."

영철이 단호하게 석원의 말을 잘랐다.

"석원 군이 거사를 성공시키기까지 자주 볼 터인즉 다른 사람들의 시선을 의식하고 반드시 그리 부르도록 하오. 특히 외부 사람들과 접촉할 시에는 이를 명심하도록 하오. 나 역시 석원 군을 고타로로 대하도록 할 것이오."

영철이 부드럽게 그러나 강하게 주문했다. 석원 역시 진중한 표정을 지으며 그러마고 응답했다.

"위에서는 거사 당일까지 석원 군의 정신 무장을 기하는 데 주력하라 하였소. 그런데 지금 석원 군의 모습을 살피니 군이 그럴 필요는 없을 듯하오. 그런 연유로 나는 석원 군이 자유롭게 행동할 수 있도록 배려하려 하오."

"아닙니다. 오로지 거사만 생각할 테니 심려 마시고 지침대로 이끌어 주십시오."

"바로 석원 군의 그런 자세 때문에 자유롭게 활동할 수 있도록 배려하려는 게요. 하여 일단 오늘은 여독을 풀고 내일은 행사가 치러지는 국립극장에 대한 현지답사를 실시할 겁니다. 아울러 모레와 글피는 자유 시간을 줄 테니 한번 남조선의 실정을 살펴보도록 하오. 물론 돌아봐야 별거 아니지만 그래도 돌아보고 석원 군이 왜 이 거사를 성공시켜야 하는지 마음을 다지도록 하오."

"이후는요?"

"물론 거사에 저촉되지 않는 범위 내에서 석원 군에게 일임할 작정이오. 그리고…."

영철이 말하다 말고 석원의 얼굴을 찬찬히 바라보았다.

"왜 그러시는지요."

"혹여 남조선에 친척들이 살고 있지 않소?"

"외사촌이 있는데 그동안 전혀 연락하지 않고 살았던 터라 남과 다를 바 없습니다. 그러니 남조선에는 연고가 전혀 없다 해도 무방합니다."

"기왕에 남조선에 입국했는데 한번 찾아보는 게 어떻겠소?"

"아닙니다. 지금 찾아본다면 오히려 그 사람들이 더 당황할지도 모릅니다."

"그럴 수도 있겠군."

영철이 잠시 생각하다 인정한다는 듯 말을 받았다. 이어 살짝 몸을 움직여 바지 앞주머니에 넣었던 권총을 꺼내 석원에게 건넸다. 석원이 잃어버렸던 물건을 다시 되찾은 듯 소중하게 어루만졌다.

"감촉이 어떠하오?"

석원이 무슨 의미인지 모르겠다는 듯 눈을 동그랗게 떴다.

"권총을 잡으니까 뭔가 느낌이 새롭게 들지 않느냐 이 말이오."

"그저 어깨가 무거워지는 느낌이 일어납니다."

"제대로 말하였소. 지금 우리 민족의 미래가 석원 군의 양어깨에 달려 있다 해도 과언이 아니오. 그러니 당연히 어깨가 무거울 거요."

영철이 석원의 답이 만족스럽다는 듯 미소를 보였다.

"그리고 사전에 교육 받았겠지만 이 권총은 가까운 거리에서 발사해야 제대로 효과를 볼 수 있소. 그러니 항상 그를 염두에 두어야 하오."

석원이 고개를 끄덕이며 권총을 들어 조준하는 자세를 취했다.

"미국의 링컨 대통령 암살 사건을 알고 있소?"

"그 부분은 미처 알지 못하고 있습니다."

권총이 손에 있어 그런지 석원의 답에 힘이 들어가 있으면서 시원시원했다. 영철이 잠시 침묵을 지키다 링컨의 암살 과정에 대해 소상하게 이야기하기 시작했다. 워싱턴의 한 극장에서 존 윌크스 부스가 바로 뒤에서 권총을 발사하여 링컨을 암살하는 과정을 국립극장과 연계시켜 가며 소상하게 설명하자 석원의 눈동자가 순간순간 반짝였다.

"그러면 제가 바로 그 부스가 되는 겁니까!"

석원의 목소리가 가볍게 떨렸다.

"그 사람처럼 반드시 성공해야 하오."

석원의 표정에 성공에 대한 확신이 들어차기 시작했다. 흡족한 미소로 그를 바라보던 영철이 다시 총을 건네받았다.

"이 총은 거사 전날 다시 건네줄 거요. 물론 총알과 함께. 그렇게 알고 있고 그리고 한국말 할 줄 아오?"

"아주 기초적인 정도입니다."

"어느 정도요?"

"능숙하다고는 할 수 없지만 의미는 전달할 수 있습니다."

석원이 박정희 대통령 암살 계획을 세운 이후 틈나는 대로 한국말을 익혀왔던 터였다.

"그 정도면 되었소. 여하튼 내일 오후 두 시에 국립극장에서 만납시다."

"어떻게 가면 되는지요?"

"호텔에서 조금 벗어난 곳에서 택시를 잡아타고 국립극장 가자고 하면 수월하게 찾아올 수 있소."

영철이 간략하게 답을 주고 자리에서 일어났다. 이어 석원이 고개를 끄덕이자 영철이 밖으로 나섰다. 밖에까지 나서 배웅하려는 석원을 제지하고 곧바로 자신의 룸으로 돌아갔다.

"팀장님, 무슨 대화를 나누셨는지요?"

모니터로 모습은 관찰할 수 있지만 대화 내용은 알아들을 수 없었던지라 경수가 호기심 가득한 시선으로 영철을 바라보았다. 영철이 차분하게 잠시 전 석원과 나누었던 대화 내용에 대해 설명했다.

"팀장님, 어째 일이 어설프다는 느낌이 일어납니다."

"어설픈 일을 실현하는 게 우리 임무 아니겠는가?"

"그렇긴 하지만, 거참. 뭐라고 표현해야 할지 모르겠습니다."

영철이 아직도 개운하지 못한 표정으로 자신을 주시하는 경수의 모습을 바라보며 룸에 비치된 미니바에서 맥주와 안주를 가져왔다.

"막상 일을 벌였지만 나 역시도 영 개운치 못하네."

영철이 병을 따서 그대로 경수에게 건네고 자신 역시 병째 기울였다.

"방금 전 팀장께서 링컨의 경우를 살피라 주의 주시지 않았습니까?"

"그랬지, 그런데 왜?"

"정말 그런 상황으로 이끌어 가시려는 건 아니겠지요?"

"이 사람아, 그건 자네들 몫 아니겠는가?"

"이 특보의….'"

"그러이. 행사 당일 이 특보의 역할이 중요하네. 비록 중간에서 내가 일 처리하고 있지만 결론은 행사 당일이네. 나는 그저 그날을 위해 움직이는 조연급이고."

경수가 맥주를 병째로 기울이며 여운을 남겼다.

"모든 여건을 저 친구가 지니고 있는 생각과 정반대로 만들어 가야 할 걸세."

"극도의 혼란에 빠트리겠다는 말씀이시네요."

영철이 대답 대신에 미소를 보내며 병을 기울였다.

현장 점검

 오후 두 시가 다 되어 영철이 국립극장 주차장에 주차하고 밖으로 나섰다. 8월의 뜨거운 태양 열기가 온 세상을 뒤덮고 있었다. 살짝 눈을 찡그리며 나무를 찾아 그늘에 몸을 가렸다. 그곳에서 극장과 주위를 살펴보았다.

 석원이 아직 도착 전이었음을 확인하고 담배를 입에 물고 불을 붙였다. 깊게 빨아들였다 연기를 내뿜었다. 하얀 연기가 공간으로 힘없이 사라지고 있었다. 그를 살피며 타고 있는 담배를 태양빛에 내맡겼다. 담뱃불이 한낮의 태양에 밀려 그 흔적조차 보이지 않았다.

 담뱃불을 살피며 손목시계를 바라보았다. 시계 바늘이 막 두 시를 가리키고 있었다. 그때 저만치 아래서 택시가 올라오는 모습이 시선에 들어왔다. 담배를 발로 가볍게 비벼 끄고 극장 건물 한 모퉁이를 찾아 몸을 숨기고 택시를 주시했다.

 영철의 예상대로 택시는 국립극장 앞에 멈추어 섰고 예의 정장 차림의 석원이 모습을 드러냈다. 그 모습을 살피며 강렬하게 내리쬐는 태양으로 시선을 주었다. 근처에도 이르기 전에 절로 눈이 감겼다.

피식하고 한 번 웃고는 석원의 움직임을 주시했다. 모자를 반듯하게 쓰고는 내린 그 자리에서 꼼짝도 하지 않고 고스란히 태양빛을 받아들이고 있었다. 마치 누군가 귀중한 사람을 기다리는 듯한 모습을 보여주었다.

영철이 천천히 걸음을 옮겨갔다. 가까이 이르자 인기척을 느낀 석원이 고개 돌렸다. 이어 모자를 벗고 허리를 90도 정도 구부려서 예를 표했다. 순간 일본인들의 지나친 인사 예법을 생각하며 쓴웃음을 지었다.

"제가 늦은 건가요?"

석원이 허리를 곧추세우며 자신의 손목에 차고 있는 시계를 바라보았다.

"그게 아니라, 한 번 둘러보려 먼저 왔소."

둘러본다는 말에 힘을 주었다. 그 의미를 알았는지 석원이 뒤통수를 긁적였다.

"여기서 기다릴 테니 한 번 둘러보고 와요."

영철의 낮은 목소리에 석원이 가볍게 고개 숙이고 몸을 돌려 건물 가까이 다가가기 시작했다. 그 모습을 보며 영철이 다시 나무 그늘에 몸을 맡기고 석원의 움직임을 찬찬히 살펴보았다.

건물에 이른 석원이 고개 돌려 주차장을 바라보았다. 이어 다시 고개 돌려 건물 가까이 다가서서 마치 내부로 들어가려는 듯 문 앞에 자리 잡았다. 그 자리에서 문손잡이를 돌리는데 문이 닫혀 있는지 애를 먹는 모습이 시선에 들어왔다.

그 순간 영철이 다가가 석원을 불렀다. 영철의 부름에 석원이 하던 행동을 멈추고 급히 돌아왔다.

"지금 내부를 볼 수는 없소. 그러니 오늘은 주차장에서 건물까지 가는 동선만 살피도록 하오."

석원이 다시 주차장에서 국립극장 정문까지 가는 길을 살펴보았다. 그다지 복잡할 것도 없는 동선을 석원이 여러 번 관찰했다. 그를 바라보던 영철이 석원을 승용차에 태우고 남산으로 방향을 잡았다.

남산타워 근처에 도착하여 차에서 내려 천천히 걸음을 옮겼다.

"고타로 군."

"예, 지도…. 아니, 나카소네 상."

"고타로 군은 남조선이라는 나라를 어떻게 생각하오?"

느닷없는 질문인지 석원이 멈칫했다.

"고타로 군의 아버지는 물론 어머니도 남조선에서 태어난 것으로 알고 있는데 고타로 군은 남조선은 한 번도 방문한 적이 없어 하는 소리요."

"오히려 그 부분 때문에 정이 가지 않습니다. 부모님 모두 남조선 출신이건만 왜 일본이란 땅에 와서 그리도 천대받으며 살아야 했는지. 그런데 남조선은 일본과 친하지 못해 안달하는 모습이 너무나 싫었습니다. 특히 박정희 일당들을 보면 정말로 저도 모르게 화가 치밀고는 했습니다."

"그야 당연한 일이고 말고. 거기에 더하여 박정희 정권은 세상에서 보기 드문 독재를 감행하고 있으니 고타로 군처럼 트인 시각으로 세상을 바라보는 사람들에게는 그야말로 참기 힘들다 생각하오."

 말을 하며 근처를 바라보자 한적한 곳에 벤치가 놓여 있었다. 영철이 그리로 걸음을 옮겨가자 석원이 땀을 뻘뻘 흘리며 뒤를 따랐다.

"잘 보도록 하오."

 영철이 벤치에 앉자마자 주변을 살피고 품에서 종이를 꺼내 펼쳤다.

"이것이 무엇입니까?"

"국립극장 내부 설계도요."

 순간 석원의 눈동자가 반짝였다.

"이곳이 아까 고타로 군이 들어가려던 입구요."

 석원이 영철이 가리키는 지점을 따라 내부로 시선을 옮기고 있었다. 문을 열고 들어가자 곧바로 1층 로비가 나타났고 이어 극장으로 들어가는 출입문이 있었다. 이어 2층으로 올라가는 계단과 함께 그곳에도 로비가 표시되어 있었다.

"그런데 나카소네 상."

"말해보오."

"저는 국립극장이라고 해서 상당히 규모가 클 줄 알았습니다. 그런데 막상 와서 보니 그리고 이 배치도를 살펴보니 규모가 그다지 크지 않다는 사실을 알았습니다."

"그래서?"

"지금까지 내내 어느 곳에서 저격해야 할까 고민했었는데 막상 현장을 점검해보니 어느 곳에서고 저격이 가능하다는 사실을 알았습니다."

영철이 내색은 못하고 그저 속으로 웃고 말았다.

"물론 고타로 군의 말이 백번 지당하오. 하지만 반드시 성공해야 한다면 가장 효과적인 방법을 찾아야 할 거요. 그리고."

영철이 말하다 말고 뜸을 들이자 석원의 얼굴에 긴장감이 들어차기 시작했다.

"비록 여분의 총알이 있지만 첫발에 치명상을 입혀야 하오. 그리고 나머지 총알은 확인 차원에서 사용되어야 하오."

석원이 가만히 고개를 주억거렸다.

"그래서 링컨의 경우를 상기하라는 말이오. 링컨을 단 한 방에 죽일 수 있었던 사유는 바로 가까운 거리에서 저격했기 때문이오."

영철이 시선을 배치도에 주었다. 석원 역시 영철의 시선을 따라갔다.

"잘 살펴보오, 어디가 최적의 장소인지."

석원에게 주문을 주고 이내 곁에 있는 돌을 들어 저만치에서 일어나고 있는 움직임을 주시했다. 꿩이 나무 사이를 배회하고 있었다. 그 꿩을 향해 돌을 던졌다. 정신없이 먹이를 찾아 배회하던 꿩이 낌새를 알아챘는지 돌을 던지는 순간 날아가 버렸다.

"나카소네 상, 순간적으로 든 생각인데 목표물이 움직임이 없을 때 저격하는 방식이 옳지 않겠습니까?"

"잘 보았소, 바로 그런 문제요."

영철이 만족스럽다는 듯 미소를 머금었다.

"그러면 박정희가 행사장에 도착하는 순간부터 살펴보도록 하겠소."

석원이 다시 시선을 배치도에 주면서 주차장부터 행사장으로의 이동 경로를 살피기 시작했다.

"주차장은 어떠하겠습니까?"

석원이 주차장을 지목했다.

"주차장은 곤란하오."

"왜요?"

영철이 단정적으로 말을 받자 석원의 눈썹이 한쪽으로 치켜 올라갔다.

"가장 경호가 삼엄한 부분이 박정희가 행사장에 도착하는 순간이오. 즉 처음 부분에 가장 많은 신경을 집중하는 게 경호의 기본이오. 아울러 박정희는 주차장을 이용하지 않고 곧바로 행사장으로 들어갈 거요."

"그러면 경호가 가장 허술한 순간을 잡으라는 말씀이십니다."

"당연하오. 그러니까 방금 이야기했듯이 정지 상태에서 그리고 경호가 허술한 이러한 요인들을 복합적으로 고려하여 저격 순간을 선택해야 하오."

"그렇다면…."

석원이 말하다 말고 뚫어지게 영철을 주시했다.

"좋은 생각이 떠올랐소?"

"좋은 생각보다도, 광복절 행사 당일 박정희가 연설할 거 아닌가요. 그러면 그 순간을 이용해서 저격하는 방법이 좋을 듯합니다."

"그것은 최후의 방법이고."

"최후라니요?"

"고타로 군이 그 순간 어느 위치에 있느냐가 중요하지 않겠소? 다행스럽게도 연설대 가까이 있다면 고타로 군 말대로 최고의 기회가 될 수 있지요. 그러나 먼 거리에 있다면 어려운 문제가 될 거요."

"제가 가까이 자리 잡으면 어떨까요?"

"그럴 수만 있다면 좋지요. 그러나 좌석은 행사 주최 측에서 사전에 배치하기에 쉽지 않을 수 있소."

"그런데…. 초청장은 어떻게 되는 겁니까? 남조선에 입국하면 초청장을 받을 수 있다고 하였는데."

"물론 행사 당일 초청장을 전하도록 하겠소. 그런데 지금 고타로 군의 말을 들어보니 한번 모험을 강행해보는 것도 방법이 될 수 있다는 생각이 드오."

"자세하게 말씀 주십시오."

"초청장을 무시하자는 이야기요. 어차피 고타로 군에게 발급될 수 있는 초청장 자리는 거사를 위한 최적의 장소는 될 수 없을 테니 말이오."

"그 말씀은?"

"행사장에 들어가는 일은 사전에 손을 쓸 테니 그저 행사장에 들어가서 고타로 군이 최적의 상황을 만들어 거사를 성공시키자 이 말이오."

석원이 마치 그 말의 의미를 정확하게 이해했다는 듯이 고개를 끄덕였다.

"나카소네 상, 그 문제는 아직 시간이 많이 남아 있으니 차차 이야기하기로 하고요. 저, 이왕에 남조선에 입국한 김에 김대중 선생을 만났으면 싶습니다."

"김대중!"

"어차피 이 일이 그분으로부터 시작되었으니 한번 뵙고 싶습니다."

"그 사람에게 무엇을 제공하려 하오?"

잠시 침묵을 지켰던 영철이 나지막이 입을 열었다.

"제공하다니요?"

"지금 김대중 선생을 만나는 일은 쉽지 않아요. 그 사람 주변을 남조선 정보부 사람들이 24시간 감시하고 있소. 또한 만난다고 한다면 명분이 있어야하지 않겠소. 그런 경우라면 이 일을 반드시 성사시킨 연후에 이 일의 결과를 가지고 만나는 게 옳을 듯하오."

영철의 차분한 말에 석원이 김대중 선생을 되뇌었다.

청평 나들이

"지금 나이아가라 호텔에 투숙했습니다."
 밤 열 시쯤 호텔로 경수의 전화가 걸려왔다.
"그곳에서 뭐하고 있는가?"
"나이트 클럽의 호스티스와 함께 룸으로 들어갔습니다."
"이놈이 그야말로 섹스 관광 왔군."
 영철이 가볍게 말을 받고는 실소를 터트렸다.
"그런데 단순히 호스티스가 맞는가. 혹여 무슨 연고라도 있는 사람이 아닌가?"
"연고는 전혀 없어 보입니다. 어떻게 할까요?"
"지금 들어갔으면 밤새 작업하겠다는 의미인데. 굳이 감시할 필요는 없을 듯하네. 그러니 자네가 판단하도록 하게."
 경수가 잠시 생각한다는 듯 침묵을 지키는 모양으로 전화기에서 소리가 들리지 않았다.
"혹시 모르는 일이니 제가 이곳에서 머물고 이 친구와 일정을 함께하도록 하겠습니다."
"그럴 필요까지는 없는데, 여하튼 수고해주게나."
 경수가 알겠다며 전화를 끊자 영철 역시 전화를 내려놓고 테이블로 돌아왔다.

"뭐라 합니까?"

경수의 급보를 받고 강철이 호텔 룸으로 영철을 찾아왔던 터였다.

"일차로 식사를 마치고 이차로 호텔 나이트 클럽에 들른 모양입니다. 그리고 지금은 호스티스와 함께 룸에 투숙했다 합니다."

"그러면 그 짓거리하려고 청평까지 갔다는 말입니까?"

"그렇게 보아야지요."

"허허, 거참 진짜 미친놈일세. 아니 그런 미친놈이…."

"미쳤으니까 대통령 각하를 암살하겠다는 이야기 아니겠습니까?"

"하기야."

강철이 말문이 막히는지 그저 한숨만 내쉬었다.

"오늘만이 아닙니다."

"네! 그러면?"

"어제 저녁에도 시도했던 모양입니다."

"어제도요!"

"아니, 엄밀하게 이야기하면 그저께부터라고 해야지요."

"그날은 그 친구에게 자유 시간을 준 첫날 아닙니까?"

"당일 호텔 내에 있는 여행사를 찾아 서울 시내를 관광한 모양입니다. 그쪽을 통해 알아보니 창경원(창경궁), 비원, 동대문 시장 그리고 남산을 순환하는 코스라 합디다."

"그건 단순한 관광 아닙니까?"

"그렇지요. 그런데 이 친구가 그 과정에 일본인 여행객들을 만나 중요한 정보를 받은 모양입니다."

"바로 그 정보요?"

"그래서 어제 저녁 역시 시내 야간 관광을 빌미로 모종의 거사를 획책했었는데 착오가 발생하여 무산되고 말았지요. 그리고 오늘 아예 작심하고 택시를 대절해서 청평으로 날아간 거지요."

"참나 이 나라가 어쩌다 일본 놈들의 섹스 관광 천국이 되었다는 말입니까."

"일본이 대만과 수교를 단절한 이후 일어난 일 아니겠습니까."

1972년 일본이 실리를 지향하여 대만과 외교 관계를 청산하고 중국과 수교를 맺으면서 대만으로의 섹스 여행의 대안으로 떠오른 게 한국이었다. 당시까지 대만은 일본인들의 섹스 관광의 천국으로까지 떠오를 정도였다. 그러나 국교 단절로 일본의 여행사들이 엔화 강세를 빌미로 대한민국의 매춘 시장을 공략했던 데에 따랐다.

강철이 가볍게 혀를 차고 냉장고에서 맥주를 꺼내왔다.

"이 친구 이거 끝까지 가겠습니까?"

강철이 영철의 잔을 채워주며 다시 혀를 찼다.

"막상 자신 있게 대하고는 있지만 이 친구 하는 모습을 살피면 흡사 살얼음판을 걷는 듯합니다. 도대체가….”

영철 역시 강철의 잔을 채우며 가볍게 혀를 찼다.

“여하튼 이제 며칠 남지 않았습니다. 단단히 고삐를 죄어야 하지 않겠습니까?”

“당연히 그리 해야지요. 그런데….”

영철이 말하다 말고 강철의 얼굴을 주시했다.

“왜 그러십니까?”

“이상한 소리를 들었습니다.”

“무슨….”

“각하께서 김대중 납치 사건과 관련해 조만간 중요한 결정을 내릴 것이라는 이야기를 얼핏 들었습니다.”

강철이 잠시 영철을 주시하다 잔을 비워냈다.

“저도 어제 실장께 그 이야기를 들었습니다. 광복절 전날 김대중 사건을 정식으로 종결하신다 합니다.”

“그게 사실이군요. 하면 각하께 지금의 일이 보고된 걸로 봐도 무방합니까?”

“그는 아닌 듯합니다.”

“그런데 어떻게.”

“이를 두고 오비이락이란 사자성어가 생겨난 듯합니다.”

“우연의 일치라는 말입니까?”

“실장께서 아직 보고 드리지 않았으니 그렇게 볼 수밖에 없습니다. 아울러 실장께서는 보고 드리지 않는 방향으로 가닥을 잡아가고 있는 듯합니다."

영철이 고개를 갸웃거렸다.

"그렇다면 광복절 당일 하실 말씀과 연계시켜보아야 할 문제인 듯한데. 여하튼 참으로 당혹스럽습니다."

"실장께서 보고 드렸다면 당연히 저희들에게 통보해주셨을 테지요. 그리고 본인 역시 그를 부인하고 있는 입장이니 그리 알아야지요."

"그게 문제가 아니라 이 사건을 반드시 완벽하게 성사시켜야 한다는 책임감이 더욱 무겁게 느껴집니다."

"당연히 그러하시겠지요."

"그건 그렇고. 이전에 말씀하셨던 행사장 연단 배치가 중요할 터인데 가능하겠습니까."

"그는 걱정하지 않아도 됩니다. 어차피 행사장 좌석 배치도 경호상 필요하다면 실장의 소관입니다."

영철이 안심된다는 듯 표정을 밝게 했다.

"며칠 전 문석원과 함께 국립극장을 사전 점검한 바 있습니다."

"내부도 들어가 보셨습니까?"

"그럴 수는 없는 일이지요."

영철이 대답하고는 슬그머니 미소를 머금었다.

"그러면 무슨 의미가 있습니까?"

"대신 극장 배치도를 보여주었습니다."

"하면, 저격 위치는 결정하였습니까?"

"여러 가능성을 타진했지만 이 특보께서 행사장 내에서 저격하도록 유도해야겠지요."

"당연히 그리할 일입니다. 그런데 문석원이 행사장 내부에 대해서는 전혀 모른다는 이야기입니다."

"행사 당일 접하겠지요."

"허허, 거 참."

잠시 허탈하다는 듯 헛웃음을 흘리던 강철의 눈이 순간적으로 반짝였다.

"왜 그러십니까?"

"갑자기 생각 들어 그런데. 지금 우리가 술 마시는 것도 좋지만 그놈 룸에 들어가 그간 행적을 한번 살펴보는 게 어떨까 하는 생각이 들었습니다."

강철의 제안에 영철이 자동적으로 몸을 일으켰다.

"왜 그 생각을 못했는지…. 말이 나온 김에 지금 당장 가보지요."

강철 역시 반사적으로 몸을 일으켜 두 사람이 석원의 룸으로 들어갔다. 석원의 성정을 그대로 나타내듯이 여기저기 어지러웠다. 아니, 일본에 머물 당시 주선을 통해 단단히 일러두었었다. 퇴실하는 순간까지 그 어느 누구도 룸에 들이지 말라고.

그를 생각하며 룸 이곳저곳을 둘러보자 더욱 어지러워 보였다. 두 사람이 잠시 전경을 훑다가는 비닐장갑을 끼고 석원의 흔적이 남아 있는 물건들에 대해 세심하게 살펴보기 시작했다.

"이거 좀 봐주시겠습니까?"

1974년 8월 15일

영철이 침대 위에 있던 물건들을 살피는 중에 강철이 뭔가를 발견했는지 목소리를 높였다. 강철에게 시선을 돌리자 술병이 널려 있는 테이블에 놓여있는 노트를 바라보고 있었다. 영철이 급하게 다가서 노트를 펼쳤다.

일본어로 쓰인 내용들을 찬찬히 살펴보았다. 그야말로 술 마시다가 울적한 마음에 휘갈겨놓은 듯했다.

"무슨 내용입니까?"

영철이 즉답을 피하고 자세하게 글을 읽어보고는 가볍게 한숨을 내쉬었다.

"무슨 내용인데 그러십니까?"

"이놈 바짝 조여야 할 듯합니다."

영철이 동문서답하자 강철의 호기심이 증폭한 모양으로 눈을 동그랗게 떴다.

"지금 심정을 제 집사람에게 넋두리 형태로 썼는데, 지금 자신은 알 수 없는 그 누군가에게 홀려 있는 게 아닌가 하는 생각이 든다는 내용입니다."

"허허, 그거 보면 정상인 것도 같고. 그나저나 그놈 아내는 지금 문석원이 이 일로 이곳에 있다는 사실을 알고 있습니까?"

"전혀 모르고 있지요. 이놈이 다른 곳으로 장기간 일하러 간다 둘러대고 몰래 입국한 것입니다."

"그러면 별문제는 되지 않겠습니다."

"물론 문제 될 거는 없지요. 이 내용이 그쪽으로 전달될 수도 없으니까요. 하지만 이놈 상태 보니 그야말로 일이 끝날 때까지 조금도 방심할 수 없겠습니다."

말을 마친 영철이 진지한 표정으로 강철을 주시했다.

"혹여 하실 말씀이라도."

"만일을 위해 인원 보강 좀 해야겠습니다."

"그 이야기는 결국…."

"지금 다른 사람을 투입할 수는 없고 이 특보께서 조금 더 신경 써주셨으면 좋겠습니다."

영철이 노트를 있던 자리에 놓고는 간절한 표정을 지었다.

"그러면 지금 이 순간부터 24시간 대기 상태에 있도록 하겠습니다."

탈주 시도

"제가 도와드릴 일은 없습니까?"

영철이 경수와 함께 부산 공항에 도착하자 미리 전화를 받고 기다리고 있던 중정요원이 자동차 키를 전하며 운을 떼었다.

"마약 운반책 한 놈 잡는 데 그리 호들갑 떨 필요 없네."

영철이 짤막하게 말을 받으며 그 요원으로 하여금 자리를 물리게 하고 설명 들은 대로 주차되어 있는 곳으로 이동했다.

다행스럽게도 공항 출구와 멀지 않은 곳에 주차되어 있는 모습을 확인하고 다시 공항으로 들어 시계를 바라보았다. 두 시 삼십 분을 가리키고 있었다. 잠시 생각에 잠겨들었던 영철이 공항 전화를 이용하여 호텔에 남아 있는 강철에게 전화를 걸었다.

그로부터 석원이 전날 밤 함께 했던 호스티스와 두시발 부산행 비행기에 탑승했다는 사실을 듣고 다시 주차되어 있는 곳으로 이동했다.

"팀장님, 무슨 의도일까요?"

"그 미친놈의 대가리를 어떻게 읽겠는가. 그보다, 자네 생각을 한번 들어보세."

"제 생각에는 아무래도 이놈이 고향 오사카가 생각나서 바다를 찾는 게 아닌가 싶은데요. 혹시 중요한 거사를 앞두고 마음을 다잡고자 하는 게 아닐런지요."

"그렇다면 다행인데. 그런데 계집과 동행이라니."

"고향의 향취를 느끼면서 마지막으로 그 짓거리하려는 게 아니겠습니까?"

"그도 틀린 말은 아닌 듯하네. 그놈이 뻑하면 제 애인이라는 일본인 계집과 함께 오사카 항 근처 바닷가에서 그 짓거리하고는 했으니 말이야. 그런데 지난 밤새 한숨도 자지 않고 그 짓거리했는데 또 하고 싶을까."

말은 그렇게 하면서도 알 수 없는 불안감이 밀려오고 있었다. 그도 그럴 것이 거사일이 바로 내일 오전이었다. 그런데 오늘 오후에 부산행을 선택한 데에는 필히 다른 사유가 있을 듯했다.

아니, 어떠한 사유를 떠나 젊은 혈기에 바닷가에서 술을 마시게 되면 예측이 힘들었다. 거기에 더하여 곁에 여자까지 함께하고 있으니 아무리 살펴보아도 오늘 중으로 서울로 돌아가기는 힘들어 보였다.

그렇다면 부산행을 선택한 석원의 의도는 무엇인가. 여차하면 부산에서 배편을 이용하여 일본으로 밀항을 시도하려 하는 건 아닐까 하는 생각까지 밀려들었다.

영철이 석원이 청평을 다녀온 날 오후에 예고도 없이 석원의 룸을 찾았었다. 밤새 한숨도 자지 않고 그 짓거리했는지 얼굴

색깔이 창백했다. 또한 영철을 바라보는 눈동자 역시 흔들렸다.

영철이 본체만체하고 룸을 둘러보았다. 여기저기 함부로 벗어놓은 옷가지며 술병들이 어지럽게 널려 있는 모습을 유심히 살폈다.

"호텔 측에서 청소하지 않는 게요?"

"입국하기 전에 거사를 완성할 때까지 제 숙소에 외부 사람 그 누구도 들이지 말라는 지시를 받았습니다. 그래서…."

"당연히 그래야지요. 그런데."

주위를 둘러보던 시선을 석원에게 주었다. 석원의 눈이 다시 흔들렸다.

"무슨 일이 있는 게요?"

석원이 순간 테이블 위에 놓여 있는 술병들을 바라보았다.

"하도 적적해서 술 한잔했습니다."

석원의 목소리가 기어들어갔다. 그를 살피며 영철이 가볍게 탄식했다.

"물론 적적하겠지요. 당연히 그럴 거요. 그러나 거사를 앞둔 사람이 자신의 본분을 망각할 정도로 과음하면 어찌되는 게요!"

낮지만 음험한 목소리가 흘러나갔다.

"주의하도록 하겠습니다, 나카소네 상."

"지금부터 거사가 끝날 때까지 단 한시도 잊지 마오. 우리 민족의 명운이 석원 군 어깨에 달려 있다는 사실을."

석원이 기어들어가는 소리로 답하고 고개 숙였다.

탈주 시도

"아울러 지금 이 시간 이후는 글을 쓰며 마음을 다잡도록 하오. 석원 군의 마음을, 이 민족을 위하는 군의 충정을 글로 쓰면서 조금의 빈틈도 생기지 않도록 하오."

영철이 노트와 함께 볼펜을 건네주었다. 아울러 다시 한번 단단히 주의를 주고 물러나자 석원이 즉각 노트 한 장을 찢어 '조용히 해 주십시오'라는 글을 써서 문에 내걸었다. 그를 살피며 슬그머니 가슴을 쓸어내리고 안도의 한숨을 내쉬었다.

그런데 바로 지난 저녁 석원이 모처로 전화 통화를 시도했었다. 즉시 도청을 실시했는데 공교롭게도 저쪽의 목소리가 쉽사리 잡히지 않았다. 온 신경을 집중하여 드문드문 내용을 추론한 바 통화를 나누는 상대방은 청평에서 잠자리를 함께했던 호스티스였음이 밝혀졌다. 이어지는 통화에서 보고 싶다는 등의 대화가 들렸고 자주 일본이라는 말이 흘러나왔다. 그리고 말미에 여인으로부터 저녁에 만나자는 통화 내용을 들을 수 있었다. 하여 행여나 무슨 일이 발생할지 몰라 강철과 경수를 호출하여 함께 사태를 예의주시하고 있었다.

그리고 저녁 여덟 시 무렵이 되자 문제의 여인이 석원의 룸으로 들어서는 모습을 확인했다. 룸에 들어서자마자 흡사 사지에서 돌아온 젊은 연인이 만난 것처럼 곧바로 격정의 순간으로 접어들었다.

이어 길지 않은 시간을 보내고 난 둘은 몸에 실오라기 하나 걸치지 않은 채 테이블로 이동했다. 어지러운 테이블 위에 음식과 술이 준비되어 있었다. 소진된 기운을 보충하듯이 허겁지겁 술과 음식을 먹어대던 두 연놈이 다시 엉켜 붙기 시작했다.

그날 밤 세 사람은 그야말로 오리지널 포르노 영화를 감상하며 연신 하품을 뿜어냈다. 그리고는 자정이 가까워오자 세 사람이 번갈아 당번을 정하여 관찰하기로 하고 영철과 경수가 먼저 취침에 들어갔다.

"저 연놈들 마약한 거 아닌지 모르겠습니다. 밤새 한숨도 자지 않고 그 지랄을 하니 거참."

아침 일찍 침대에서 일어나 눈을 비비자 강철이 푸석한 얼굴로 영철을 바라보았다.

"그렇다고 이 특보께서 내처 불침번을 선겁니까, 깨우지 않으시고."

"그렇게 귀한 장면이 눈앞에서 펼쳐지는데 잠이 옵니까. 그래서 내친 김에 제가 밤새웠습니다."

"허허, 이거 고맙다고 해야 할지 혹은 아쉽다고 표현해야 할지 모르겠습니다."

영철이 능청스럽게 답하자 순간 웃음이 일어났다. 웃음소리에 경수 역시 비시시 눈을 뜨고 자리에서 일어났다.

"정말로 대단합디다. 진짜 마약하고 저 짓거리하는 듯합디다."

"나이 탓이겠지요."

영철이 막 자리에서 일어난 경수에게 슬그머니 시선을 주었다.

"팀장님 말씀이 마냥 틀리지는 않습니다."

경수 역시 능청거리며 답하자 두 사람의 시선이 경수의 아랫도리로 행했다. 경수의 아랫도리가 불룩 솟아 있었다. 물론 취침 후 발생한 젊음의 징표였다. 그를 바라보기를 잠시 이내 한바탕 웃음판이 벌어졌다.

잠시 후 정색하고 모니터로 시선을 주었다. 두 사람의 모습이 보이지 않았다. 그를 살피며 강철을 주시했다.

"화장실에 들어갔습니다."

"설마 그곳에서도 그 짓거리하는 거는 아니겠지요."

"그야 모르는 일이지요."

영철이 잠시 미소를 보이고 모니터를 바라보는 순간 두 사람이 막 물기를 닦으며 화장실에서 나오고 있었다. 나와서는 서로의 젖은 몸을 닦아주기를 잠시 석원이 전화기를 들었다. 영철이 급하게 도청장치에 자리 잡았다.

명확하지는 않지만 흐릿하게 말소리가 들리기 시작했다. 호텔 프런트와 통화하며 식사를 주문하고 있었다. 물론 이인분이었다.

그러기를 잠시 후 석원이 다가온 여인을 힘껏 끌어안았다. 여인이 석원의 품에 안기면서 한 손을 아래로 내려 석원의 가운데를 거칠게 다루기 시작했다. 석원이 회심의 미소를 지으며 다시 전화기를 들었다. 호텔 내에 있는 여행사였다.

석원이 금일 오후 두 시발 부산행 비행기 티켓을 예약하고 있었다. 순간 영철의 온 신경이 귀로 집중되었다. 상대방에서 잠시 침묵을 지키다가는 이내 부산행 티켓 두 장을, 고타로와 박경숙 명의로 예약이 되었다는 말이 이어졌다.

석원이 전화기를 내려놓는 동시에 영철 역시 수신기를 내려놓고 길게 한숨을 내쉬었다.

"팀장님, 무슨 일입니까?"

"지금 저 친구가 식사 주문과 함께 여행사에 전화를 걸어 두 시발 부산행 비행기 표를 예약했네."

영철이 두 사람의 얼굴을 바라보다 이내 시선을 모니터에 주었다. 두 사람이 다시 침대에서 함께 뒹굴고 있었다.

"무슨 의미일까요?"

강철이 혀를 차며 입을 열었다.

"안타깝게도 룸에서의 대화 내용은 도청이 불가하기에 자세한 내용은 알 수 없으나 가벼이 여길 사항은 아닌 듯합니다."

"어찌 대처하겠습니까?"

강철의 질문에 영철이 경수를 주시했다.

"김 군과 함께 부산으로 내려가겠습니다. 그러니 이 특보께서 수고스럽지만 이곳을 지켜주시기 바랍니다."

"수고라기보다도, 두 사람으로 되겠습니까?"

"상황이 긴박하게 돌아가면 현지에서 지원 받도록 하겠습니다. 그리고 김 군, 우리 서두르도록 하게나."

동시에 시계를 바라보았다. 일곱 시 반을 넘어서고 있었다. 막상 서두르자고는 하였으나 시간 여유가 있음을 판단하고는

탈주 시도

포트에 물을 끓여 커피를 탔다. 경수가 거들어 주려는 행동을 제지하고 영철이 직접 커피를 타서 돌렸다.
"팀장님 말씀대로 진짜 살얼음판입니다."
강철이 커피 잔을 기울이며 모니터로 시선을 주었다. 비록 들리지는 않지만 여인의 입 모양으로 보아 야릇한 소리가 방 전체를 가득 채우고 있을 듯했다.

영철이 경수를 차에 있으라 하고 공항 건물과 멀지 않은 지점으로 다가갔다. 시계를 바라보았다. 두 시 오십 분을 가리키고 있었다.
시선을 출구로 돌리자 서서히 사람들이 모습을 보이기 시작했다. 이어 한 떼의 사람들 속에 섞여 있는 석원과 여인이 모습을 드러냈다.
석원의 차림을 살펴보았다. 잠시 전 강철과의 통화에서 확인했지만 석원의 행장이 단출했다. 그저 몸 하나 달랑 모습을 드러냈다. 만약 밀항을 시도하고자 했다면 뒷정리를 대충이라도 해야 할 일이건만 그는 아닌 듯했다.
이어 석원의 지난 행적을 떠올렸다. 어디로 어떻게 튈지 모르는 그야말로 예측불허였다. 가벼이 한숨을 내쉬며 그 둘의 모습을 추적하기를 잠시 석원 일행이 공항 건물을 벗어나 택시를 잡아타는 모습이 시선에 들어왔다.
영철 역시 서둘러 차에 올랐다. 경수가 멀지 않은 곳에 차를 대기시켜놓고 시동을 걸어 놓고 있었다.

"이런 일 익숙하겠지?"

"이 일로 밥 먹고 살고 있습니다."

영철이 핸들을 잡고 있는 경수를 근심스런 표정으로 바라보자 경수가 확신에 찬 표정을 보이며 대답했다.

"가세."

경수가 서서히 액셀을 밟자 미끄러지듯 차가 움직이기 시작했다. 이어 상대가 전혀 눈치챌 수 없을 정도로 거리를 두며 뒤따르기 시작했다. 영철이 조수석에서 가만히 차의 진행 방향을 살펴보았다.

부산 시내 중심부로 향하고 있었다. 다행스럽게도 교통 체증은 일어나지 않고 있어 무리하게 미행을 감행하지 않아도 좋을 듯했다.

스쳐 지나가는 주변 풍경을 감상하며 여유롭게 따라가기를 잠시 후 석원이 탄 차가 용두산 쪽으로 방향을 잡아갔다.

"혹시 자갈치 시장…."

영철이 말을 채 끝맺지 않고 경수에게 고개 돌렸다.

"그러면 저놈이 회 먹자고 부산까지 비행기 타고 왔다는 말입니까!"

경수가 순간 허탈한지 혀를 찼다.

"그런 경우 회만 먹고 말겠는가."

"그러면?"

"당연히 그 짓도 해야 한다고 봐야 하지 않겠나?"
"밤새 그 짓하고도요."
"왜, 자네도 충분히 가능하지 않은가."
경수가 쑥스럽다는 듯 싱거운 미소를 보냈다.
"꼭 그런 것만은 아닌 듯해."
"그러면요."
"글쎄, 속단할 수 없지만 뭔가 다른 사연이 있을 듯싶어."
 석원이 탄 택시가 오래지 않아 영철의 예측대로 자갈치 시장에 멈추어 섰다. 영철이 경수에게 눈짓을 주었다. 급히 주차할 곳을 찾아 차를 멈추자 영철이 모자와 선글라스를 쓰고 차에서 내려 천천히 석원 일행을 뒤따르기 시작했다.
 잠시 후 경수가 영철 곁에 어깨를 나란히 했다.
"팀장님, 시간 좀 보십시오."
 시계를 들여다보자 세 시 삼십 분을 가리키고 있었다.
"올라가는 교통편은 어떻게 되는가?"
"비행기는 여덟 시 삼십 분까지 시간대별로 있고 고속버스는 다섯 시에 막차가 출발합니다."
 잠시 시계를 들여다보던 영철이 앞을 바라보았다. 시장을 배회하던 석원 일행이 한 횟집으로 들어가는 모습이 보였다. 영철이 그 집이 훤히 바라다보이는 식당을 찾아 자리 잡고는 경수에게 시선을 주었다.
 영철의 표정을 살핀 경수가 석원이 들어간 횟집에 들러 잠시 이곳저곳을 배회하다 돌아왔다.

"빠져나갈 곳은 없습니다. 그리고 연놈이 다정하게 자리 잡고 주문하는 모습을 보고 돌아왔습니다."

경수와 함께 간단하게 회를 시켜 먹으면서 석원 일행이 나오기를 노심초사 기다렸다. 그러나 다섯 시가 육박해도 그들의 모습은 나타나지 않았다. 영철이 천천히 자리에서 일어나 계산하고 석원이 있는 횟집으로 이동했다. 순간 걸음을 멈추었다. 석원이 계산을 마치고 나오고 있었던 터였다.

"잠시 뒤를 따라보세."

두 사람의 얼굴 그리고 주변 정황을 둘러보고 천천히 그 둘의 뒤를 따랐다. 한여름 대낮에 마신 술로 얼굴이 붉게 물든 두 연놈의 행보가 훤하게 그려졌다. 그런데 뜻밖의 일이 일어나고 있었다. 석원이 중심가가 아닌 바닷가로 이동하고 있었다.

시계를 들여다보았다. 서울행 고속버스는 이미 끊긴 상태였다. 아울러 올라가는 비행기 좌석은 예약하지 않았다. 더 이상 여유 가질 시간이 없음을 판단한 영철이 한적한 곳에 이르자 경수에게 고개 돌렸다.

"시작하세."

영철이 짤막하게 지시하자 경수가 신속하게 움직여 다정하게 팔짱 끼고 걷는 두 사람의 뒤에 자리 잡았다.

"고타로!"

두 사람 앞에 다가선 영철이 선글라스를 쓴 채 나직하게 석원을 불렀다. 순간 석원이 얼어붙은 듯 그 자리에 멈추었다.

"잠깐 보게나!"

짤막하게 말을 끝내고 천천히 앞서 나갔다. 석원이 영철 그리고 정체불명의 사나이, 일전에 만경봉호에서 마주쳤던 소름끼치는 사람의 모습을 띤 경수의 출현에 완전히 주눅이 들어 본능적으로 여인의 팔을 풀고 엉거주춤 영철의 뒤를 따랐다.

"따라와!"

석원이 영철의 뒤를 따르자 곧바로 경수의 날카로운 소리가 이어졌다. 여인이 갑작스럽게 변한 상황에 넋이 나갔는지 흐느적거리며 경수의 뒤를 따랐다.

"내일 거사는 포기하는 건가!"

침묵을 지키며 이동하던 영철이 일순간 걸음을 멈추고 석원을 쏘아보았다. 영철의 목소리 아울러 거사 포기가 무엇을 의미하는지 알고 있는 석원의 다리가 후들거렸다.

"그게…. 그게 아닙니다."

"그게 뭔가!"

"거사 포기는 절대로…. 아닙니다."

영철이 주변을 둘러보았다. 때가 때인지라 여기 저기 행락객들의 모습이 시선에 들어왔다.

"결정하게!"

"무엇을 말씀인지요?"

"내일 거사를 진행할 건지 아니면 일본으로 돌아갈 건지!"

영철이 힘주어 말하고 선글라스를 벗었다.

"할 것입니다."

영철의 눈에 서 있는 핏발을 살핀 석원의 얼굴이 창백하게 변했다. 잠시 석원을 주시하던 영철이 다시 선글라스를 썼다.

"따라와!"

"저, 함께 온…."

석원으로부터 더 이상 말이 흘러나오지 못했다. 그저 잠시 뒤를 바라보다 이내 체념하듯 영철의 뒤를 따랐다. 두 사람이 주차시켜 놓은 곳에 이르자 이미 경수가 도착해 있었다.

영철이 석원에게 승용차에 타라 지시했다. 석원이 잠시 경수의 모습을 살피고는 엉거주춤 영철이 지시한 대로 승용차 뒤 왼쪽에 자리 잡았다.

"무슨 사연이었나?"

영철이 담배를 꺼내 물고 한쪽으로 이동했다.

"기가 차서 말이 나오지 않습니다."

"뭔데?"

"저놈이 조만간에 일본으로 보내준다고 하기에 돈도 받지 않고 몸까지 고스란히 바치며 선선히 따라나섰다고 합니다."

"뭐라, 일본으로!"

"일본에서 몸 팔면 돈 많이 벌 수 있다고 해서."

"그렇다면 결국 바닷가에서 그 짓거리하려고 내려왔다는 말인가!"

탈주 시도

"그렇게 해석할 수밖에 없지 않겠습니까."

영철이 시선을 차로 주었다. 석원이 영철의 시선을 받자 슬그머니 고개 숙였다.

"여인은?"

"죽어서도 함구하라 했습니다."

"하기야 그 일을 제 입으로 발설 못하겠지."

하늘, 붉게 물들다

 영철이 일곱 시 반에 석원의 룸을 찾았다. 석원이 어제 일이 있어 그런지 일찌감치 일어나 외출 차비를 마친 상태였다. 석원에게 권총과 실탄을 건네고 다시 여러 사항에 대해 단단히 주의를 주고 정각 여덟 시 호텔 룸을 나서도록 했다.
 석원의 모습이 멀어지자 룸을 둘러보았다. 여전히 어지러웠다. 급하게 자신의 룸으로 돌아가 상자를 들고 다시 석원의 룸을 찾았다. 여기저기 어지럽게 널린 물건들 중에서 일부를 준비해간 상자에 집어넣고 자신의 룸으로 돌아갔다.
 이어 그동안 석원과 관련한 여러 집기들을 정리하여 여행용 가방에 넣자 강철과 함께 경수가 가지고 룸을 벗어났다. 문이 닫히자 영철이 갑자기 뒤바뀐 방을 둘러보다 침대에 걸터앉았다.

 지난 저녁 무렵 승용차로 부산에서 출발하여 한 번도 쉬지 않고 서울로 이동했다. 호텔에 도착하여 경수를 보내고 석원의 룸에 들어갔다. 들어서자마자 영철이 권총을 꺼내 실탄을 장전하고 석원을 겨누었다. 그 모습을 살핀 석원의 얼굴이 창백하다 못해 잿빛으로 변해갔다.

"나카소네 상, 아니 지도원 동…."

영철이 싸늘한 표정으로 주시하자 석원이 순간 무릎을 꿇었다.

"제발…."

영철이 석원의 이마에 권총을 가져다 댔다. 마치 자신의 이마에 닿은 총구를 피하기 위함인지 석원이 이마가 바닥에 닿도록 상체를 숙였다.

"일어나게."

잠시 무거운 침묵을 지키던 영철이 낮은 목소리로 힘주어 말했다. 그러나 석원은 그 상태서 상체만 움찔거릴 뿐 일어날 기미를 보이지 않았다.

"일어나라 하지 않았는가!"

순간적으로 쇳소리가 함께 묻어나왔다. 석원이 마지못해 고개 들어 영철을 바라보았다. 석원의 얼굴에 눈물인지 콧물인지 분간 못할 이물질이 가득 배어 있었다.

"영웅이 되겠는가 아니면 조국과 가족의 파렴치한으로 남겠는가!"

"당연히…. 조국이 시키는 대로 그대로 진행하도록 하겠습니다."

석원이 다시 고개 숙였다.

"네놈이 어떤 행동을 하든 이제는 돌이킬 수 없다. 네놈이 살고 조국과 가족을 살릴지 아니면 네놈도 죽고 주변 사람 모두를 몰살시킬지는 전적으로 네놈이 판단할 일이다. 알겠는가!"

"저도 살고 모두 살릴 겁니다. 그러니 제발…."

석원의 애걸하는 모습을 살피자 갑자기 한숨이 흘러나왔다. 이어 권총에서 실탄을 빼서 주머니에 넣고 석원에게 건넸다.

"이 총 받을 수 있겠나!"

순간 석원이 고개 들어 권총과 무표정한 영철의 얼굴을 번갈아 바라보며 그 말의 의미를 생각한다는 듯 눈을 깜박였다.

"반드시, 반드시 거사를 성공시키겠습니다."

"이따위 정신 상태로 네놈이 무슨 수로 거사를 성공시키겠다는 이야기냐. 그저 계집 구멍이나 밝히는 놈이!"

"아닙니다. 반드시 성공할 것입니다. 그러니 제발…."

영철의 강경한 반응에 석원이 다시 고개 숙여 바닥에 이마를 대었다.

"나는 이쯤에서 내일 거사를 취소했으면 하는 마음 간절하다. 물론 네놈은 물론이거니와 네놈의 처자식 그리고 어머니와 형제들 그리고 이 계획에 참여했던 기미코 등 모든 사람들까지 몰살을 면치 못하겠지만."

"지도원 동무, 아니 나카소네 상. 정말입니다. 정말로 이 목숨 바쳐서라도 거사를 성공할 테니 제발 한 번만 용서해 주십시오."

기미코란 이름이 흘러나와서 그런지 석원이 이마를 바닥에 부딪쳤다.

"한심한 놈 같으니라고. 네놈이 이 거사의 중요성을 진정으로 알고 있는 게냐? 또 네놈을 위해 지난해부터 지금까지 북조선에서 들인 공이 어느 정도인지 아느냐?"

"너무나 잘 알고 있습니다, 나카소네 상. 그러니 제발."

"아는 놈이 이따위로밖에 못해! 북조선이 네놈의 장난감인 줄 아는 게냐!"

"아닙니다, 나카소네 상. 하라시는 대로 모두 하겠습니다."

"정녕 그렇다면 각서를 쓰도록 해라."

영철이 목소리를 낮추자 석원이 다시 고개 들었다.

"네, 뭐든지 다 하겠습니다."

영철이 가볍게 한숨을 내쉬고 석원을 테이블 앞에 앉도록 했다. 이어 자신이 주었던 노트와 펜을 가지고 오도록 하여 각서를 쓰도록 했다. 물론 거사를 성공시키지 못할 시 기미코를 포함하여 가족 등 모두의 목숨을 북조선의 처사에 기꺼이 일임하겠다는 내용이었다.

영철이 각서를 받아들어 확인하고 냉장고에서 물을 꺼내 오라 지시했다. 가져온 물을 병째로 마시던 영철이 석원에게 건넸다.

"마셔!"

석원이 강압적인 분위기에 밀려 마지못해 한다는 듯이 물을 마셨다.

"지금부터 정신 똑바로 차리고 듣도록 해!"

영철이 꼿꼿한 자세를 유지하고 있는 석원에게 지금까지 여러 경로를 통해 그에게 주입시켰던 이야기를 깊게 각인시켰다.

시간이 흘러가자 이상하게도 불안감이 밀려들기 시작했다. 불안감을 떨치기 위해 TV를 틀었다. 막상 TV를 켰으나 눈앞에 펼쳐지는 장면들이 머리까지 들어오지 못하고 있었다. 한순간 그 현상을 느끼고 그 이유를 생각해보았다.

물론 적지 않은 일을 시도하게 되면 알게 모르게 불안감은 발생하게 마련이었다. 그러나 그도 잠시, 일의 예측 가능성을 타진하며 불안의 강도를 조절할 수 있었다. 그런데 이 일은 도대체 감이 잡히지 않았다.

전혀 불안해할 일이 아님에도 불구하고, 이미 완벽하게 시나리오가 잡혀 있었고 한 치의 빈틈도 없이 그리 진행되게 되어 있는데 솟구치는 그 불안감의 정체가 무엇인지 오히려 궁금해지기 시작했다.

가만히 오늘 벌어질 일을 그려보았다. 석원이 다섯 발의 실탄을 장착한 권총을 바지 주머니 속에 넣고 택시로 행사장에 도착한다. 이어 강철과 경수에 의해 석원 자신도 모르게 무난하게 행사장에 진입한다.

아울러 석원의 조바심을 자극하면서 행사장 내 가장 먼 거리에 좌석을 배치하도록 되어 있다. 이어 자리에 앉자마자 행사가 진행되는 순간 발사를 용이하게 하기 위해 권총의 공이치기를 뒤로 후퇴하도록 했다.

그리고 강철이 문석원의 지근거리에 앉아 있다 석원이 자리에서 일어나 저격을 시도하려는 낌새가 일어나면 그 순간보다 먼저 천장으로 공포탄을 발사해서 혹시나 모를 일에 대해 사전에 조처를 취하도록 했다.

아울러 경수는 박정희 대통령 바로 옆에 위치하여 강철과 보조를 맞추기로 하였다. 하여 여하한 경우라도 박정희 대통령이 위해를 입는 일은 불가능했다. 또한 주변 사람들의 안위도 생각했다.

그런 연유로 전례에서 벗어나 박 대통령의 연설대를 연단 정면 한복판이 아닌 한쪽으로 치우쳐 설치하도록 했다. 하여 석원이 사전 지침에 따라 행동한다면 행사장에 참석한 그 누구도 위해를 입을 수 없었다.

내친김에 일이 끝난 후 시나리오에 대해서도 점검해보았다. 석원은 죽이지 않고 산 채로 생포하기로 되어 있다. 아울러 석원은 실패한 경우 지침 받은 대로 일본인으로, 또 단독 작품으로 몰아갈 일이었다.

권총 역시 일본의 한 파출소에서 탈취하여 입국 시 트랜지스터 라디오에 숨겨 들어왔다 고백할 것이다. 그리고 이외의 사항에는 강력하게 묵비권을 행사할 것이다. 그러나 이내 그의 정체가 우리 측 조사에 의해 밝혀지고 그의 연인 기미코 또 조총련 정치부장인 이호룡의 행적까지 드러나고 그 외의 일은 영원히 미제로 남을 터다.

모든 과정을 꼼꼼하게 살펴보았으나 빈틈이 보이지 않았다. 가볍게 한숨을 내쉬고 자리에서 일어나 창가로 다가갔다. 행사가 거행되는 국립극장 쪽을 바라보았다. 비록 보이지는 않지만 바로 가까이에 있는 듯했다.

잠시 그곳을 주시하다 시계를 바라보았다. 막 열 시를 넘어서고 있었다. 얼른 시선을 TV에 주었다. 애국가가 울려 퍼지고 있었다. 애국가를 들으며 마음을 가라앉히려 심호흡했다. 조금 진정되는 듯했다.

마음을 다잡고 다시 창을 통해 밖을 바라보았다. 방금 전까지 맑았던 하늘이 갑자기 붉게 물들기 시작했다. 본능적으로 가슴이 덜컥 내려앉았다. 그 상태에서 하늘을 바라보기를 잠시 후 TV로 시선을 돌렸다.

어느새 대통령이 연설대로 자리를 옮겨 연설하기 시작했다. 가만히 소리를 들으며 화면에 집중했다. 흐릿한 화면에 행사장 전경이 한눈에 들어왔다. 만족하리만큼 행사장 배치가 제대로 이루어져 있었다.

그런데 박정희 대통령의 목소리는 그저 귓가에서 윙윙대고 있었다. 방금 전처럼 머리로 입력되지 않았다. 그러기를 잠시 후 갑자기 화면에 나타나는 행사장 모습이 급박하게 돌아가기 시작했다.

박 대통령이 연설대 뒤로 몸을 숨기고 연단에 있던 사람들이 혼비백산하여 엉덩이를 천장으로 들고 있었다. 순간 연단 좌석에 앉아 있던 박상규 경호실장이 자리를 박차고 앞으로 나섰다. 그 옆을 바라보았다.

바로 곁에 앉아 있는 육영수 여사께서 초연한 자세를 유지하며 앞을 주시했다. 마치 무슨 일이 발생했는지 확인하겠다는 듯이. 석원이 앞으로 튀어나와 응사 자세를 취하고 있는 박 실장을 향해 권총을 겨누는 장면이 시선에 들어온 바로 그 순간 영철의 입에서 비명이 울려 퍼졌다.
"안 돼!"